Marc Girardelli – Michaela Grünig

Mordsschnee

Marc Girardelli – Michaela Grünig

Mordsschnee

Weltmeister-Skikrimis 2

PIPER

Mehr über unsere Autoren und Bücher: www.piper.de

Wenn Ihnen dieser Roman gefallen hat, schreiben Sie uns unter Nennung des Titels »Mordsschnee« an empfehlungen@piper.de, und wir empfehlen Ihnen gerne vergleichbare Bücher.

ISBN 978-3-492-50403-4

»Mordsschnee« erschien bereits 2017 unter dem gleichen Titel bei der Emons Verlag GmbH, Köln
Satz auf Grundlage eines CSS-Layouts von digital publishing competence (München), mit abavo vlow (Buchloe)
Covergestaltung: Traumstoff Buchdesign traumstoff.at
Covermotiv: Bilder unter Lizenzierung von Shutterstock.com genutzt
Printed in Germany

Marc Girardelli, Jahrgang 1963, ist einer der erfolgreichsten alpinen Skirennläufer aller Zeiten. Er gewann u. a. fünfmal den Gesamtweltcup. Seit seinem Rücktritt vom Spitzensport ist er als Unternehmer und Kolumnist für verschiedene Zeitungen tätig.

Michaela Grünig, geboren in Köln, war lange Jahre in der Entwicklungshilfe tätig. Seit 2010 arbeitet sie hauptberuflich als Autorin in der Schweiz, wo sie zusammen mit ihrer Familie lebt. Außer Krimis schreibt sie noch heitere, bisweilen tiefgründige Unterhaltungsromane.

Dieses Buch ist ein Roman. Handlungen und Personen sind frei erfunden. Ähnlichkeiten mit lebenden oder toten Personen sind nicht gewollt und rein zufällig.

Dieses Buch ist der wunderschönen Schweiz gewidmet, in der beide Autoren schon seit langen Jahren leben dürfen … und allen anderen Skigebieten in Österreich, Südtirol und Deutschland, die derzeit mit den sehr realen Auswirkungen des Klimawandels zu kämpfen haben.

1. Kapitel

Die Schneekanonen hatten die ganze Nacht auf Hochtouren gearbeitet. Genau wie die Armada von Pistenhelfern und Freiwilligen aus dem Tiroler Unterland. Doch das Resultat war erbärmlich: weicher Sulzschnee. Marc konnte sich nicht vorstellen, dass man darauf einen Riesenslalom abhalten konnte. Doch bislang weigerte sich die Rennleitung, den Lauf komplett abzusagen. Stattdessen standen er und seine Kollegen wie bestellt und nicht abgeholt unterhalb des Starthäuschens – im gleißenden Sonnenschein, bei für diese Jahreszeit unnatürlich warmen Temperaturen. Dabei hatte man das Rennen auf dem Innsbrucker Hausberg, dem Patscherkofel, schon von Dezember, als es den kargen ersten Schnee weggeregnet hatte, auf Ende Januar verschoben.

In seinem hautengen Rennanzug wartete Marc, schwitzend wie alle anderen, auf einen Funkspruch, der endlich eine verbindliche Entscheidung brachte: Start oder Absage. Bislang war der Beginn des Rennens lediglich zweimal um jeweils eine halbe Stunde hinausgezögert worden. Was seiner Meinung nach bei den sich minütlich verschlechternden Bedingungen nicht gerade clever war. Doch seine Ansichten interessierten die Rennleitung nicht, da ging es allein um wirtschaftliche Belange. Schließlich sollten die Zuschauer für ihr teures Eintrittsgeld etwas geboten bekommen. Sonst würden sie dem nächsten Rennen vielleicht fernbleiben. Und natürlich wollte auch Marc niemanden enttäuschen. Er wunderte sich nur, dass die Meteorologen diesen extremen Wärmeeinbruch nicht vorhergesehen hatten. Dann hätte man das Rennen vorab annullieren können. Doch das Weltklima schien dieses Jahr verrücktzuspielen. Völlig unberechenbar. Auch das Rennen in Lake Louise, im kalten Kanada, war schon mangels Schnee abgesagt worden.

Marc nahm seinen dampfenden Rennhelm ab und überlegte, ob es nicht irgendwo in der Nähe eine Hütte gab, in der man dem steten Sonnenschein entkommen und sich ein wenig in den Schatten setzen konnte. Aber letztendlich war ihm dieser potenzielle Ausflug, so verlockend er auch klang, zu riskant. Falls er nicht rechtzeitig zu dem spontan angekündigten Start erschien, würde man ihn disqualifizieren, und er hatte viel zu hart trainiert, um die wertvollen Weltcup-Punkte leichtfertig zu verschenken.

Unschlüssig, wie er die Wartezeit am besten zur Rennvorbereitung nutzen sollte, dehnte Marc seine Beinmuskulatur. Bei einer kälteren Witterung hätte er zwischendurch kleine Sprints eingelegt, um die Muskeln warm und geschmeidig zu halten. Aber das war bei diesen Temperaturen auf fast zweitausend Metern Höhe unsinnig. Er würde nur unnötige Energie verschwenden, und in seinem fortgeschrittenen Alter, dreiunddreißig, musste er sorgfältig mit den knapper werdenden Ressourcen umgehen. Es grenzte sowieso an ein Wunder, dass er sich derart schnell von den Verletzungen erholt hatte, die er sich letztes Jahr auf dem Muottas Muragl bei der Verfolgung eines Verbrechers zugezogen hatte.

Bei der Erinnerung an diese dramatischen Ereignisse lief Marc ein Schauer über den Rücken. Sein Leben hatte sich seit jener Zeit tiefgehend verändert: Er hatte im Zuge der polizeilichen Ermittlungen seine Jugendliebe Andrea wiedergetroffen, und gemeinsam hatten sie ihre Gefühle füreinander wieder aufleben lassen. Der letzte Sommer, den er mit ihr in Wengen verbracht hatte, zählte ohne jeden Zweifel zu den schönsten seines Lebens. Da Andrea kurz zuvor ihren Job bei der Kantonspolizei Zürich aufgegeben hatte, hatten sie viel Zeit füreinander gehabt und waren tagsüber bergsteigen oder Rad fahren gegangen. Abends hatten sie sich dann sinnlicheren Aktivitäten gewidmet. Ihm wurde ganz anders zumute, wenn er an diese wundervollen Nächte dachte. Eins war sicher: Er liebte Andrea. Mehr denn je. Doch seit Beginn der neuen Weltcup-Saison gab es leider Sand im Getriebe ihrer noch jungen Beziehung. Andrea konnte einfach nicht verstehen, warum er mit Anfang dreißig immer noch die Berge in einem Höllentempo hinabsausen wollte. Wenn es nach ihrem Willen gegangen wäre, hätte er im Oktober seinen Abschied vom Spitzensport erklärt und ...

In diesem Moment bemerkte Marc ein aufgeregtes Hin und Her am Start. Die Vorläufer schienen sich bereit zu machen. Offenbar ging das Rennen nun doch noch los. Fragend blickte Marc zu seinem Trainer, Hans Bischoff, der sich gerade mit einem der Funktionäre unterhielt. Hans nickte. Verdammt! Ausgerechnet jetzt, wo er mit seinen Gedanken und Gefühlen völlig woanders war. Seine Konzentration war zum Teufel, und er musste sich extrem zusammenreißen, um die dringend benötigte Motivation für den Lauf wiederzuerlangen. Der Riesenslalom auf dem Patscherkofel war zwar nicht der steilste, aber die vielen Übergänge und Richtungswechsel des Laufs hatten es in sich. Besonders bei diesen widrigen Verhältnissen. Da musste er mental und körperlich alles in die Waagschale werfen. Doch es fiel ihm schwerer als sonst, und trotz aller Bemühungen war er nicht voll bei der Sache.

»Blockier die Piste ja nicht zu lange, Gassmann, ich hab die Startnummer direkt nach dir«, frotzelte Peter Winkler, sein größter Konkurrent im Weltcup, und klopfte ihm im Vorbeigehen auf den Rücken.

»Du mich auch«, knurrte Marc. Wie zu erwarten, hatte der traurige Unfall in der letzten Saison kein juristisches Nachspiel für den Österreicher gehabt, und er stand schon wieder an der ersten Stelle der Wertung. Marc hatte ihn vorhin den Trainingslauf runterfahren sehen, und sein Puls war bei dem Anblick in die Höhe geschnellt. Peter war fünf Jahre jünger und fuhr so locker und federnd wie eine Raubkatze. Marc selbst hatte nach dem Training ein eher bescheidenes Gefühl. Riesenslalom war noch nie seine beste Disziplin gewesen, doch er brauchte unbedingt die zusätzlichen Weltcup-Punkte, um mit Peter mithalten zu können. Außerdem war ein Riesenslalom wenigstens nicht so eine Zick-Zack-Fahrerei wie der normale Slalom, bei dem man praktisch durch die Kippstangen hindurchfahren musste, um eine möglichst direkte Falllinie zu halten.

Beim Riesenslalom standen die Tore weiter auseinander, wodurch man intensiver, bis auf über achtzig Stundenkilometer, beschleunigen konnte. Dadurch lastete ein enormer Druck auf den Körpern der Läufer, vergleichbar mit den Fliehkräften, mit denen Formel-1-Fahrer zu kämpfen hatten. Nur dass man auf der Piste nicht in einem Cockpit aus Karbonfasern saß, sondern lediglich einen hautdünnen Rennanzug trug. Die Strecke war auch wesentlich länger als bei einem Slalom-Rennen und die Höhendifferenz betrug an die vierhundert Meter. Diese extreme Körperbelastung hatte in der Vergangenheit zu vielen schweren Stürzen und Verletzungen geführt, weshalb die FIS vor fünf Jahren das Reglement geändert und den Radius der Taillierung der Ski von siebenundzwanzig auf fünfunddreißig Meter erhöht hatte. Doch leider hatte auch dies das Risiko nicht bedeutend reduziert, weshalb die Neuerung zu Beginn der nächsten Saison wieder rückgängig gemacht werden würde.

Marc stapfte zu seinem Trainer, der ihm hoffentlich ein paar aktualisierte Infos über die Schlüsselstellen der Piste geben konnte.

»Ich habe gerade mit dem Rennchef gesprochen«, flüsterte Hans konspirativ. »Sie haben alles Mögliche mit der Piste versucht, aber der Schnee ist einfach zu grobkörnig und trocken, um noch große Veränderungen zu bewirken. Nur wenn der Schnee feucht genug ist, bekommt er die Kompaktheit, um anständige Rennen durchführen zu können. Deshalb hat seine Crew die Piste seit heute früh über die Wasserrohre der Kunstschneeanlage bewässert und vor Kurzem mithilfe von Salz ausgehärtet. Wie du weißt, wird das den Schnee aber nur kurzfristig befestigen und deshalb ...«, er zwinkerte seinem Schützling zu, »... haben die vorderen Nummern sicherlich Vorteile.«

»Dein Wort in Gottes Gehörgang«, antwortete Marc, als er sich auf den Weg zum Rennen machte. Doch innerlich freute er sich. Ausnahmsweise hatte er bei der Startplatzverlosung Glück gehabt und die Sieben, seine Lieblingsnummer gezogen. Vielleicht würde sich ja doch noch alles zum Guten wenden – vorausgesetzt, dass er noch schnell genug in seinen Rennmodus umschalten konnte, denn es lagen nur noch wenige Läufer vor ihm ...

In diesem Augenblick rief der Startrichter ihn zu sich, und Marc erklomm den zwanzig Meter hohen Hügel, der notwendig war, um bei Rennbeginn für genug Tempo zwischen den ersten, noch im Flachen gelegenen Toren zu sorgen. Erst danach wurde es steiler. Und das Ganze auf dem heutigen Schnee, der sich irgendwie mürbe anfühlte. Normalerweise waren die Rennpisten so hart und eisig, dass man selbst bei der Besichtigung messerscharf geschliffene Rennskier benötigte. Doch heute würden schon die Vorläufer Spuren auf der Piste hinterlassen, was sonst erst bei viel höheren Nummern der Fall war.

Marc bahnte sich durch das Chaos aus Skiern und Kollegen einen Weg zu seinem Servicemann und stieg in seine Rennskier, die schon vorbereitet auf ihn warteten. Dann glitt er zum Start. Die Uhr zeigte die letzten fünfzehn Sekunden an. Er setzte die Skibrille auf und stellte seine Stöcke vor den Startstab in den Schnee. Noch zehn Sekunden. Das Warten glich der emotionalen Liftfahrt zum obersten Stockwerk eines Hochhauses, von dem man sich anschließend runterstürzen würde ...

»Drei, zwei, eins – und los!«

Marc katapultierte sich mit voller Kraft aus dem Starthäuschen und ging sofort in die Hocke. Fünf Tore waren zum Gleiten gedacht, dann kam der erste Steilhang. Er setzte zum Rechtsschwung an und spürte, wie er durchgerüttelt wurde. Diese Vertiefung hatte er noch nicht einmal gesehen, trotzdem ging sie ihm durch Mark und Bein. Instinktiv versuchte er, die Kurven höher anzusetzen, um den verdammten Rinnen zu entgehen, die jeweils unter den Toren am schlimmsten waren.

Etwa fünf Tore lang schien seine Strategie aufzugehen und er fühlte, wie seine Fahrt runder wurde, wie sich endlich der notwendige Rhythmus einstellte. Doch das Herzstück des Rennens hatte er noch vor sich. Rasend schnell glitt er über die Kante und stach in das steil abfallende Stück der Piste ...

Schon als er in unvermindert hohem Tempo auf das Tor zuraste, bemerkte er die nächste Vertiefung, ein richtiggehendes Loch. An Ausweichen war nicht zu denken und so versuchte Marc frenetisch beide Skier zu entlasten, um darüber hinwegzugleiten, und sich erst danach wieder auf die Kanten zu stellen. Wie ein menschlicher Stoßdämpfer schluckte er den Schlag. Aber es kostete ihn seine hochangesetzte Ideallinie. Jetzt blieben nur zwei Möglichkeiten: mit Vollgas weiter und die destabilisierenden Schläge in Kauf nehmen, oder durch ein Bremsmanöver auf die schonendere Linie zurückzukehren.

Marc entschied sich für volles Risiko und vertraute auf seine kampferprobte Reaktionsschnelligkeit. Umgehend wurde das Tempo rasanter und die Belastung in den Kurven war kaum noch auszuhalten. Der Druck am Scheitelpunkt der Tore war dermaßen mörderisch, dass seine schmerzenden Muskeln ihm die Tränen in die Augen trieben. Aber er biss die Zähne zusammen, konzentrierte sich eisern auf jeden einzelnen Richtungswechsel.

Endlich tauchte das Flachstück kurz vor dem Ziel auf und Marc ging noch tiefer in die Hocke, um das maximale Tempo in die Ebene zu retten. Nur so hatte er eine Chance, das Rennen zu gewinnen. Doch die letzten Tore hatten es in sich: Immer knapper wurde seine Distanz zu den Stangen. Die Fliehkräfte brachten ihn mehr und mehr vom Kurs ab. Ein paarmal verpasste er das Tor nur um Haaresbreite nicht. Spitz auf Knopf. Jetzt zählte all seine Erfahrung, all seine Willenskraft.

Geschmeidig duckte Marc seinen Kopf tiefer zwischen die Knie. Dann war es geschafft. Mit letzter Kraft fuhr er ins Ziel und schwang ab. Seine angereisten Fans jubelten ihm zu, Schweizer Fahnen wehten im Wind. Doch sein erster Blick galt der Anzeigetafel. Eine Minute und zwanzig Sekunden neunzehn. Keine schlechte Leistung unter diesen schwierigen Bedingungen. Momentan die drittbeste Zeit im ersten Durchgang, er lag direkt hinter Ted Mahre aus den USA und Odd Haker aus Norwegen. Noch bestand Hoffnung auf einen Platz auf dem Podest.

Gegen die Sonne anblinzelnd, starrte Marc zur Piste hoch. Wie würde es Peter Winkler ergehen?

Knapp anderthalb Minuten später kannte er die bittere Wahrheit. Peter war erneut Bestzeit gefahren. Doch die Fahrer hinter ihm konnten nicht mehr punkten. Vor dem zweiten Durchgang, bei dem die ersten fünfzehn Läufer in der umgekehrten Reihenfolge ihrer bisherigen Platzierung starten würden, lag Marc auf dem vierten Platz und würde damit als viertletzter Läufer an den Start gehen.

Die Zeit zwischen beiden Durchgängen nutzte er, um sich ein bisschen zu entspannen. Gleich neben dem Ziel befand sich die »Bomber-Lounge«, die ein alter Rennkollege von ihm betrieb. Berni hatte ihm bereits einen ruhigen Platz reserviert, wo er sich erholen und mit seinem Trainer einen Happen essen konnte. Von hier aus überblickte er sogar Teile des Zielraums und konnte dem Halbzeit-Führenden Peter Winkler zusehen, der in gewohnt arroganter Manier Autogramme gab.

Der zweite Durchgang begann genau drei Stunden nach dem ersten. Mit jedem Läufer, der vor Marc startete, steigerte sich seine Nervosität. Die Piste schien noch schlechter geworden zu sein, denn bereits drei Fahrer waren nach Fehlern ausgeschieden, und die von den anderen abgelieferten Zeiten lagen weit hinter denen des ersten Laufs.

Schließlich war er an der Reihe. Hochkonzentriert stand Marc am Start. Die Uhr tickte. Los! Voller Energie ging er den neuen Durchgang an. Jetzt kam es darauf an.

Alles oder nichts. Sekt oder Selters. Der Steilhang war in einem katastrophalen Zustand, vollkommen zerfurcht, aber es gelang ihm, taktisch klug allen Unebenheiten auszuweichen. Wie ein Motocross-Fahrer. Irgendwie schaffte er es, die größten Schwierigkeiten zu umschiffen, und kam einigermaßen sicher bis ins Flachstück vor dem Ziel. Geschmeidig glitt er durch die letzten Tore. Und seine gute Leistung wurde belohnt. Nach dem Blick auf die Anzeigetafel wusste er, dass er die bisherige Gesamtbestzeit eingefahren hatte. Jetzt konnte er nichts mehr tun, als zu warten, wie sich Mahre, Haker und Winkler schlugen ...

Mit angespannten Nerven sah Marc Ted Mahre in den Steilhang stechen. Der Amerikaner kämpfte tapfer, doch er riskierte zu viel und kassierte einen schweren Schlag auf der aufgeriebenen Piste, wodurch er am nächsten Tor einfädelte. Er überstand den folgenden Sturz unverletzt, ausgeschieden war er trotzdem. Was bedeutete, dass sich Marc zumindest über einen dritten Platz freuen konnte.

Hakers Lauf begann gut, aber seine Zwischenzeiten waren ohne erkennbaren Fehler schlechter als die von Marc. Momentan lag er bereits um acht Zehntelsekunden zurück. Offenbar lehnte er sich zu weit hinten auf die Skier und konnte deshalb seine Linie nur mit mäßigem Druck verfolgen. Nach der ersten Hälfte der Rennstrecke schienen den Norweger zudem seine Kräfte zu verlassen und schließlich war es amtlich: Marc würde auf jeden Fall Zweiter sein. Plötzlich wagte er von etwas zu träumen, an das er schon gar nicht mehr zu glauben gewagt hatte: die Spitze des Weltcup-Klassements! Falls auch Peter patzte, würde Marc mit den zusätzlichen Punkten nicht nur das Riesenslalom-Rennen in Innsbruck gewinnen, sondern auch zum ersten Mal seit verdammt langer Zeit die Weltcupführung für sich beanspruchen ... und das mit über dreiunddreißig Jahren!

Nun folgte die Entscheidung: Peter Winkler stand oben am Start und die Uhr fing an zu laufen. Im Zielraum war es geradezu gespenstisch ruhig ... bis seine erste Zwischenzeit aufleuchtete. Eine sensationelle Zeit, vier Zehntelsekunden besser als Marcs! Die vorwiegend aus Österreichern bestehende Zuschauermenge feuerte ihren Nationalhelden lautstark an. Kurz darauf hatte Peter den schwersten Teil der Strecke in blendender Form zurückgelegt.

Resigniert schaute Marc zu Boden. Er wusste, dass sein ewiger Konkurrent im Flachen besser war als er. Er drehte sich um und wollte gerade zu seinem Trainer gehen, als ein wilder Aufschrei durch die Menge ging und die heisere Stimme des Sprechers sich fast überschlug ...

»AUSGESCHIEDEN! Peter Winkler ist am drittletzten Tor ausgeschieden, unfassbar!«

Im nächsten Moment war Marc von aufgeregten Journalisten und Fans umringt. Eine alte Bekannte gratulierte ihm besonders innig: Die hübsche SRF-Reporterin Lara Frey fiel ihm jubelnd um den Hals und schrie völlig aus dem Häuschen: »Mensch, Marc! Weltspitze!«

Lachend befreite er sich aus ihrer Umarmung und staunte über die vielen Mikrofone, die ihm entgegengestreckt wurden. Erst ganz langsam begriff er, dass er tatsächlich gewonnen hatte.

Es ist verdammt anstrengend, überdurchschnittlich intelligent zu sein. Und ich meine das keineswegs ironisch. Oder arrogant. Hochmut ist eine der sieben Todsünden. Aber hochmütig ist man eben nur dann, wenn man seine eigenen Fähigkeiten nominal überschätzt. Ich bin jedoch nachweislich smarter: Mein IQ liegt bei hundertvierundfünfzig. Damit gehöre ich zu der nur null Komma vier Prozent starken Gruppe von Erdenbürgern, die man als »hochbegabt« bezeichnet. Doch die Nebenwirkungen dieser eigentlich positiven Eigenschaft, mit der man übrigens genauso geboren wird wie mit roten Haaren oder blauen Augen, sind nicht ohne: Manchmal denke ich so intensiv über die Probleme unserer Gesellschaft nach, dass mein Kopf oder besser gesagt mein Hirn überhitzt. Eine Art Kolbenfresser im Denkapparat. Ausgelöst durch zu wenig Schmiermittel in der Form von Nahrung oder Schlaf. Letzteres vergesse ich oft, vor allem, wenn mich mehrere Themen gleichzeitig beschäftigen. Dann muss ich mich quasi selbst rebooten.

Außerdem gilt Intelligenz unter Jugendlichen als extrem uncool. Nach zehn harten Schuljahren weiß das niemand besser als ich. Dabei ist es noch nicht mal so, dass ich meine Klassenkameraden ablehne oder unsympathisch finde. Es gibt einfach keine Schnittmenge zwischen ihren und meinen Interessen. Zum Leidwesen meiner Familie und Lehrer bin ich weder sportlich noch übermäßig an den anderen, »normalen« Freizeitbeschäftigungen meiner Altersgenossen interessiert. Stattdessen stecke ich meine ganze Energie in den Schutz unserer Umwelt. Die Berge bedeuten mir persönlich sehr viel, weil ich hier geboren wurde. Aber darüber hinaus sind die Alpen auch quasi die europäische Klima-Frühwarnanlage. Die hiesigen Ökosysteme reagieren besonders sensibel auf die Erderwärmung und andere schädliche Einflüsse. Deshalb kämpfe ich für den Erhalt meiner Heimat – und bin ein Alpen-Rebell.

Andrea schaute sich die offizielle Preisverleihung auf dem Monitor im VIP-Zelt an. Hier herrschte nach dem Rennen eine wohltuende Leere, während es hinter der Bühne im Zieleinlauf nur so von Leuten wimmelte. Außerdem würde sie Marc für die nächsten Stunden sowieso nicht zu Gesicht bekommen. Er gab bestimmt wie üblich ein Interview nach dem anderen. Fernsehen, Radio, Presse. Heute, als neuer Anführer des Weltcup-Rankings, würde es garantiert doppelt so anstrengend wie sonst. Alle würden sich um ihn und seine coolen Statements reißen.

Bei den ersten Rennveranstaltungen hatte sie noch den Fehler gemacht, während dieses PR-Wirbels an seiner Seite zu bleiben. Aber das war für sie schnell zu einer Lektion in Demut mutiert: Niemand beachtete sie, stattdessen wurde sie von ungeduldigen Fotografen gebeten, zur Seite zu treten oder kurzerhand aus dem Bild geschubst. Auch für die drahtigen Sportjournalisten schien ihre Anwesenheit eher ein lästiges Übel zu sein, weshalb sie Marc, der sie anfangs noch allen als seine Freundin vorgestellt hatte, flüsternd erklärt hatte, dass sie lieber im Hotel auf ihn warten würde.

In Augenblicken wie diesen kam sich Andrea völlig fehl am Platz und verloren vor. Sie hasste dieses Gefühl. Denn sie war keineswegs neidisch. Ganz im Gegenteil, sie gönnte Marc diese Erfolge von ganzem Herzen und freute sich über die wohlverdiente Aufmerksamkeit, die ihm dadurch zuteilwurde. Trotzdem fragte sie sich, welchen Einfluss ein solches Ungleichgewicht – Marc als umschwärmte Lichtgestalt und sie als verschmähte Schattenfrau – auf ihre Beziehung hatte. Fakt war, sie brauchte ihn mehr als er sie. In jeder Hinsicht, emotional wie leider auch finanziell. Seit sie ihren Job als Polizistin an den Nagel gehängt hatte, versuchte sie sich als freiberufliche Privatdetektivin zu bewähren. Doch bis auf einige Hintergrundrecherchen für russische Geschäftsleute hatte sie bislang keine Aufträge zu verzeichnen. Und das lag eindeutig an der Tatsache, dass sie zu viel mit Marc zusammen war.

Den Sommer hatten sie quasi im – unbestritten wundervollen – Dauerurlaub verbracht, und seit Oktober begleitete sie ihn auf seinen Reisen zu den weit verstreuten Weltcup-Austragungsorten. Da war es schwierig, einer regulären Arbeit nachzugehen. Deshalb hatte es sich nach und nach so ergeben, dass Marc die meisten ihrer Rechnungen übernahm. Sie konnte sich die vielen Flugtickets, Hotelaufenthalte und Restaurantbesuche schlichtweg nicht leisten. Aber es fiel ihr trotzdem nicht leicht, sich von Marc aushalten zu lassen.

Heute hatte Andrea mehr oder weniger den ganzen Tag im schneeweiß dekorierten VIP-Zelt zwischen der Weinbar und dem permanent frisch aufgefüllten Buffet verbracht – und die zuständige Servicekraft, die gerade den Tisch abräumte, nickte ihr freundlich, wie einer alten Bekannten, zu.

»Wir schließen jetzt gleich, aber falls Sie noch etwas möchten, bringe ich es Ihnen gern.« Gemäß dem Namensschild an ihrem üppigen Ausschnitt hieß die hilfsbereite Kellnerin Claudia.

»Nein, danke. Ich schaue mir nur noch die Preisverleihung zu Ende an«, antwortete Andrea. Irgendwie fühlte sie sich unter Menschen besser als allein im Hotelzimmer.

»Natürlich. Kein Problem.« Sorgfältig wischte Claudia mit einem nassen Schwamm um ihr halb leeres Wasserglas herum und trollte sich dann zu einem anderen Tisch.

Während Andrea auch weiterhin die stummen Bilder auf dem übergroßen Bildschirm verfolgte – Marc wurde gerade von der bekannten SRF-Moderatorin Lara Frey interviewt –, musste sie sich eingestehen, dass sie sich die Beziehung mit ihrer großen Liebe irgendwie anders vorgestellt hatte. Immerhin waren sie beide inzwischen dreiunddreißig Jahre alt. Wie lange wollte Marc denn noch diesem gemeingefährlichen Profisport nachgehen? Diesmal war es »nur« ein Riesenslalom gewesen, aber schon nächste Woche würde er wieder mit hundertfünfzig Sachen über die total vereiste Piste beim Abfahrtsrennen in St. Moritz fegen. Dabei wurde ihr jedes Mal, wenn er dort oben am Start stand, ganz flau im Magen. Denn egal wie oft er ihr versicherte, dass die Sicherheitsstandards der Rennen noch niemals zuvor so ausgefeilt gewesen wären wie jetzt, in ihren Augen riskierte er damit sein Leben.

Und während er in seinem vergleichsweise hohen Alter noch immer den Supermann im Rennanzug spielte, fragte sie sich, wie es mit ihnen als Paar weitergehen sollte. Was war mit Kindern? Oder mit ihrer eigenen Karriere? Wann würde er dieses unstete Leben für eine gemeinsame Zukunft mit ihr aufgeben? Doch auf entsprechende Fragen reagierte Marc unwirsch. Fast genervt. Offenbar bedeutete ihm der Skizirkus und das damit einhergehende Rampenlicht mehr als ein bodenständiges, alltägliches Leben mit ihr.

»Hier sind noch ein paar Erdnüsse. Die müsste ich sonst eh wegschmeißen«, unterbrach Claudia ihre tristen Grübeleien. Sie stellte das gut gefüllte Schälchen direkt neben ihr ab, und mechanisch griff sich Andrea eine Handvoll dieser Nervennahrung.

Das Karussell ihrer Gedanken drehte sich weiter. Ehrlich gesagt verstand sie nicht, wie Marc so problemlos zwischen diesen beiden doch eigentlich unvereinbar scheinenden Welten hin- und herwechseln konnte: Auf der einen Seite war er ein heimatverbundener typischer Wengener, der sich nicht zu schade war, bei Umzügen die Möbel von Freunden und Bekannten zu schleppen, auf einem Polterabend die Braut zu entführen oder seinen diversen Patenkindern das Rollschuhlaufen beizubringen. Auf der anderen Seite fühlte er sich – ganz im Gegensatz zu ihr – auch auf den exklusivsten Events wohl und unterhielt sich dort angeregt mit internationalen Filmgrößen, milliardenschweren Geschäftsleuten oder Politikern, die alle – wenn er, so wie heute, gewann – seine Nähe suchten.

Ihr selbst ging die Leichtigkeit im Umgang mit diesen wildfremden Menschen leider vollkommen ab. Das Showbiz lag jenseits ihrer Wohlfühlzone. Außerdem ertappte sie sich immer wieder dabei, auf die vielen hübschen Frauen in seiner Umgebung eifersüchtig zu sein. Egal, wo Marc und sie auch hinkamen, ewig wurde er von diesen wahrscheinlich überwiegend promigeilen Ludern aller Altersklassen umschwärmt. Und obwohl sie ihm eigentlich nicht vorwerfen konnte, auf diese flirtenden Hyänen näher einzugehen, nervte sie das blöde Getue gewaltig. Von Zeit zu Zeit konnte sie auch einfach nicht aus ihrer Haut: Bei manchen Frauen war sie völlig grundlos misstrauisch. Wie zum Beispiel bei dieser Lara Frey, die ihren Marc beim Interview gerade so inniglich anhimmelte …

»Ist doch schön, dass sich die zwei noch so gut verstehen«, sagte die Servicekraft in diesem Augenblick. Sie war nach dem Reinemachen hinter Andrea stehen geblieben und betrachtete andächtig den Bildschirm.

Irritiert blickte Andrea zu ihr auf. »Wie bitte?«

»Der Gassmann und seine Sportreporterin.« Claudia zeigte auf den Monitor.

»Ähm ... warum sollten sie sich denn nicht gut verstehen?«

»Na, vorletztes Jahr ist doch mächtig was zwischen den beiden gelaufen! Himmel, das war vielleicht eine Show, die die hier vor unser aller Augen abgezogen haben. Wie die Teenager haben die rumgeknutscht. Die hätten sich besser mal ein Zimmer besorgt ... Aber das haben sie ja dann auch bestimmt!« Claudia kicherte amüsiert.

»Verwechseln Sie da nicht jemanden? Meinen Sie wirklich Marc Gassmann oder einen der jüngeren Skifahrer?«

»Nee, ganz bestimmt nicht. Für den Gassmann habe ich schon vor fünfzehn Jahren geschwärmt ... dufter Typ ... dem hätte ich selbst gern mal schöne Augen gemacht. Aber der steht eben nicht auf so Ottonormalverbraucher wie uns. Da muss es schon eine Schönheit wie diese TV-Tante sein!«

2. Kapitel

»Das hättest du mir sagen müssen!«, schrie Andrea aufgebracht. Sie hatte den ganzen Abend versucht, sich zusammenzureißen und dem blöden Geplapper der Kellnerin keine übermäßige Bedeutung beizumessen. Aber dann, nach dem Dessert, hatte Marc die Reporterin, die mit ihrer Crew ein paar Meter weiter im hoteleigenen Restaurant saß, an ihren Tisch geholt und sie als »meine alte Freundin Lara« vorgestellt. Das hatte Andrea den Rest gegeben. Und als sie endlich mit Marc allein in ihrem Zimmer war, konnte sie sich nicht mehr beherrschen.

»Was hätte das denn geändert?«, fragte Marc. »Lara und ich hatten eine kurze, unbedeutende Affäre, die lange, bevor ich dich wiedergesehen habe, beendet war. Soll ich dir jetzt über alle One-Night-Stands der letzten zehn Jahren Auskunft geben? Das ist doch vollkommen irrsinnig.«

»So wie diese Lara dich angestrahlt hat, macht sie sich ganz offensichtlich Hoffnungen auf einen Neuanfang mit dir. Da will ich euch beiden Turteltauben nicht im Weg stehen!« Andrea öffnete ihren Koffer und fing an, ihre durchs Zimmer verstreuten Klamotten aufzusammeln und einzupacken.

Marc stoppte sie, indem er liebevoll seinen Arm um ihre Taille legte. »Mensch, Andrea, jetzt mach doch mal halblang. Lara bedeutet mir nichts. Wir sind inzwischen einfach gute Freunde, aber –«

Sie befreite sich aus seinem Griff. »Tolle Freunde hast du da! Also ich für meinen Teil springe jedenfalls nicht mit meinen ›guten‹ Freunden ins Bett!«

»... aber dich liebe ich«, sprach Marc ruhig zu Ende. »Du bist die Frau meines Lebens.«

»Das würde ich jetzt an deiner Stelle auch sagen. Gib es zu, du willst einfach nur deine Ruhe!«

Marc lächelte vielsagend. »Nein, eigentlich hatte ich ganz andere Pläne für den restlichen Abend. Aber momentan sieht es leider nicht danach aus, dass meine durchaus fantasievollen Wünsche in Erfüllung gehen.«

Andrea drehte sich um und schmiss ihm einen Pullover an den Kopf. »Da kannst du Gift drauf nehmen. So schnell kehren wir diese Sache nicht unter den Teppich. Was für eine Garantie kannst du mir geben, dass eure ›freundschaftliche‹ Affäre nicht doch noch einmal aufflackert? Gelegenheit macht Sex. Und ich kann dir schließlich nicht die ganze Zeit lang hinterherfahren. Irgendwann muss ich auch wieder arbeiten.«

»Bitte fang nicht schon wieder mit diesem verdammten Thema an.« Marcs Gesichtsausdruck war auf einmal finster. »Ich habe dir schon tausend Mal gesagt, dass es mir nichts ausmacht, diese Ausgaben zu übernehmen. Du brauchst keinen neuen Job. Es ist viel wichtiger für mich, dich bei mir zu haben.«

»Weil du mich sonst mit dieser Lara betrügst? Die ist ja schon von Berufs wegen an jeder Rennstrecke zu Hause!«

»Natürlich nicht! Ich möchte dich einfach –«

»Nein, Marc. Dieser Vorfall heute hat mir unmissverständlich klargemacht, wie wichtig es ist, dass ich selbstständig bleibe. Morgen fahre ich nach Zürich und suche mir endlich wieder einen richtigen Arbeitsplatz.«

Sie stritten noch eine ganze Weile. Dann versöhnten sie sich. Im Bett – wie immer. An ihren unterschiedlichen Standpunkten änderte sich trotzdem nichts: Marc wollte sie partout nicht ziehen lassen, obwohl sie ihm hoch und heilig versprochen hatte, am Wochenende – beim nächsten Rennen – dabei zu sein. Doch Andreas Entschluss stand fest. Sie würde sich nicht an seine Rockzipfel beziehungsweise an seinen Rennanzug klammern, nicht in diese gefährliche Abhängigkeitsfalle tapsen. Denn dass so etwas nie gut ging, hatte sie schon recht früh gelernt – am traurigen Beispiel ihrer eigenen Mutter.

Während sie schlaflos in Marcs Armen lag, musste Andrea plötzlich an Daniel denken. Ihr Ex-Mann war auch so rasend eifersüchtig gewesen. Doch erst jetzt konnte sie sein Verhalten nachvollziehen: Offenbar gab es in jeder Beziehung einen Partner, der stärker liebte als der andere und das schlug sich dann in diesen irrationalen Verhaltensweisen nieder. Aber solche negativen Gedanken waren nicht gut für sie. Sie brauchte eine richtige Aufgabe. Ein eigenständiges Leben. Sie wollte nicht darüber nachgrübeln, warum Marc ausgerechnet sie liebte und nicht eine andere. Eine schönere, wahrscheinlich wohlhabendere und begabtere Frau – so eine wie Lara Frey. Diese selbstquälerischen Gedankenspiele führten doch zu nichts. Man konnte einen Partner, der ausbrechen wollte, nicht festhalten. Auch Daniel und sie hatten sich getrennt. Und jetzt schien er mit seiner neuen Freundin Petra glücklich zu sein. Dass hatten ihr zumindest Bekannte erzählt, denn zu Daniel selbst hatte sie seit der Scheidung keinen Kontakt mehr.

Marc drehte sich im Schlaf auf die Seite und presste sie

noch etwas enger gegen seinen warmen, athletischen Körper. Andrea unterdrückte ein Seufzen. Ja, sie würde ihn vermissen, wenn sie morgen allein nach Zürich fuhr. Keine Frage. Aber es war trotzdem die einzig richtige Entscheidung. Selbst wenn sie anfangs dort in seinem Haus in Kilchberg leben musste. Doch sobald sie einen neuen Job hatte, würde sie sich ein eigenes kleines Apartment leisten, einen Rückzugsort für alle Fälle, den sie hoffentlich nie brauchen würde. Aber Vorsicht war eben tausendmal besser als ein viel schlimmeres Gefühl: Reue.

»Versprich mir, dass du bei dieser Rennveranstaltung nichts anstellst!«, sagt mein Vater mit ernster Stimme.

»Was meinst du damit?«, frage ich, weil ich es generell nicht mag, wenn sich jemand unklar ausdrückt.

»Das weißt du ganz genau«, antwortet er. Da er mich jedoch inzwischen auch ein wenig kennt, spezifiziert er seine Sorgen. »Du wirst dich weder an Bäume anketten noch versuchen, durch Sitzblockaden oder einen ähnlichen Blödsinn das Training oder den Ablauf des verdammten Weltcup-Rennens zu behindern. Außerdem wirst du keine Sachbeschädigung und keinen Hausfriedensbruch begehen.«

Ich nicke anerkennend. Meine Eltern lernen dazu. Die Aufzählung ist schon eine ziemlich vollständige Verbotsliste. Doch glücklicherweise sind die zwei Dinge, die ich tatsächlich geplant habe, nicht inkludiert. Denn ich verstoße nur ungern gegen ausdrückliche Verbote meiner biologischen Erzeuger. In der Bibel steht, dass man seine Eltern ehren soll, und soweit es mir möglich ist, versuche ich mich an diesen jahrhundertealten, allgemein gültigen Kodex des menschlichen Zusammenlebens zu halten. Auch wenn das für einen selbst erklärten militanten Umweltschützer wie mich manchmal echt schwierig ist.

»Also, haben wir uns verstanden?« Mein Vater sucht den Augenkontakt mit mir. Eine soziale Konvention, die mir unangenehm ist.

Ich nicke erneut, obwohl er sich schon wieder recht beliebig ausdrückt: Das Verständnis zweier Menschen von ein und derselben Kommunikation wird aufgrund ihrer unterschiedlichen Erfahrungshorizonte und Wahrnehmungsfilter niemals das gleiche sein. Aber heute fühle ich mich gut und entscheide, ihn nicht darauf hinzuweisen.

Erleichtert atmet mein Vater aus. »Danke, Jonas.«

Ich grinse. »Keine Ursache.«

Mein Vater schüttelt amüsiert den Kopf und geht mit einem erleichterten Lächeln aus meinem Zimmer. Obwohl es Mittwoch und bereits elf Uhr abends ist, weist er mich nicht daraufhin, dass ich morgen früh in die Schule gehen muss. Das rechne ich ihm hoch an. Denn erstens werde ich sowieso ab der zweiten Stunde schwänzen, und zweitens möchte ich unbedingt noch weiter an dem Flyer arbeiten, den ich morgen verteilen will.

Nachdem ich das Passwort eingegeben habe, hebt sich mein Bildschirmschoner – eine eigenhändig aufgenommene Fotografie der Aussicht vom Corvatsch-Gletscher – und die Überschrift meines Flugblatts wird sichtbar: »Kämpfe für die ökologischen Alternativen zu Streusalz!« Ich weiß, manchmal bin ich in den Worten meiner Mutter »ein unerträglicher Geheimniskrämer«, aber bei manchen Unternehmungen muss man eben Vorsicht walten lassen. Dazu gehört übrigens auch das geplante Treffen mit der blonden Sportmoderatorin, mit der ich mich schon letztes Jahr so ausführlich unterhalten habe.

Während ich weitere Vorteile von biologisch abbaubarem

Bimsstein und Kalzium-Magnesium-Acetat im Kampf gegen vereiste Straßen und Gehwege ausführe, überlege ich gleichzeitig, mit welchen Taktiken ich Frau Frey noch mehr von meiner Sichtweise der Dinge überzeugen könnte.

Marcs Herz schien zu fliegen. Das Gefühl der Schwerelosigkeit nach der letzten Steilkurve hielt noch immer an. Wie im Rausch schoss er – jeden Muskel zum Bersten gespannt – aus dem schwierigen Hang und duckte sich tiefer in die Abfahrtshocke. Jetzt bloß keinen Luftwiderstand bieten, sonst fehlte der Speed ins Flache; dann war das Rennen gelaufen. Und bei diesem Höllentempo bremste schon ein unachtsam ausgestreckter Daumen. Aber das würde ihm nicht passieren. Wild entschlossen, umklammerte er beide Skistöcke. Seine tränenden Augen erkannten bereits den letzten Sprung, auf den er unerbittlich schnell zuraste. Das war eine lösbare Aufgabe: Gerade mal fünfzig Meter vom Absprung bis zur Landung – wenn man alles richtig machte. Da war er Schlimmeres gewohnt. Im Weltcup sprang man meistens achtzig Meter oder mehr ...

Da! Es war so weit. Wie auf Schienen preschte er über die Kante ... und fühlte im gleichen Moment, dass etwas Entscheidendes nicht stimmte, geradezu katastrophal schieflief! Er hatte den Absprung falsch erwischt! Plötzlich geschah alles wie in Zeitlupe: Um seine Flugposition zu korrigieren, streckte Marc reflexartig die linke Hand aus ... als ob er sich – mitten in der Luft – an einem imaginären Balken festzukrallen vermochte, der sein Gleichgewicht auf magische Weise wieder stabilisieren würde ... Doch statt neuer Balance spürte er, wie die Aerodynamik ihn immer weiter in die falsche Richtung drängte! Er stieg höher, und die einsetzenden Fliehkräfte zwangen ihn, seine geduckte Haltung aufzugeben, sich zu öffnen.

»Bleib klein, sonst landest du quer«, schrillte eine warnende Stimme durch seinen Kopf.

Mit irren Verrenkungen versuchte er krampfhaft, die Skier parallel zur Fahrtrichtung zu drehen, aber er flog immer noch mit hundertdreißig Stundenkilometern durch die Luft und die vereiste Piste kam beängstigend schnell näher ...

Irgendwie gelang es ihm, den rechten Ski gerade zu halten. Dadurch konnte er den allerhärtesten Aufschlag bei der Landung zumindest auf einem Bein abfedern. Verzweifelt bemühte er sich, sein anderes Bein mit dem zweihundertvierundzwanzig Zentimeter langen Ski ebenfalls unter seinen Körper zu ziehen, um wieder mit beiden Skiern parallel zur Fahrtrichtung den Berg herunterzurasen. Doch einen Wimpernschlag später spürte Marc, wie er die Kontrolle verlor.

Im nächsten Moment stürzte er und sein dramatisch beschleunigter Körper schlug ein ums andere Mal brutal auf dem betonharten Eis der Piste auf. Immer und immer wieder. Wie im Schleudergang einer Waschmaschine.

Er hörte ein entsetzliches Knacken, spürte aber nichts. Lediglich ein weißes Flimmern und die unablässigen Schläge auf Schultern, Rücken und Kopf nahm er wahr, als er ungebremst und mit vernichtender Gewalt den steilen Berg hinunterschoss. Es dauerte eine halbe Ewigkeit, bis sich sein unkontrollierter Fall verlangsamte. Doch endlich verfing sich sein geschundener Körper im Sicherheitsnetz. Stillstand. Ausatmen. In der unbequemen Bauchlage versuchte Marc, sich zu orientieren und den erlittenen Schaden an seinem Körper abzuschätzen. Was tat alles weh?

Doch merkwürdigerweise hatte er keine Schmerzen. Er blickte an sich herab. Offenbar war alles heil. Nur sein linkes Knie stand so komisch ab. Um es nicht bewegen zu müssen, versuchte er, seinen Körper vorsichtig um das lädierte Bein zu drehen, als er sich auf den Rücken wälzte. Marc richtete seinen Oberkörper auf. Es tat ihm immer noch nichts weh, und er winkte den heraneilenden Pistenhelfern beruhigend zu. Dann drückte er sich mit beiden Händen vom Boden ab und versuchte aufzustehen. Doch zu seinem Entsetzen sah er, wie sich sein linker Unterschenkel verselbstständigte und – als ob er nicht zu seinem restlichen Körper gehörte – seitlich wegklappte!

Im nächsten Moment setzte seine Wahrnehmung wieder ein, und es kam ihm vor, als ob jemand sein Knie mit einem Vorschlaghammer bearbeitete: Unerträgliche Schmerzwellen jagten durch ihn hindurch, und er musste sich übergeben.

Vage bekam er mit, dass ihn jemand mit einer Decke vor den gaffenden Zuschauern abschirmte, danach wurde er von mehreren Händen auf eine Trage gehoben. Durch den Schleier der immer noch übermächtigen Schmerzen hindurch spürte Marc, dass er am ganzen Körper zitterte. Schüttelfrost. War das der Schock? Er machte den Mund auf, um zu sprechen, aber seine Zähne klapperten zu sehr. Ein Helfer deckte ihn mit einer wärmenden Rettungsdecke aus Folie zu, dann schwanden ihm die Sinne …

Als Marc nach diesem Filmriss wieder zu sich kam, befand er sich offenbar in einem Spital. Nackt bis auf seine Boxershorts lag er unter einem weißen Laken auf einer Krankenliege und fühlte sich grauenhaft. Vollkommen hilflos und ausgeliefert. Mit schmerzverzerrtem Gesicht blickte er auf den weiß gekleideten Arzt neben ihm, der gerade nachdenklich ein Röntgenbild betrachtete.

»Dr. Steadman«, stellte der Arzt sich vor und reichte ihm die Hand.

»Und?«, fragte Marc durch zusammengepresste Zähne. Die Schmerzen waren kaum auszuhalten. Warum gab man ihm kein Mittel dagegen?

Der Arzt schüttelte den Kopf. »Es sieht leider nicht gut aus, Herr Gassmann. Aber sehen Sie selbst ...«

Mit einer theatralischen Geste hob er das Laken an und ließ ihn einen Blick auf sein eigenes Knie werfen. Der Schreck fuhr Marc durch alle Glieder. Das Gelenk zwischen seinem Ober- und Unterschenkel war nicht mehr als solches zu erkennen: Ein grotesk angeschwollener, unförmiger Klumpen, dick wie ein Basketball. Rechts und links waren dunkelblaue, an manchen Stellen rötlich schimmernde Streifen zu erkennen.

»Das sind die gerissenen Seitenbänder«, erklärte Dr. Steadman. Er umfasste ganz vorsichtig das lädierte Gelenk und versuchte es anzuheben.

»Argh!« Marc musste sich auf die Lippe beißen, um nicht laut loszuschreien. Er hätte es nicht für möglich gehalten, dass diese Höllenqualen noch schlimmer werden konnten, aber in diesem Moment schienen tatsächlich alle seine Nervenenden in Flammen zu stehen.

Anscheinend entging das auch Dr. Steadman nicht, denn er ließ Marcs Knie ganz sachte zurück auf die Liege sinken. »Ich habe den Sturz im Fernsehen gesehen«, sagte er ernst. »Und ich vermute, dass sich das Kniegelenk während des Sturzes dreihundertsechzig Grad um seine eigene Achse gedreht hat. Es ist praktisch alles in Ihrem Knie gerissen, das nur reißen kann.«

Marc blinzelte gegen die Tränen an. »Wie lange? Wann kann ich wieder trainieren?«

Doch der Arzt ignorierte seine Frage. »Die linke Kniescheibe steckt zum Beispiel hinter Ihrer Kniebeuge fest.«

»Das interessiert mich alles nicht! Ich will nur wissen, wann ich wieder auf die Piste kann, Doktor!« Marc riss sich mit aller Macht zusammen, um sein Gegenüber nicht anzuschreien. Er wusste, dass seine Geduld sehr begrenzt war.

Mitleidig blickte Dr. Steadman auf ihn herab. »Das versuche ich Ihnen ja gerade so schonend wie möglich beizubringen. Sie können von Glück reden, wenn Sie in ein paar Jahren wieder einigermaßen schmerzfrei zu Fuß eine Straße überqueren können. Aber Sie werden nie wieder Ski fahren.«

»Neeeeeeeeeeein!« Marc schrie wie von Sinnen ...

... und wachte schweißgebadet und mit klopfendem Herzen aus diesem ewig wiederkehrenden Albtraum auf.

Schwer atmend griff er nach der Wasserflasche auf seinem Nachttisch, setzte sie an seinen vollkommen ausgetrockneten Mund und trank mit gierigen Schlucken. So intensiv und plastisch hatte er schon lange nicht mehr von seinem schweren Unfall in Sestriere geträumt. Damals hatten ihm die Ärzte tatsächlich eine Zukunft als Invalide prophezeit. Aber er hatte sich wie ein Samurai durch die harte Reha und zurück in den Profisport gekämpft. Vier Weltcup-Gesamtsiege hatte er seit dieser Zeit eingefahren, und ein fünfter Titel war nun in unmittelbarer Reichweite: Erst gestern Abend hatte er im piekfeinen »Hotel Engadin« in St. Moritz eingecheckt, und morgen würde er das erste Training für sein siebtes Abfahrts-Weltcup-Rennen der laufenden Saison bestreiten. Auch bei diesem Wettbewerb musste er seinen ewigen

Konkurrenten Peter Winkler bezwingen, sonst würde er seinen aktuellen Spitzenplatz in der Wertung gleich wieder abgeben müssen. Ob er deshalb so wild geträumt hatte? Vielleicht. Es konnte aber auch an etwas ganz anderem liegen. Nachdenklich betrachtete er die leere Betthälfte neben sich …

3. Kapitel

Die Abfahrtsstrecke der Herren auf der Corviglia, wo das Training stattfand, fing ganz spektakulär mit einem sogenannten »freien Fall« an, einem Hang mit hundertprozentigem Gefälle. In sechs Sekunden beschleunigte man dort auf über hundertvierzig Stundenkilometer. Damit die Rennläufer zum Startgelände gelangten, musste die Piz-Nair-Gondel einen Zwischenstopp in luftiger Höhe an einer nachträglich gebauten Metallrampe einlegen. Von dort aus kletterte man dann auf einer nahezu senkrechten Stiege nach oben. Theoretisch. Denn praktisch stand Marc gerade auf der Rampe und kämpfte mit seinen inneren Dämonen, von denen er angenommen hatte, dass sie längst besiegt wären.

Weshalb setzte ihm dieser verdammte Albtraum nur ausgerechnet heute dermaßen zu? Normalerweise steckte er dieses alte Schreckgespenst, das er unter anderem mit autogenem Training bezwungen hatte, locker weg. Doch am heutigen Morgen brach ihm allein bei der Erinnerung an die fürchterliche sechsmonatige Reha-Zeit der kalte Schweiß aus. Seine Knie zitterten. Wie damals auf der Himmelsstiege – von ihm »Höllentreppe« getauft –, auf die ihn sein Physiotherapeut Toni jeden Tag gescheucht hatte. Das war der ultimative »Mann oder Memme«-Test gewesen. Wenn er die hundertachtzig steilen Stufen mit seinen von der Operation geschwächten Muskeln besteigen musste, begann ab etwa der Hälfte seine ganz persönliche »Todeszone«. Dort wurden die Schmerzen so schlimm, dass er nur mit reiner Willenskraft weiter nach oben gelangte. Kriechend. Keuchend. Innerlich Gott und die Welt verfluchend. Oben angekommen, hatte es jeweils eine halbe Ewigkeit gedauert, bis sich sein Puls auch nur annähernd wieder auf eine normale Frequenz beruhigt hatte. Nein, diesen Mist wollte er nie wieder in seinem Leben durchmachen, diese Erfahrung wünschte er nicht einmal seinem ärgsten Feind an den Hals.

Doch warum wurde er ausgerechnet heute von diesen grauenhaften Flashbacks heimgesucht? Er hatte sich doch noch nie dem Druck des Weltcup-Ranking-Erhalts gebeugt. Da alle anderen Trainingsumstände, inklusive der perfekt aufbereiteten, knallharten Piste, unverändert waren, musste er sich schweren Herzens eingestehen, dass es leider nur eine logische Erklärung gab: Andreas plötzliche Abwesenheit warf ihn so aus der Bahn. Nur deshalb schlug er sich wieder mit diesen alten Ängsten herum. Wegen des dämlichen Streits um die für ihn längst abgehakten Affäre mit Lara. Plötzlich ärgerte er sich maßlos darüber, dass er jemals eingewilligt hatte, der Reporterin dieses Interview zu geben. Hätte er sich die fünfminütige Selbstbeweihräucherung mit ihr erspart, wäre Andrea bestimmt immer noch an seiner Seite! Diese Unabhängigkeitsdebatte war doch nur vorgeschoben. Schließlich kam es doch nicht darauf an, ob ihr Lebensunterhalt von »ihrem« oder »seinem« Geld bestritten wurde. In seinen Augen bildeten sie eine unzertrennliche Einheit, da würde über kurz oder lang sowieso alles als gemeinsames Vermögen veranschlagt werden.

»Marc?« Sein Trainer, der bereits oben am Start auf ihn gewartet hatte, trat mit einem überraschten Blick an seine

Seite. »Alles okay? Eigentlich wärst du schon längst an der Reihe ...«

Marc atmete tief durch und stieß sich entschlossen von dem Geländer ab, an das er sich gelehnt hatte. Dann machte er probeweise einen Schritt nach vorne. Seine Knie waren immer noch weich wie Butter. Aber da musste er jetzt durch. Das hier war schließlich sein Job. »Alles okay, Hans. Ich komme.«

Wie ein alter Mann kletterte er behäbig die Stiege zum Startareal rauf und stieg in die Bindung seiner Ski. Mit einem hohlen Gefühl in der Magengegend rutschte er zur Startlinie vor und blickte auf die von zwei blauen Linien flankierte Piste. Der »freie Fall« erwartete ihn. Und er war alles andere als bereit dafür.

»Drei, zwo, eins«, rief der Startrichter. Dann ertönte das Signal.

Wie in Trance drückte Marc sich ab, glitt nach vorn und nahm mit schlotternden Beinen Fahrt auf. Nur dass er nicht halbwegs tief genug in der Hocke war. Wie ein blutiger Anfänger näherte er sich der ersten Kurve ...

Eine gefühlte Viertelstunde später kam er im Zieleinlauf an. Ohne äußerliche Blessuren. Doch er musste kaum abbremsen, so lahm war er die vereiste Piste runtergeschlittert. Bei jeder sich bietenden Gelegenheit hatte er die Geschwindigkeit gedrosselt. Er war kaum richtig abgesprungen und hatte bei allen schwierigen Passagen gepatzt. Was für eine Riesenblamage! Er hatte schon mit vierzig Grad Fieber bessere Abfahrten hingelegt. Mit vor Scham eingezogenem Kopf löste er die Bindungen, schulterte die Ski und wollte gerade von dannen ziehen, als ihn der Klang einer bekannten, sehr melodischen Stimme zurückhielt.

»Sag mal, was war denn mit dir los?«, fragte Lara unmittelbar hinter ihm. Offenbar hatte sie sein katastrophaler Lauf so geschockt, dass sie sogar die höheren Sphären des SRF-TV-Studios für ihn verlassen hatte.

»Das geht dich nichts an.« Marc stapfte weiter.

Doch so leicht ließ sich Lara nicht abhängen. Mitfühlend sagte sie: »Du, ich will gar nicht darüber berichten, ich mach mir nur Sorgen. So kenne ich dich gar nicht. Bist du verletzt? Brauchst du Hilfe?«

»Lass mich in Ruhe, okay?«, knurrte Marc und drehte sich um. Laras Anteilnahme und ihr besorgter Blick machten die ganze Schmach nur noch schlimmer. Wenn er sich das verdammte letzte Interview mit ihr geschenkt hätte, wäre Andrea noch bei ihm und der verbockte Elendslauf nie passiert! Plötzlich brodelte eine kaum beherrschbare Wut in ihm. »Weißt du was? Du nervst! Und im Grunde genommen ist das heute sowieso alles deine Schuld! Also schleich dich!«

Lara streckte in einer beschwichtigenden Geste beide Hände nach ihm aus. »Wie bitte? Ich ... ich will dir doch nur helfen!«

Tief in seinem Inneren, wusste Marc selbst, dass er ihr Unrecht tat, aber beim Anblick der attraktiven Sportreporterin lief ihm die Galle über und der ganze unterdrückte Ärger über die verfahrene Situation mit Andrea brach aus ihm hervor. »Fass mich bloß nicht an! Sonst kannst du dich auf was gefasst machen!«

Ungläubig verzog Lara das Gesicht. »Du willst wirklich mir – ausgerechnet mir – die Verantwortung für diesen grottenschlechten Lauf in die Schuhe schieben? Was habe ich denn damit zu tun?«

In dem Moment riss Marc endgültig der Geduldsfaden. Frustriert schmiss er seine Ski vor Laras Füße, die er nur um Haaresbreite verfehlte. Am liebsten hätte er die Reporterin an beiden Armen gepackt und ordentlich durchgeschüttelt.

»Du ... sollst ... mich ... verdammt noch mal ... in RUHE LASSEN!«, brüllte er verbittert. »Ich habe keinen Bock auf dich und deine tollen Ratschläge! Raffst du das nicht? Bloß weil wir in grauer Vorzeit ein paarmal gevögelt haben, macht dich das noch lange nicht zu meiner ganz persönlichen Mutter Theresa!«

Aggressiv machte Marc einen Schritt auf die Moderatorin zu, die plötzlich ziemlich blass um die Nase aussah.

»Du spinnst ja!«, flüsterte sie verletzt, drehte sich um und ging.

Endlich! Wutschnaubend bückte sich Marc, um seine Skier aufzuheben, als ihm plötzlich bewusst wurde, dass die entsetzten Blicke sämtlicher Zuschauer auf ihm ruhten. Offenbar war die Szene nicht unbeobachtet geblieben. Auch das noch! Er wollte nur noch weg und sich in der Abgeschiedenheit seines Hotelzimmers im Elend suhlen.

Seit heute früh um zehn Uhr verteile ich vor dem Eingang der Haupttribüne meinen Flyer. Es läuft gut. An die zweihundert Exemplare habe ich schon an den Mann beziehungsweise die Frau gebracht. Sicher: Manche der Zuschauer des ersten Abfahrtstrainings werden ihn ungelesen wegwerfen. Aber ein paar werden auch darüber nachdenken, ob wir weiterhin unsere Umwelt mit Auftausalz belasten sollten. Diesmal habe ich mich auf die bleibenden Schäden für unsere Flüsse und Seen beschränkt und anhand von Bildmaterial erläutert, dass durch eine übermäßige Salzkonzentration die alpine Flora und Fauna empfindlich gestört werden. Details über die Veränderungen der spezifischen Wasserdichten und die daraus resultierende fehlende Zirkulation von Sauerstoff in die salzreiche, bodennahe Wasserschicht habe ich dagegen weggelassen. Ein durchschnittlich begabter Erwachsener hat im Zeitalter von Smartphones, WhatsApp und Facebook ungefähr die gleiche Aufmerksamkeitsspanne wie ein Eichhörnchen. Da muss man sich auf eine Hauptaussage beschränken.

Gegen Mittag verlege ich meinen Standort, denn aus der Ferne sehe ich, wie ein paar Freunde meines Vaters unmittelbar auf mich zusteuern. Glücklicherweise sind sie zu sehr in ihre Unterhaltung vertieft, um mich zu bemerken. Auf dem Rückweg komme ich mit einigen jüngeren Skifans ins Gespräch.

»Und welchem Abfahrtsläufer drückst du für Sonntag die Daumen?«, wollen sie von mir wissen.

Meine Antwort: »Keinem. Dieser Sport verleitet zu viele Menschen zum Skifahren«, scheint sie zu schockieren. Ich versuche ihnen daraufhin zu erklären, was der Bau einer Skipiste für die dortige Natur bedeuten kann: »Zunächst wird kilometerweise Wald gerodet, Bäume samt Wurzeln herausgerissen und das Gelände mithilfe einer Planierraupe platt gewalzt. Teilweise müssen sogar Flüsse umgeleitet und Felsen gesprengt werden. Könnt ihr euch vorstellen, was das bedeutet? Regen kann von der nun beinharten Piste nicht mehr absorbiert werden und fließt ungebremst über die Hänge. Schlamm- und Geröllawinen sind die Folge und …«

Als ich kurz Luft hole, verabschieden sich meine Zuhörer. Das passiert leider öfter. Ich versuche, ihnen diese Ignoranz zu vergeben, und blicke – um mich von meinen latent feindseligen Gedanken abzulenken – auf meine Armbanduhr. Noch eine Stunde bis zum Treffen mit Frau Frey. Ich mache mich trotzdem auf den Weg. Pünktlichkeit ist die Tugend der Könige.

Völlig erschöpft schloss Andrea die Tür zu Marcs Haus auf. Nachdem sie ihre Jacke in die Garderobe gehängt hatte, ging sie schnurstracks in die Küche und machte sich einen doppelten Espresso. Sie hatte den ganzen Morgen im Büro ihres ehemaligen Kollegen Urs Berger bei der Kantonspolizei verbracht. Ihre Unterhaltung war fortlaufend von dienstlichen Telefonaten unterbrochen worden, doch letztendlich hatte sie es geschafft, ihm ein wenig auf den Zahn zu fühlen. Mit einem niederschmetternden Ergebnis.

»Machen wir uns nichts vor, liebe Andrea«, hatte Urs zu ihr gesagt. »Hauptmann Ebert würde sich lieber die rechte Hand abhacken, als dich noch einmal einzustellen.«

»Aber ... ich dachte wirklich, dass er mir die Geschichte von damals verziehen hätte. Schließlich habe ich in dem eigentlichen Fall doch einen guten Riecher bewiesen.«

Urs hatte nur mit den Schultern gezuckt. »Vielleicht. Aber er wird dir niemals vergeben, dass du letztes Frühjahr so sang- und klanglos gekündigt hast. Das hat er ziemlich persönlich genommen. Danach hat er wochenlang gegrummelt, dass auf Frauen kein Verlass im diesem Beruf sei. Dass das weibliche Geschlecht bei der ersten Gelegenheit geheiratet werden wolle und so weiter ...«

»Aber das stimmt doch gar nicht. Ich brauchte einfach eine Auszeit und –«

Urs lächelte milde. »Die hast du nun ja auch bekommen. Nur dass sie vielleicht ein wenig länger dauern wird.«

»Also würdest du einer Bewerbung meinerseits bei der Kapo keine großen Chancen einräumen?«

Er schüttelte den Kopf. »Gar keine. Wir müssen da realistisch sein. Ebert würde in jedem Fall zu deinen früheren Leistungen befragt werden und sich sicherlich auch gegen die Verwendung in einer anderen Abteilung aussprechen.«

»Und was mach ich nun?« Andrea fühlte sich auf einmal völlig kraftlos.

»Wieso suchst du überhaupt einen neuen Job? Hast du dich mit Marc zerstritten?«, erkundigte sich Urs interessiert.

»Nein.« Sie wollte nicht mit ihm über die Sorgen bezüglich ihrer Unabhängigkeit sprechen. Das würde ein so konservativer Mann wie Urs niemals verstehen.

»Na dann ist doch alles in Ordnung.«

Sie ignorierte seine Worte. »Hast du vielleicht gehört, ob die Stadtpolizei noch Verstärkung sucht?«

»Hm.« Nachdenklich wiegte Urs seinen Kopf hin und her. »Tja, also die Verkehrspolizei der Stapo sucht wohl immer neue Leute. Die haben dort ein fleißiges Kommen und Gehen.«

Kein Wunder, dachte Andrea. Das Durchführen von Verkehrskontrollen gehörte bestimmt bei keinem ihrer Kollegen zu den Lieblingsaufgaben. Aber in der größten Not fraß der Teufel eben kleine Brötchen. Vielleicht wäre der Job ein gutes Sprungbrett für höhere Aufgaben. Weshalb sie Urs antwortete: »Danke für den Tipp, Urs. Dann werde ich es dort einmal probieren.«

Urs nickte, sehr zufrieden mit seiner eigenen Hilfsbereitschaft. »Mach das, und sag Bescheid, ob es geklappt hat. Wir sollten unbedingt in Kontakt bleiben.«

»Natürlich«, sagte Andrea mit einem Lächeln. Sie wusste genau, worauf diese Unterhaltung hinauslaufen würde. Und sie sollte sich nicht täuschen ...

»Wir müssen dann auch unbedingt einen Termin ausmachen. Marc und ich wollten doch schon seit letztem Jahr einmal gemeinsam Skifahren gehen.«

Von »wollen« konnte zumindest bei Marc nicht die Rede sein, aber Andrea mochte Urs nicht enttäuschen. »Na klar. Momentan hat er zwar keine Zeit, aber nach der Weltcup-Saison wird er sich bei dir melden.«

»Das tönt super«, freute sich ihr Ex-Kollege und begleitete sie zur Tür. »Viel Glück für deine Bewerbung.«

Hehre Absichten setzte man am besten sofort um, und so verzog sich Andrea mit ihrem doppelten Espresso umgehend in Marcs Büro. Mit einem tiefen Seufzen ließ sie sich vor seinem Computer nieder und betrachte während der Rechner hochfuhr die vielen Pokale und Trophäen, die Marc im Laufe seiner langen Karriere gewonnen hatte. In den Vitrinen und Regalen waren nicht nur die vier Kristallkugeln für die Gesamt-Weltcup-Gewinne untergebracht, sondern auch sechs olympische Medaillen, mehrere »Goldene Gams«-Auszeichnungen, die es für den Gewinner der Hahnenkamm-Abfahrt in Kitzbühel gab, und viele Kuriositäten. Bei einem japanischen Rennen hatte Marc zum Beispiel ein echtes Samurai-Schwert gewonnen, und bei einem slowenischen Lauf war der erste Preis eine Art vergoldete Suppenschüssel gewesen.

Kurze Zeit später blinkte der Cursor einsatzbereit auf dem Bildschirm, und Andrea legte los. Da sie die Ausbildung zur Kantonspolizistin bereits mit Bestnoten abgeschlossen und außerdem viele Fortbildungskurse belegt hatte, nicht nur an der Zürcher Polizeischule, sondern auch an der Polizeischule in Amriswil, konzentrierte sie sich auf die Begründung für ihren Wechsel in die Dienstabteilung Verkehr. Dazu studierte sie unter anderem die Webseite der Stadtpolizei Zürich und schwindelte, dass sie sich schon immer für die Themen Verkehrssicherheit und -planung interessiert hätte.

Der Bewerbungsbrief war schnell fertig. Doch woher sollte sie auf die Schnelle ein aktuelles Passbild von sich herbekommen? Sie hatte keine Lust auf diese schrecklichen Fotoautomaten, auf deren Bildern man immer wie ein gemeingefährlicher, international gesuchter Terrorist aussah. Professionelle Fotografen waren schweineteuer. Hm. Ob Marc hier nicht irgendwo eine Digitalkamera rumliegen hatte? Auf Fotopapier sollte sie doch ein nettes Bild ausdrucken können. Unschlüssig zog Andrea die oberste Schublade von Marcs Schreibtisch auf. Doch darin waren lediglich ein paar Stifte und Büroklammern. Auch in der mittleren und untersten Schublade fand sie nicht das Gesuchte. Dafür stieß sie auf etwas anderes. Etwas, das ihr den Atem stocken ließ und sie mit dem Verlangen erfüllte, Verbotenes zu tun: mehrere dicke Umschläge mit Fotos.

Die Sachlage war eindeutig. Es wäre ein unverzeihlicher Eingriff in Marcs Privatsphäre, wenn sie einen der Umschläge öffnen würde, um sich die darin enthaltenen Bilder anzuschauen. Auf der anderen Seite: Was wusste sie schon über Marcs Leben während der vielen Jahre, in denen sie getrennt gewesen waren? Gar nichts. Das hatte die Episode mit dieser Lara Frey anschaulich bewiesen. Und sie wollte nicht noch einmal ins offene Messer laufen, nicht noch einmal unwissentlich einer seiner ehemaligen Liebhaberinnen gegenüberstehen. Außerdem trieb sie eine geradezu krankhafte, irrationale Neugier auf diese Frauen um. Waren sie alle so schön und beliebt wie Lara Frey?

Andrea kämpfte mit sich ... und verlor. Mit einem unguten Gefühl griff sie nach dem obersten Umschlag und zog den darin enthaltenen Packen Fotos heraus. Nachdenklich blätterte sie durch den Stapel. Dann öffnete sie den nächsten Umschlag. Und den übernächsten. Mit jedem Foto, das sie betrachtete, fühlte sie sich schlechter. Was war nur in sie gefahren? Sie hatte doch sonst einen recht anständigen und starken Charakter. Waren das die Gene ihrer überemotionalen Mutter? Plötzlich brach sie in Tränen aus. Sie schluchzte unkontrolliert. Aus Scham. Denn die Fotos waren tatsächlich intim. Sie zeigten Motive, die ganz offensichtlich Marcs Leidenschaften dokumentierten: fürs Skifahren und ... für sie selbst.

4. Kapitel

Mein Bauch tut weh. Das tut er öfter, wenn ich wütend bin. Ich verstehe meine Mitmenschen einfach nicht. Obwohl das durchaus meine Schuld sein könnte. Ich bin nicht gerade geschickt darin, soziale Situationen zu entschlüsseln. Meine Mutter musste mir erst erklären, dass Leute, die mich mit einem unspezifischen Kommentar wie »Schönes Wetter heute, nicht wahr?« ansprechen, nicht an einer meteorologisch fundierten Antwort interessiert sind. Sie hat mir verboten, meinem Onkel zu sagen, dass er dringend abnehmen müsse, um nicht an Diabetes II zu erkranken. Meine Gegenfrage, warum man denn ausgerechnet in diesem lebenswichtigen Fall nicht die Wahrheit sagen dürfe, bedachte sie lediglich mit einem genervten: »Jonas!«

Generell haben mich meine Eltern angehalten, die Schuld für ein kommunikatives oder gesellschaftliches Debakel zuerst bei mir zu suchen. Aber ich kann es drehen und wenden, wie ich will: Die Sache mit Frau Frey verstehe ich nicht. Immerhin hat sie mich angerufen, um sich mit mir zu treffen. Nicht umgekehrt! Und jetzt erscheint sie nicht! Ich sehe erneut auf meine Uhr. Sechzehn Uhr. Zwei Stunden nach dem vereinbarten Termin. Nein, dafür gibt es – auch nach intensivem Nachdenken – keine akzeptable Entschuldigung. Und ihr Fehlverhalten macht mich aus mehreren Gründen ärgerlich: Erstens hätte ich die Zeit, in der ich auf sie gewartet habe, mit wichtigeren Dingen zubringen können, und zweitens habe ich mich darauf gefreut, ihr die Ergebnisse meiner Recherchen zu präsentieren. Wohlgemerkt die Ergebnisse der Recherchen, um die sie mich gebeten hat!

Normalerweise würde ich jetzt nach Hause gehen und eine Tasse Kamillentee gegen mein Bauchweh trinken. Aber diesmal brodelt es in mir – schließlich ist eindeutig die Moderatorin im Unrecht –, und deshalb lenke ich meine Schritte ganz bewusst zu dem Hotel, in dem sie abgestiegen ist ... Obwohl ich dieses Wissen über ihren Verbleib nur einem dummen Zufall verdanke!

Marc lag auf dem Bett seines Hotelzimmers und starrte die stuckverzierte Decke an. Gerade war sein Trainer gegangen. Hans hatte ihm keine Gardinenpredigt gehalten, sondern ganz rational analysiert, warum dieser Lauf in die Hose gegangen war.

»Das ist kein Form-, sondern ein Psychotief«, hatte er zusammengefasst. »Du musst unbedingt den Kopf freibekommen, sonst kann dein Körper keine Leistung bringen. Irgendwie solltest du ...« Offenbar überlegte Hans, wie er diskret das Thema Andrea ansprechen konnte, ohne ihren Namen zu erwähnen. »... dein privates Umfeld in Ordnung bringen. Sonst fährst du lieber nach Hause, als dich am Sonntag beim Rennen zu blamieren.«

Natürlich hatte Hans recht. In dieser Verfassung brauchte er gar nicht erst anzutreten. Doch wie sollte er sein »privates Umfeld in Ordnung bringen«, ohne sich der bitteren Wahrheit zu stellen? Er wusste schließlich, was Andrea von ihm wollte. Sie hatte genügend Andeutungen zu diesem Thema gemacht. Andrea wünschte sich ein gemeinsames Leben in Zürich oder Wengen. Geregelte Arbeitszeiten, miteinander verbrachte Freizeit, höchstwahrscheinlich Kinder. Und im Grunde genommen konnte er sich das alles auch ganz wunderbar mit ihr vorstellen. Er verspürte keine Bindungsängste, wenn es um Andrea ging. Trotzdem hatten diese Pläne einen ganz entscheidenden Haken: Sie setzten voraus, dass er seine Karriere als Profi-Skiläufer aufgab. Und genau darin lag sein Problem. Er hatte eine Heidenangst vor diesem Schritt. Ihm fehlte eine berufliche Zukunftsperspektive. Sein ganzes Leben hatte er nichts anderes gemacht, als mit Adrenalin vollgepumpt sportliche Höchstleistungen zu vollbringen. Und es graute ihm davor, als abgehalfterter Hausmann zu versauern.

Natürlich gab es auch erfolgreiche Ex-Sportler. Manche hatten aufstrebende Eventmanagement-Agenturen oder Bekleidungsfirmen gegründet, andere leiteten angesehene Hotels. Einige wenige waren als Moderatoren beim Fernsehen eingestiegen oder hatten sich als Sänger oder Schauspieler eine Karriere aufgebaut. Doch auf jeden Ex-Sportler, der es geschafft hatte, kamen sicherlich Hunderte, wenn nicht gar Tausende, die nach ihrem Karriereende sang- und klanglos in der Versenkung verschwunden waren. Von denen man nie wieder etwas hörte, es sei denn darüber, dass sie mit Alkohol- und/oder Drogenprobleme zu kämpfen hatten. Und das hatte in diesen bestimmten Fällen nicht mit Charakterschwäche oder Experimentierfreudigkeit zu tun. Es war einfach unglaublich hart, von heute auf morgen allem zu entsagen, das mit dem Profisport zu tun hatte. Zum einen waren es Athleten gewohnt, dass sich der ganze Alltag um ihren Körper und dessen Leistungsvermögen drehte. Man trainierte, aß und schlief nach einem ausgeklügelten Ablauf und reiste von einem Weltcup zum nächsten. Wenn diese Routine dann plötzlich wegfiel, taten sich viele Ex-Sportler schwer damit, andere Ziele zu definieren und einen neuen Tages- und Lebensrhythmus zu finden.

Außerdem waren die meisten Athleten – er selbst war da bestimmt keine Ausnahme – süchtig nach dem unglaublichen Adrenalinkick, den sie bei Wettkämpfen oder Rennen verspürten. Es war etwas ganz Besonderes, von einem begeisterten, mitfiebernden Publikum angefeuert zu werden und kurz darauf entweder zu triumphieren oder eine Niederlage einzustecken. Marc hatte mal einen Artikel über ehemalige deutsche Bundesligaspieler gelesen, die nach ihrem Karriereende spielsüchtig geworden waren. Kein Wunder. Das Hoch bei einem Glücksspiel-Gewinn und das Tief bei einem Verlust entsprachen höchstwahrscheinlich genau den Emotionen, die man als Profifußballer jedes Wochenende durchlebte.

Rein finanziell müsste er sich bezüglich des Endes seiner Karriere keine Sorgen machen. Seine Preisgelder und Werbeeinnahmen sollten – falls er sich nicht arg verspekulierte – für den Unterhalt seines restlichen Lebens ausreichen, inklusive einer potenziellen Familie. Doch womit sollte er sich den ganzen Tag lang beschäftigen? Er hatte keinen blassen Schimmer. Deshalb war er einfach noch nicht bereit, seine Sportlaufbahn zu beenden. Außerdem fühlte er sich körperlich fit. Wobei solche Aussagen natürlich relativ waren, tagesformabhängig. Selbstverständlich hatte er Schmerzen. Im Rücken und in beiden Knien ziepte es manchmal gewaltig. Beim Aufstehen, bei bestimmten Bewegungen. Aber das war völlig normal. Jeder Sportler, der seinen Körper über zwanzig Jahren lang täglich gefordert hatte, log, wenn er behauptete, nicht unter gewissen Verschleißerscheinungen zu leiden. Doch im Großen und Ganzen waren diese Schmerzen in seinem ganz persönlichen Fall erträglich. Und irgendwie brannte in ihm immer noch das gleiche Feuer: der Wunsch nach einer fünften Kristallkugel, dem fünften Gesamt-Weltcup-Sieg.

Doch was bedeutete das für seine Beziehung mit Andrea? Wenn sie ernst machte und tatsächlich wieder einen Job in Zürich annahm, wären sie – wie früher auch – sechs Monate im Jahr getrennt. Und das wäre bestimmt der Todesstoß für eine gemeinsame Zukunft. Andrea war eine schöne und begehrenswerte Frau, die an jedem Finger fünf Verehrer haben konnte, wenn sie es darauf anlegte. Und er konnte einfach nicht blauäugig darauf vertrauen, dass sie in diesen Trennungszeiten keinen anderen kennenlernte, dessen Lebensumstände vielleicht besser zu ihr passen würden. Außerdem kannte er Andrea. Manchmal konnte sie unglaublich dickköpfig sein. Wenn sie sich erst einmal etwas vorgenommen hatte, war es so gut wie unmöglich, sie umzustimmen. Deshalb befand er sich in einer klassischen Pattsituation: Entweder gab er den Profisport auf, oder er verlor die Liebe seines Lebens. Diesmal wahrscheinlich für immer. Verdammt.

Und selbst wenn er sich mit Andrea auf einen wie auch immer gearteten Kompromiss einigen würde, hatte er immer noch keine Lösung für sein Psychotief. Was, wenn er von nun an in Gedanken so mit ihrer Abwesenheit beschäftigt war, dass er sich nie wieder auf ein Rennen würde konzentrieren können? Offenbar gab es für ihn keine andere Lösung, als seine Ski für immer an den berühmten Nagel zu hängen. Auch wenn ihm davor graute.

Unglücklich betrachtete Marc sein Handy, das in Reichweite auf seinem Nachttisch lag. Ob er es am besten einfach hinter sich bringen und Andrea umgehend über seine Entscheidung informieren sollte? Sie hatten zwar bereits heute Morgen vor dem Training miteinander telefoniert, aber dabei war ihre Stimme kühl gewesen, lange nicht so herzlich wie sonst. Er hatte darüber nachgegrübelt, ob das mit dem aktuellen Stand ihrer Beziehung oder mit dem geplanten Besuch bei ihrem Ex-Kollegen zusammenhing. Wahrscheinlich mit beidem. Vielleicht brauchte sie auch einfach mehr Freiräume. Eventuell bedrängte er sie zu oft mit seinen eigenen Bedürfnissen. Nein, er würde sie später anrufen. Zuerst musste er noch etwas anderes in Ordnung bringen. Mit einem schlechten Gewissen griff er nach seinem Telefon.

1249, 1259, 1277, 1279, 1283, 1289, 1291, 1297, 1301, 1303, 1307, 1319, 1321, 1327, 1361, 1367, 1373, 1381, 1399, 1409, 1423, 1427, 1429, 1433, 1439, 1447, 1451, 1453, 1459, 1471, 1481 …

Ich zähle Primzahlen. Um mich zu beruhigen. Dabei sitze ich mit krampfhaft aufgerissenen Augen an meinem Schreibtisch. Jedes Mal, wenn ich sie schließe, sehe ich schlimme Bilder. Ganz, ganz schlimme Bilder. Dann wird mir schlecht, und meine Hände zittern noch etwas mehr, als sie es sowieso schon tun. Warum bin ich nur jemals in dieses dumme Hotel gegangen?

In einem hinteren Teil meines Gehirns versuche ich, meine momentane Situation zu analysieren. Soweit ich mich erinnern kann – also bis zu dem Zeitpunkt, an dem ich das Zimmer von Frau Frey betreten habe –, hat mich niemand gesehen. Da bin ich mir ganz sicher. Doch bei meinem Abgang war ich viel zu aufgewühlt, um irgendetwas oder irgendjemanden zu bemerken. Ich bin einfach drauflosgerannt. Auf dem schnellsten Weg nach Hause. In den ver-

meintlich sicheren Hafen meines Zimmers. Doch wie lange würde mir dieser Raum noch Schutz gewähren? Was, wenn mich nun doch jemand beobachtet hat? Wie lange würde es dann dauern, bis – was für ein Witz! – eine Polizeieinheit bei uns auf der Matte stehen würde?

Wenigstens sind meine Eltern nicht da. Mein Vater ist auf einer Gemeinderatssitzung und meine Mutter bei einer Probe des Kirchenchors. Deshalb bin ich im Haus und mit meinen Ängsten allein. Mutterseelenallein.

1483, 1487, 1489, 1493, 1499, 1511, 1523, 1543 … nein, zuerst kommt noch 1531 …

Unverrichteter Dinge legte Marc das Handy neben sich aufs Bett. Den ganzen Nachmittag über hatte er versucht, Lara zu erreichen, um sich für sein ruppiges Verhalten zu entschuldigen. Er fühlte sich mies, weil er seinen Frust dermaßen ungezügelt an ihr abreagiert hatte. Natürlich traf Lara keine Schuld. Sie hatte lediglich als unfreiwilliger Katalysator für seine tiefer liegenden Probleme mit Andrea herhalten müssen. Doch Lara schien seine Anrufe zu ignorieren. Während ihrer kurzen Affäre hatte Marc einiges über ihre Arbeitsweise erfahren, und eigentlich müsste sie schon längst wieder auf ihrem Hotelzimmer sein, um sich für den morgigen Tag vorzubereiten. Das tat sie immer an den Wochentagen, an denen die Trainingsläufe stattfanden. Doch wahrscheinlich war sie zu sauer, um seine Anrufe entgegenzunehmen.

Verdammt, was sollte er jetzt machen? Er konnte keinesfalls auch noch diese Baustelle unvollendet lassen. Es wäre doch extrem merkwürdig, wenn sie morgen beim zweiten Training aufeinandertreffen würden, ohne diese blöde Sache ein für alle Mal beerdigt zu haben. Nein, wenn er sie nicht telefonisch erreichen konnte, musste er es eben persönlich versuchen. Schließlich wohnte sie im selben Hotel. Marc wollte gerade zum Festnetztelefon greifen, um bei der Rezeption ihre Zimmernummer zu erfragen, als ihm ein Bruchstück ihrer gestrigen Konversation einfiel. Sie hatten sich zufällig kurz nach dem Einchecken im Lift getroffen, und als er auf der zweiten Etage ausgestiegen war, hatte sie grinsend herausposaunt: »Ich muss in den obersten Stock! Kaum zu glauben, aber ich habe zum ersten Mal in meinem Leben ein Upgrade bekommen und wohne jetzt in der Turmsuite!«

Als Marc wenig später aus dem Fahrstuhl ausstieg, sah er, dass es in der obersten Etage lediglich zwei Eingänge gab. Eine Tür aus verziertem Arvenholz führte zu der Suite, die zur Straßenseite hin lag, und die andere gehörte ganz offensichtlich zur Turmsuite, die nach hinten rausging und bestimmt einen wunderschönen Ausblick auf den Moritzersee bot. Genau gegenüber vom Lift befand sich die obligatorische Treppe: der vorgeschriebene Fluchtweg in einem Brandfall. Marc durchquerte den Flur und wollte gerade an Laras Tür klopfen, als er irritiert innehielt: Die Suite war unverschlossen, und die Eingangstür stand einen Spaltbreit offen.

»Lara?«, rief Marc und klopfte höflich gegen den Türrahmen. Er wollte die Moderatorin auf keinen Fall erschrecken. Doch er erhielt keine Antwort. Marc wartete eine geschlagene Minute und polterte dann erneut – diesmal lauter – gegen den massiven Rahmen aus einheimischem Holz.

Keine Reaktion. Ob Lara derart verärgert war, dass sie sogar seinen persönlichen Entschuldigungsanlauf sabotierte? Bei geöffneter Tür würde sie ja wohl kaum unter der Dusche stehen ... Unschlüssig kratzte er sich über die Bartstoppel an seinem Kinn. Was nun? Sollte er wieder zurück in sein Zimmer gehen, ohne ihren Streit aus der Welt geschafft zu haben? Das würde die ganze Sache doch nur noch weiter anfeuern! Nein, er musste das unbedingt jetzt auf der Stelle ins Reine bringen.

»Lara, es tut mir leid, dass ich mich dir gegenüber so kindisch und dumm verhalten habe. Ich würde mich gern bei dir persönlich dafür entschuldigen ... und deshalb komme ich jetzt rein. Okay?«

Marc erhielt erneut keine Antwort. Doch da er Lara – zumindest in seinen Augen – ausreichend über seine Absichten aufgeklärt hatte, fasste er sich ein Herz, stieß die Tür auf und trat über die Schwelle. Der Eingangsbereich der Suite war so groß wie sein ganzes Zimmer. Holzgetäfelt und mit edlen Teppichen ausgelegt. Wie ungerecht.

»Wo steckst du?«, fragte Marc und schloss die Tür hinter sich. Er wollte nicht in aller Öffentlichkeit zu Kreuze kriechen.

Doch Lara antwortete immer noch nicht. Ob sie Kopfhörer aufhatte und seine Anwesenheit deshalb nicht wahrnahm? Dann musste er sich eben anders bemerkbar machen. Entschlossen ging er einen weiteren Schritt nach vorn, in dieser Richtung vermutete er das Wohnzimmer. Alle Suiten dieser Welt waren doch im Grunde genommen gleich aufgebaut: Die rechte Tür neben dem Eingang führte garantiert in ein luxuriöses Badezimmer. Geradeaus ging es in den Wohn- und dahinter in den Schlafbereich.

»Lara, ich bin's«, rief Marc etwas genervt und betrat den nächsten Raum. Wie vermutet, handelte es sich um ein Zimmer von fürstlichen Dimensionen, dessen gesamte Fensterfront als Postkartenmotiv dienen könnte: Gerade ging die Sonne über dem Moritzersee unter, und die Aussicht war schlichtweg atemberaubend: schneebedeckte Berge, dunkler Wald und der eisig zugefrorene See. Neben dem Eingang stand ein antiker Schreibtisch, der mit Papieren übersät war. Außerdem waren ein Esstisch für sechs Personen und eine lederne Klubgarnitur samt Fernseher und Stereoanlage in diesem Bereich untergebracht. Wenn man bedachte, dass Lara dafür wahrscheinlich den gleichen Preis wie er für sein Fünfundzwanzig-Quadratmeter-Standard-Doppelzimmer zahlte, war diese opulente Ausstattung beneidenswert. Doch von Lara selbst war weit und breit keine Spur zu sehen.

Marc zögerte kurz, bevor er die Klinke zu Laras Schlafzimmer runterdrückte. Aber erstens hatte er sie bereits in sehr viel intimeren Situationen gesehen, und zweitens wollte er endlich diese verdammte Entschuldigung hinter sich bringen. Es dauerte, bis sich seine Augen an das im Zimmer herrschende Halbdunkel gewöhnt hatten, doch dann sah er das ausladende Doppelbett mit dem aufwendig geschnitzten Kopfteil. Es war zerwühlt, ganz offensichtlich benutzt ... Doch es war leer.

Wo zum Teufel steckte sie? Ob sie rausgegangen war und vergessen hatte, die Tür zuzuziehen? Unwahrscheinlich. Er hatte Lara immer als korrekte und keinesfalls nachlässige oder gar vergessliche Frau kennengelernt. Aber vielleicht wohnte ja ihr sympathischer, grau melierter Kollege vom ZDF in der Suite gegenüber, und sie war auf einen Sprung zu ihm gegangen? Marc wusste, dass die beiden sich bestens verstanden, und er beschloss auf gut Glück, es dort zu versuchen. Falls er sie da nicht vorfand, würde er – wohl oder übel – den Gedanken aufgeben müssen, sich heute noch bei ihr zu entschuldigen: Nach dem Abendessen hatte der Cheftrainer eine Teambesprechung anberaumt.

Obwohl Lara praktisch taub sein musste, um den ganzen Radau, den Marc in ihrer Suite veranstaltet hatte, nicht zu hören, klopfte er auf dem Rückweg – der guten Ordnung halber – noch an Laras Badezimmertür. Die Tür gab nach und öffnete sich. Eher reflexartig als aus Neugierde warf Marc einen Blick hinein. Er wollte schon weitergehen, als er aus dem Augenwinkel heraus etwas Merkwürdiges erblickte und überrascht stehen blieb. Zwar war die Sicht auf die Badewanne durch einen altmodischen weißen Vorhang versperrt, doch am hinteren Ende lugte etwas hervor: Auf dem Badewannenrand ruhte ein Fuß. Ein augenfällig weiblicher Fuß mit türkis lackierten Zehennägeln.

5. Kapitel

Es war neun Uhr morgens. Andrea saß an Marcs Schreibtisch und starrte geistesabwesend auf ihr Smartphone, das neben dem Festnetzapparat lag. Sie hatte die ganze Nacht kein Auge zugetan. Zunächst aus Eifersucht, dann aus Sorge: Marc hatte sich gestern Abend nicht mehr gemeldet. Dabei ging er – wenn sie räumlich getrennt waren – normalerweise nie ins Bett, ohne noch einmal anzurufen. Zunächst hatte sie sich nichts dabei gedacht, dass es später wurde: Marc hatte ihr von der geplanten Teambesprechung erzählt. Aber als er sie auch bis zweiundzwanzig Uhr – der Zeit, zu der er gewöhnlich an Trainings- und Renntagen schlafen ging – nicht angeläutet hatte, machte sie sich Gedanken. War er ernsthaft sauer, weil sie in Zürich geblieben war? Wollte er ihr durch diesen offensichtlichen Liebesentzug eine Lektion erteilen? Warum konnte er ihren Standpunkt nicht verstehen?

Im Laufe der Nacht war ihre Fantasie mit ihr durchgegangen und sie hatte ihn im Geiste schon mit Lara Frey in einer leidenschaftlichen Umarmung gesehen. Es stimmte: Gelegenheit machte Sex. Oder, in ihrem Fall, Liebe. Wo stünde sie jetzt, wenn sie Marc letztes Jahr nicht zufällig wiedergesehen hätte? Wären Daniel und sie dann noch zusammen? Die Frage war schwer zu beantworten. Jedenfalls würde sie unter anderen Vorzeichen ganz sicherlich nicht seit sieben Uhr früh alle fünfzehn Minuten versucht haben, bei Marc und bei Hans anzurufen. Doch weder ihr Freund noch sein Trainer waren erreichbar. Was war da los? Hatte Marc in der Nacht gesundheitliche Probleme bekommen? Eigentlich sollte er doch um diese Uhrzeit längst auf der Trainingspiste sein. Sie griff nach ihrem Handy und wählte erneut Marcs Nummer.

Diesmal nahm schon nach dem ersten Klingelzeichen jemand ab.

»Marc?«, fragte Andrea und versuchte, so unbeteiligt wie möglich zu klingen.

Doch anstatt den vertrauten Bass ihres Freundes am anderen Ende zu hören, fragte eine ihr völlig unbekannte Stimme barsch: »Wer ist am Apparat?«

»Das Gleiche könnte ich Sie fragen«, gab Andrea schnippisch zurück. »Das ist der persönliche Anschluss von Marc Gassmann. Haben Sie sein Handy geklaut?«

»Wer spricht dort?«

»Andrea Brunner, vormals Kantonspolizei Zürich. Und ich warne Sie, geben Sie das Handy sofort an der nächsten Polizeidienststelle ab, sonst wird es Ihnen garantiert nicht sehr lange Freude bereiten.«

Doch statt einer Antwort hörte sie lediglich das leicht kratzende Geräusch, mit dem ein Stift über Papier gelenkt wurde. Der Dieb schrieb sich ihren Namen auf?

»Haben Sie mich verstanden?«, fragte Andrea empört. »Sofort. Sonst bekommen Sie es mit mir zu tun.«

Die Stimme am anderen Ende der Leitung räusperte sich. »Frau Brunner, Sie sind mit Wachtmeister Lüthy von der Kantonspolizei Graubünden, Dienststelle Samedan, verbunden.«

Wie bitte? Für einen Moment warf Andrea diese Auskunft völlig aus der Bahn. Dann bekam sie einen riesigen Schrecken. »Hat Marc einen Unfall gehabt?«

»In welchem Verhältnis stehen Sie zu Herrn Gassmann?«

»Ich bin seine Lebenspartnerin.«

»Nicht seine Ehefrau?«

Innerlich litt Andrea Höllenqualen. Ihr Herz raste und am liebsten hätte sie den verschwiegenen Wachtmeister lautstark zum Teufel gewünscht, doch sie wusste, dass er lediglich nach Vorschrift handelte. »Ähm ... nein. Aber können Sie mir bitte, bitte trotzdem sagen, ob Marc noch lebt?«

»Er lebt.«

Andrea atmete auf. »Ist er verletzt?«

»Hören Sie ... Frau Brunner ... ich darf Ihnen keine weiteren Auskünfte geben. Das wissen Sie, wenn Sie wirklich einmal für die Kapo Zürich gearbeitet haben.«

Einer plötzlichen Eingebung folgend, fragte Andrea: »Ist Herr Bischoff zufällig in der Nähe?«

»Ja, wieso?«

»Dürfte ich bitte kurz mit ihm telefonieren?«

Lüthy schien nachzudenken. Dann antwortete er leise: »Na gut.« Für einen kurzen Moment hörte Andrea Schritte, dann wurde Marcs Handy mit einem zackigen »Für Sie, Herr Bischoff!« weitergereicht.

»Hans?« Andrea schrie ihre ganze Anspannung in den Hörer.

»Gott sei Dank, Andrea. Tut mir wirklich leid, dass du es auf diese Weise erfahren musstest, aber mein Akku ist leer und Marc durfte dich nicht anrufen.«

»Ich weiß noch immer von nichts, Hans! Was ist mit Marc passiert? Hat er sich verletzt?«

Der Trainer atmete laut hörbar aus. »Andrea, es geht ihm gut. Bitte mach dir keine Sorgen. Es ist nur ... die Kantonspolizei hat Marc vorläufig festgenommen. Er sitzt bereits seit gestern Abend in Haft. Wir haben beide die ganze Nacht auf der Polizeistation in Samedan verbracht.«

Andrea glaubte, sich verhört zu haben. »Wie bitte? Aber weshalb denn?« Außer Alkohol am Steuer fiel ihr kein Delikt ein, bei dem der Straftäter umgehend von der Polizei eingesperrt werden konnte. Nur: Marc trank keinen Tropfen, wenn er im Training war.

»Jemand hat Lara Frey ermordet.«

Sie hatte Hans' Worte verstanden, aber ihr Gehirn brauchte länger, um die Bedeutung derselben zu verarbeiten. »Lara Frey ist tot?«

»Ja, es ist schrecklich.« Hans klang völlig deprimiert.

Auch Andrea schien es unvorstellbar, dass diese lebhafte, so energisch wirkende Sportjournalistin gestorben sein sollte. Sie nickte, obwohl Hans dies gar nicht sehen konnte. »Ja, entsetzlich. Sie war doch bestimmt noch keine dreißig Jahre alt. Aber was hat Marc damit zu tun?«

»Marc hat Lara in ihrem Hotelzimmer gefunden.«

»In ihrem ... *Hotelzimmer*?« Andrea wusste selbst, dass das der falsche Moment war, um eifersüchtig zu sein, aber sie konnte die Frage trotzdem nicht unterdrücken.

»Ja. Lara und Marc hatten sich nach dem Vormittagstraining ziemlich heftig gestritten, und er wollte sich bei ihr entschuldigen.«

Andrea hatte keine Ahnung, was sie von dieser Information halten sollte. »Und deshalb hat man ihn verhaftet?«

»Nein, es ist komplizierter. Als Marc Lara tot in der Badewanne entdeckt hatte, hat er versucht, Erste Hilfe zu leisten, und genau in diesem Moment ist das Zimmermädchen zur Tür reingekommen. Da Marcs Hände und Kleidung von oben bis unten mit Blut beschmiert waren, hat sie wohl geglaubt, dass er Lara umgebracht hat, und ist laut schreiend zum Hoteldirektor gerannt. Der hat umgehend die Polizei verständigt. Es ist total verrückt!«

»Aber das Ganze hat man doch sicherlich gleich aufklären können! Ich meine, Lara und Marc waren doch befreundet und –«

»Allerdings! Sogar der Oberstleutnant, der den Fall leitet, war dagegen, Marc vorläufig festzunehmen. Doch wir haben es leider mit einer sehr, sehr ... ambitionierten Staatsanwältin zu tun. Ich glaube, sie will an Marc ein Exempel statuieren. So von wegen gleiches Recht für alle. Marc soll ganz offensichtlich nicht von seinem Promibonus profitieren können ...«

»Aber der Mordverdacht ist doch völlig an den Haaren herbeigezogen! Was sollte denn das Motiv sein? Außerdem: Kann Lara sich nicht genauso gut selbst das Leben genommen haben? Ich meine, man weiß doch nie, wie es im Inneren eines Menschen aussieht. Vielleicht hatte sie ja Liebeskummer oder andere schwerwiegende Sorgen.«

»Andrea, Suizid ist völlig ausgeschlossen.«

»Wieso?«

»Weil der Mörder – wer immer dieses Schwein auch sein mag – Lara regelrecht abgeschlachtet hat. Andrea, selbst wenn sie gewollt hätte, hätte sie sich nicht selbst umbringen können! Wie denn ... ohne Hände!«

In der ersten großen Pause, nach einer Doppelstunde Physik, die ich nur ganz am Rande mitbekomme, legt sich der Brechreiz, und auf einmal kann ich wieder klar denken. Gestern Abend habe ich mich in meiner Not eines Mediums bedient, das ich sonst verabscheue: Alkohol. Die meisten

Menschen in meinem Umfeld trinken leider regelmäßig. Doch in meinen Augen zählen Wein, Bier und Schnaps genauso zu den todbringenden Drogen wie Tabak, Marihuana und Heroin. Besonders gefährlich: Alkoholabhängigkeit ist eine schleichende Krankheit.

Ich habe mal darüber ein Referat gehalten. Die organisch chemischen Verbindungen, die eine oder mehrere an aliphatische Kohlenstoffatome gebundene Hydroxylgruppen besitzen und die man, abgeleitet vom arabischen Wort »alkuhl«, Alkohole nennt, sind Substanzen, die direkt auf das zentrale Nervensystem wirken. Leute, die damit Stress abbauen, Ärger runterspülen oder Langeweile überbrücken, haben für mich einen Knall. In der Schweiz sterben jedes Jahr rund tausendsechshundert Menschen an den Folgen ihres Alkoholkonsums, da kann man schon von einer Epidemie sprechen. Doch gestern haben mir zwei Deziliter polnischen Wodkas gute Dienste geleistet.

Da meine Eltern wissen, dass ich strikt gegen Rauschmittel jeder Art bin, heben sie ihre Alkoholvorräte völlig ungeschützt auf. Ich habe zu Wodka gegriffen, weil der laut meinen Recherchen schneller wirkt als Bier oder Wein und – das ist nicht unwichtig – man das in der Flasche fehlende Volumen unproblematisch mit Leitungswasser ausgleichen kann. So habe ich gleich zwei positive Effekte erzielt: Erstens würden meine Eltern mir nicht auf die Spur kommen, und zweitens habe ich ihren eigenen Wodkakonsum reduziert, indem ich die Bestände verdünnt habe. Der Alkohol hat mich dann tatsächlich so weit beruhigt, dass ich ein paar Stunden schlafen konnte. Was ich allerdings völlig unterschätzt habe, sind die Folgen am Tag danach. Mir ist noch nie so übel gewesen wie heute Morgen beim Frühstück. Selbst das – unter den Argusaugen meiner Mutter – verzehrte Weggli wäre um ein Haar wieder herausgekommen.

Doch dann habe ich etwas gehört, was meine Lebensgeister wieder geweckt hat.

»Wo ist Vater?«, habe ich meine Mutter gefragt, um den Anschein einer Konversation zu wahren, obwohl sich mein Kopf anfühlte, als ob er gleich zerspringen würde.

»Schon auf der Arbeit«, antwortete sie, während sie in der Zeitung blätterte. Es beruhigte sie, dass ich nicht ohne Frühstück das Haus verließ. »Hast du schon gehört? Gestern ist in Sankt Moritz eine Reporterin ermordet worden.«

Das war mir leider nicht neu. Vielmehr hätte mich interessiert, ob die Polizei schon eine heiße Spur verfolgte. Deshalb erkundigte ich mich: »Und? Weiß man schon, wer's war?«

Meine Mutter nickte, irgendwie traurig.

Für einen kurzen Moment stieg Panik in mir auf. Dann versuchte ich, mich zusammenzureißen, und murmelte kauend: »Und?«

»Die Polizei hat Marc Gassmann verhaftet. Du weißt schon, den berühmten Skifahrer.«

Das waren allerdings geradezu unglaubliche Neuigkeiten. Bedeutete dies, dass ich als Verdächtiger aus dem Schneider war? Ich beschloss, auf Nummer sicher zu gehen. »Weshalb soll er sie denn umgebracht haben?«

Meine Mutter zuckte mit den Schultern. »Das ist noch nicht ganz klar.«

Ihre Antwort dämpfte meine plötzlich aufkeimende Hoffnung.

Bis zur großen Pause konnte ich mich mit meinem Brummschädel nicht zu einer schlüssigen Vorgehensweise in dieser Angelegenheit durchringen. Doch jetzt weiß ich, was zu tun ist: Ich muss wissen, was genau mit Frau Frey passiert ist, und deshalb werde ich so schnell wie möglich alle Details über diesen Mordfall herausfinden.

Während Andrea auf der A3 deutlich jenseits der gesetzlichen Geschwindigkeitsbegrenzung in Richtung Landquart raste, rief sie über die Freisprechanlage ihre ehemalige Kollegin Martina Schönrath an, die letztes Jahr zur Kriminalpolizei versetzt worden war und mit der sie eine lose Freundschaft verband.

»Es tut mir echt leid, dich zu stören. Aber ich brauche deine Hilfe«, begann Andrea und schilderte ihr Marcs prekäre Situation.

»Ich hab's gerade im Internet gelesen«, antwortete Martina, und ihre laute, wie immer leicht nasal klingende Stimme füllte den Innenraum des Wagens.

»Oh Gott, es steht bereits im Internet?«

»Das lässt sich wohl schwer vermeiden. Marc ist zu bekannt, und außerdem hat er heute den zweiten Trainingslauf verpasst. Da haben einige Journalisten nachgehakt, und Frau Carmassi kam offenbar nur zu gern dem Wunsch nach, ein Statement zu diesem Fall abgegeben.«

»Frau Carmassi?«

»Mariela Carmassi. Sie ist die zuständige Staatsanwältin. Ich kenne sie von einem anderen Fall, den wir kantonsübergreifend gelöst haben. Sie hat eigentlich einen ausgezeichneten Ruf, allerdings ist sie verdammt ehrgeizig.«

Andrea stöhnte auf. »Das hat Marcs Trainer auch schon gesagt … Aber sie kann doch in ihrem Eifer, möglichst schnell einen Mörder zu präsentieren, nicht einfach den erstbesten Unbescholtenen nehmen.«

»Nein, natürlich nicht. Da hat der Haftrichter, dem Marc innert achtundvierzig Stunden vorgeführt werden muss, schließlich auch noch ein Wörtchen mitzureden. Trotzdem vermute ich, dass sie einiges an Beweisen auffahren kann, sonst würde sie sich bei einem solch hochkarätigen Promifall nicht so weit aus dem Fenster lehnen.«

»Verdammt!«, entfuhr es Andrea.

»Jetzt mach dir keine Sorgen. Wir sind schließlich in der Schweiz und nicht in irgendeiner Bananenrepublik. Bei uns kommt so schnell kein Unschuldiger hinter Gitter.«

Sie wollte ihrer Ex-Kollegin nicht widersprechen. Aber es war in dem von ihr so gepriesenen Schweizer Rechtsstaat – zumindest in der Vergangenheit – durchaus schon zu einigen schwerwiegenden Ungerechtigkeiten gekommen. Da brauchte man nur an die bis 1981 gängige Praxis der »administrativ Versorgten« zu denken, bei der Hunderte von Männern und Frauen ohne Gerichtsverfahren ins Gefängnis oder in eine Arbeitsanstalt gesteckt worden waren, weil sie laut der zuständigen Behörden einen »unsittlichen Lebenswandel« führten oder als »arbeitsscheu« galten. Doch momentan musste sie konstruktiv denken: Marc war unschuldig, und deshalb würde er bald wieder freigelassen werden.

»Ähm ... klar, Martina. Ich rufe dich auch eigentlich nur an, weil Marc dringend einen guten Anwalt braucht. Ich habe vorhin mit der Kanzlei gesprochen, die ihn geschäftlich vertritt, aber die haben laut eigener Aussage keine Kompetenz im Strafrecht, und bevor die mich an den Falschen weiterleiten, dachte ich, dass du mir vielleicht einen Tipp geben könntest ...«

»Selbstverständlich. Wie du weißt, arbeitet mein Freund als Partner in einer großen Rechtsberatung, die auch eine Niederlassung in Chur hat. Da kann er dir bestimmt jemanden in Graubünden empfehlen. Ich schicke dir gleich eine Nachricht mit den entsprechenden Kontaktdaten zu. Okay?«

»Tausend Dank, Martina! Wenn alles überstanden ist, würde ich dich gern auf einen Drink einladen.«

»Ja, das wäre schön«, erwiderte die Kriminalpolizistin herzlich, obwohl sie beide wussten, dass es wahrscheinlich niemals zu einem solchen Treffen kommen würde. Seit der Zeit, in der sie sich ein Büro geteilt hatten, hatte Martina eine mustergültige Karriere hingelegt, wohingegen Andreas berufliche Laufbahn deutlich weniger erfolgreich verlaufen war und schließlich abrupt geendet hatte. Solche Gegensätze waren schwer zu überbrücken, selbst wenn auf beiden Seiten guter Wille vorhanden war.

Während Andrea am Walensee vorbeifuhr, für dessen außergewöhnliche Schönheit sie am heutigen Tage nicht einen Blick übrig hatte, dachte sie an die tote Lara Frey. Bestimmt hatte man ihre Leiche schon ins Kantonsspital nach Chur gebracht. Zur Obduktion. Wie sie wohl ausgesehen hatte, als Marc sie in der Badewanne entdeckt hatte? Friedlich, wie schlafend? Oder von ihrem Überlebenskampf gezeichnet? Hatte der Angreifer sie tatsächlich unbekleidet bei einem Bad überrascht, oder erst nach der Tat dort abgelegt?

Fragen über Fragen. Und es machte sie innerlich rasend, dass sie nicht selbst am Tatort sein konnte, um dort mit den Graubündner Beamten die Spuren für Marcs Unschuld zu sichern. Zwar hatte sie bislang noch nie direkt mit Forensikern an einem Mordfall gearbeitet, aber zumindest theoretisch wusste sie durch ihre Ausbildung, was zu tun war: Die Spezialisten klebten zunächst mit schwarzer Folie einen Zugangsweg zur Leiche ab, auf dem sie sich dann ausschließlich bewegten, um mögliche Spuren nicht zu verwischen. Aus demselben Grund – damit nicht versehentlich ihre eigene DNA mit der von Opfer und Mörder vermengt wurde – trugen sie bei ihrer Arbeit weiße Overalls mit Kapuzen, Mundschutz und Handschuhe.

Als Erstes würde ein Fotograf die Leiche und den gesamten Tatort aus allen möglichen Perspektiven dokumentieren. Danach suchte man zentimeterweise den Boden mit einer Spezialleuchte nach Fußabdrücken und anderen Indizien ab. Auf alle Türen, Fenster und sonstige Gegenstände, die der Täter berührt haben könnte, würden die Beamten sorgfältig Rußpulver aus pulverisiertem Kohlenstaub aufpinseln, um potenzielle Fingerabdrücke sichtbar zu machen. Diese würden dann mithilfe von durchsichtiger Klebefolie gesichert und auf weißem Papier, sogenannten Tatortspurenkarten, befestigt werden. Als Nächstes sammelte man sämtliches DNA-fähige Material wie Haare, Fingernägel oder Hautschuppen ein und verwahrte sie mit einem Fundortvermerk. Und zu guter Letzt würde man den Tatort nach Handys, Computern und Schriftstücken absuchen und die ganze Ausbeute auf die Polizeistation verfrachten, wo man alles in Ruhe analysieren konnte.

So weit, so gut. Es gab nur im vorliegenden Fall ein ziemlich großes Problem: Lara war in einem *Hotelzimmer* aufgefunden worden. Und das bedeutete, dass man nicht nur ihre Spuren und die des Mörders sichern würde, sondern – je nach Qualität des Reinigungspersonals – auch noch die DNA und Abdrücke sämtlicher vorheriger Gäste ... Eine wahnsinnige Extraarbeit, denn theoretisch müssten alle Spuren einer bestimmten Person zugeordnet werden. Doch das war in der Praxis schlichtweg unmöglich. Das Fünfsternehotel, in dem Marc und Lara abgestiegen waren, hatte sicherlich nicht nur einheimische Gäste, sondern Besucher aus aller Herren Länder.

Kurz vor der Ausfahrt nach Landquart hörte Andrea

das Pling einer eingehenden E-Mail. Um Zeit zu sparen, hielt sie – bereits auf dem Weg zum Vereina, dem Autoverlad der Rhätischen Bahn, der sie vom Prättigau ins Engadin befördern würde – an einer Tankstelle und kontrollierte ihre Nachrichten. Und richtig: Martina hatte ihr die Kontaktdaten für den empfohlenen Anwalt geschickt. Er hieß Robert Sentis und hatte eine eigene Kanzlei in Chur.

6. Kapitel

»Und wie soll es jetzt weitergehen?«, fragte Marc müde. Seit Stunden beantwortete er schon die Fragen von Oberstleutnant Passini, der freundlich, aber sehr distanziert wirkte. Alberto Passini war ein hochgewachsener Mann um die fünfzig, mit kurzen, bereits ergrauten Haaren und intelligenten stahlblauen Augen. Er wirkte fit und durchtrainiert, ohne ein Gramm überschüssigen Fetts am ganzen Körper. Allerdings hatte Passini im Gegensatz zu Marc diese Nacht geschlafen. Er war erst heute früh um sechs Uhr in die Polizeidienststelle Samedan gerufen worden. So lange hatte Marcs Festnahme, seine erkennungsdienstliche Behandlung und der Transport in den Nachbarort von St. Moritz gedauert.

»Wir haben gerade einen Anruf Ihres Verteidigers erhalten und –«

»Meines Verteidigers?«, fragte Marc perplex. Er hatte nach seiner Festnahme ausdrücklich auf die Anwesenheit eines Anwalts verzichtet, weil er schließlich unschuldig war. Wozu brauchte er da einen Fürsprecher? Doch inzwischen sah er das anders und begrüßte die Möglichkeit, sich von einem Sachkundigen über seine Bürgerrechte aufklären zu lassen. Ob Hans das in die Wege geleitet hatte? Oder hatte man Andrea inzwischen über diese vollkommen verrückte Situation informiert? Wie würde sie sich fühlen, wenn sie mit der Tatsache konfrontiert wurde, dass ihr Freund ein gemeiner Mörder sein sollte? Würde sie ihm Glauben schenken oder ebenso an seiner Version der Geschehnisse zweifeln, wie die Polizei und die Staatsanwältin das taten?

»Ja, Rechtsanwalt Sentis ist schon auf dem Weg zu Ihnen, und danach werden Sie gemeinsam noch einmal die Möglichkeit haben, sich gegenüber der Staatsanwaltschaft und mir zum Tatverdacht zu äußern. Erst danach wird Frau Carmassi endgültig entscheiden, ob sich der Verdacht gegen Sie erhärtet hat oder nicht. In letzterem Fall werden Sie umgehend freigelassen. Ansonsten wird Frau Carmassi beim Zwangsmaßnahmengericht, also beim Haftrichter in Chur, einen Antrag auf Untersuchungshaft stellen.«

»Und wie lange dauert das alles?«

Der Oberstleutnant zuckte mit den Schultern. »Gemäß der Strafprozessordnung müssen sowohl die Staatsanwältin als auch der Haftrichter innerhalb von achtundvierzig Stunden reagieren. Das bedeutet, dass Sie spätestens in vier Tagen Bescheid wissen.«

»Und so lange soll ich hier warten? Ohne eine Dusche und frische Klamotten?« Marc versuchte, seine wütende Verzweiflung im Zaum zu halten, aber bislang hatte er immer noch gehofft, beim morgigen Rennen antreten zu können. Doch das würde er sich bei diesem Zeitplan abschminken können. Und ohne die entsprechenden Weltcup-Punkte würde er Peter erneut die Weltcupspitze überlassen müssen – kampflos.

Der Polizist winkte ab. »Natürlich nicht. Das werden wir dann alles für Sie organisieren.«

»Ist mein Trainer noch hier?«

»Nein. Er ist vor einer Stunde zurück ins Hotel gefahren. Aber wir können ihn dort verständigen, dass er Ihnen etwas mitbringt.«

»Danke.«

In diesem Moment öffnete sich die Tür des kleinen Büros, in dem Marc mit Passini saß, und der rotblonde Wachtmeister Lüthy steckte mit einem gewichtigen Gesichtsausdruck, der irgendwie nicht zu seinen vielen Sommersprossen zu passen schien, den Kopf herein. »Der Anwalt von Herrn Gassmann ist noch nicht da, aber dafür seine Lebensgefährtin, die ... ähm ... sehr eindringlich darauf pocht, sofort zu ihm gelassen zu werden. Anderenfalls würde sie mit der Presse über die ... ähm ... ›unmenschlichen Räubermethoden‹ der Kantonspolizei Graubünden sprechen.«

Über Passinis Gesicht huschte ein Lächeln. »Dann gewähren Sie der energischen Dame doch bitte Einlass. In meiner Anwesenheit wird sie den Verdächtigen schon nicht beeinflussen können. Ich nehme das auf meine Kappe.«

Marc war gerührt über Andreas Einsatz. Sie musste sich umgehend ins Auto gesetzt und losgefahren sein. Als sich die Tür erneut öffnete und Andrea mit einem besorgten Gesichtsausdruck über die Schwelle trat, hätte er sie am liebsten fest in seine Arme gezogen. Doch er wusste, dass Passini ihm das niemals durchgehen lassen würde, und so flüsterte er nur bewegt: »Danke, mein Schatz, dass du so schnell gekommen bist!«

»Andrea?« Die Stimme des Oberstleutnants klang fassungslos. »Was machst du denn hier?«

Völlig überrascht wandte Marc den Blick von Andrea zu Passini. Woher kannte der denn seine Freundin?

Am Anfang jeder Recherche steht das Internet, und so gebe ich unmittelbar nach der Schule – ich versuche, nie mehr als ein paar Tage im Monat zu schwänzen – Frau Freys Namen in das Suchfeld ein. Rund zwei Millionen Einträge erscheinen per Knopfdruck. Ich liebe das. Nur nostalgische Fortschrittsverweigerer träumen von den »guten, alten Zeiten«, als man noch in eine Bibliothek gehen musste, um sich Informationen zu einem Thema zu beschaffen.

Als Erstes klicke ich mich durch die Seiten mit den Fotos. Lara Frey sieht zweifelsohne sehr hübsch aus, auch wenn sie viel zu alt für mich ist. Nein. Es muss heißen: war. Sie »war« viel zu alt für mich. Jetzt ist sie mausetot. Bei der Vorstellung, dass ich von nun an in der Vergangenheitsform an sie denken muss, überkommt mich ein trauriges Gefühl, und spontan entscheide ich mich, es nicht zu tun. Dabei wirft man mir ansonsten vor, nicht genügend Empathie für meine Mitmenschen an den Tag zu legen. Ich bin eben eher rational-wissenschaftlich veranlagt.

Aber auch Wissenschaftler haben manchmal vernunftwidrige Marotten. Über das Jahrhundertgenie Isaac Newton wird zum Beispiel die Anekdote erzählt, dass er stundenlang über den Plänen des Tempels von Jerusalem gebrütet haben soll, um mit Hilfe der Geometrie des Gebäudes die Dreifaltigkeit Gottes zu widerlegen. Die Vermischung von Mathematik, Architektur und Religion kommt dabei selbst mir seltsam vor, und ich habe schon Versuche durchgeführt, die meine Eltern veranlasst haben, mich einem Psychologen vorzustellen. Der hat dann einige Tests mit mir gemacht und festgestellt, dass ich …

Aber ich schweife ab. Zurück zu Lara Frey und ihren Fotos. Frau Frey hat eine sportlich-schlanke Statur – ich schätze ihren BMI auf neunzehn Komma acht – und mittellange blonde Haare, die sie offen trägt. Die Iriden ihrer Au-

gen sind kornblumenblau. Meine Lieblingsfarbe. Auf fast allen Fotos hat sie ein Mikrofon in der Hand und scheint einen oder mehrere Sportler, Trainer oder Funktionäre zu interviewen. Nur der Hintergrund wechselt: Mal ist es eine Skipiste, mal ein Fußballplatz oder eine Tartanbahn. Ab und zu scheint sie auch eine Gala zu moderieren, jedenfalls trägt sie auf einigen Fotos ein Abendkleid. Sie macht insgesamt einen sehr freundlichen und herzlichen Eindruck. Doch auf mein Urteil in solchen Dingen ist leider nicht immer Verlass. Ich tue mich generell schwer darin, Menschen und ihre Stimmungen richtig einzuschätzen. Bedauerlicherweise habe ich öfter schlechte Erfahrungen gemacht, wenn ich vermutet habe, dass mir jemand wohlgesonnen ist ... In neun von zehn Fällen hat derjenige mich nur »auf den Arm nehmen« wollen. Ein selten dämlicher Ausdruck für »veräppeln«.

Als Nächstes klicke ich auf Frau Freys Wikipedia-Eintrag. Doch dort steht nicht viel. Unter der Überschrift »Leben« wird berichtet, dass sie die Tochter eines Lehrerehepaars ist und aus Bern stammt. Frau Frey hat ursprünglich Deutsche Sprach- und Literaturwissenschaft in Zürich studiert und ist über ein Praktikum in die Sportredaktion des SRF gekommen. Dort hat sie schnell Karriere gemacht und ist zu einer der beliebtesten Moderatorinnen im Sport aufgestiegen.

Auch in den restlichen aufgeführten Artikeln erfahre ich nicht viel Neues über sie. Es geht darin ausschließlich um ihre Arbeit, Details über ihr Privatleben werden nicht erwähnt, selbst als ich »Lara Freys fester Freund« eingebe. Wer war denn dann eigentlich dieser Frank? Den hatte sie mir doch als ihren »Freund« vorgestellt? Hm. Dann muss ich meine Suche eben in der realen Welt fortsetzen. Selbst wenn die Polizei jemand anderen der Tat verdächtigt und ich wahrscheinlich – oder hoffentlich – gar nicht am Tatort gesehen worden bin.

»Bitte schildern Sie uns, auf welche Ermittlungsergebnisse Sie Ihre Verdachtsmomente gegen meinen Mandanten stützen.« Rechtsanwalt Sentis rückte seine dezent gemusterte Krawatte zurecht, obwohl sie schon vorher akkurat mittig zwischen den dunkelblauen Aufschlägen seines Jacketts gehangen hatte. Sentis, um die vierzig, war ein drahtiger Mann mit braunem schütterem Haar und hatte das sachliche, Selbstvertrauen ausstrahlende Auftreten eines Chefarztes. Marc mochte ihn auf Anhieb.

»Gern.« Frau Carmassis Stimme klang konziliant, aber der Ausdruck in ihren Augen war eisig. Sie war eine überschlanke Brünette mit einem schicken Kurzhaarschnitt, die Marc schon kurz nach seiner Festnahme kennengelernt hatte. Gestern war sie ganz sportlich in Jeans und Pulli aufgetreten, doch heute hatte sie – dem tristen Anlass entsprechend – einen grauen Hosenanzug gewählt.

Sie saßen immer noch in demselben kargen Büroraum. Marc neben seinem Verteidiger. Die Staatsanwältin neben dem Oberstleutnant, von dem sich herausgestellt hatte, dass er Andreas Ausbilder auf der Polizeischule in Amriswil gewesen war. Passini und Andrea hatten sich herzlich begrüßt. Die beiden schienen sich gegenseitig sehr zu schätzen, und Andrea wirkte extrem erleichtert, dass ihr väterlicher Freund für Laras Fall zuständig war. Bei ihrem Abschied hatte sie ihm zugeflüstert: »Alberto ist ein feiner Kerl, der wird hundertpro den richtigen Mörder finden. Bitte mach dir keine Sorgen!« Aber Marc war sich nicht sicher, ob sich diese Bekanntschaft tatsächlich positiv auf sein Verfahren auswirken würde. Gerade beobachtete Passini mit einem äußerst neutralen Gesichtsausdruck, wie Frau Carmassi die Akte vor ihr aufschlug.

»Also«, setzte die Staatsanwältin an, »um achtzehn Uhr siebenunddreißig betrat das Zimmermädchen Marina Andrade Souza die Turmsuite des ›Hotels Engadin‹ und fand den Angeklagten Marc Gassmann mit blutverschmierter Kleidung und ebensolchen Händen über den Leichnam von Lara Frey gebeugt. Obwohl sie zu To–«

Sentis hob die Hand, als ob er in der Schule wäre. »Was hatte dieses Zimmermädchen eigentlich um diese Uhrzeit in der Turmsuite zu suchen? Die Zimmer werden doch sicherlich wie allerorts am Morgen gereinigt.«

»Das ›Hotel Engadin‹ ist ein Fünf-Sterne-Etablissement und bietet seinen Gästen einen abendlichen Aufdeckservice. Hierbei wird die Tagesdecke vom Bett genommen und die Laken werden einladend aufgeschlagen. Außerdem wird ein Schokoladenherz auf das Kopfkissen gelegt.« Mariela Carmassi lächelte kühl. »Noch Fragen?«

»Ja. Wie lange arbeitet Frau Andrade Souza bereits für das besagte Hotel?«

Frau Carmassi brauchte für die Antwort nicht einmal in ihre Unterlagen zu blicken. Sie schien die Fakten in ihrem Kopf gespeichert zu haben. »Das ›Hotel Engadin‹ engagiert alle seine Mitarbeiter mit einem Vertrag über jeweils eine Saison, aber Frau Andrade Souza, die über einen ausgezeichneten Leumund verfügt und bereits seit siebzehn Jahren mit ihrer Familie in Samedan lebt, arbeitet dort schon in der siebten Saison in Folge. Können wir jetzt weitermachen?«

Sentis nickte und notierte sich die Antwort auf einem Schreibblock.

»Frau Andrade Souza rannte nach diesem Erlebnis in Todesangst zu ihrem Manager, Gerhard Schulte, der wiederum den Hotelbesitzer, Herrn Reto Hauser, verständigte. Die beiden Männer sind daraufhin sofort nach oben geeilt. Dort trafen sie auf den Tatverdächtigen, der im Begriff war, die Turmsuite zu verlassen und –«

»Wo wollten Sie in diesem Moment eigentlich hin?«, fragte Passini und richtete seinen Blick auf den Befragten.

Marc räusperte sich, bevor er antwortete. Es war nicht einfach, sich diese abscheulichen Erinnerungen ein ums andere Mal ins Gedächtnis zu rufen. »Meine Erste-Hilfe-Maßnahmen zeigten keinen Erfolg, und ich wollte in mein Zimmer, um mein Handy zu holen.«

»Warum?«

»Um den Notarzt zu rufen. Ich wusste, dass Lara schwer, wahrscheinlich tödlich verletzt war. Aber ich habe trotzdem gehofft, dass man ihr Leben noch retten kann.«

»Ach, sparen Sie sich doch diese Märchen. Das glaubt ihnen doch kein Mensch«, brach es aus der Staatsanwältin hervor. »Das Opfer hatte keine Hände mehr, ihre Kehle war durchgeschnitten. Ich bin kein Arzt und leider liegt uns der Obduktionsbericht noch nicht vor, aber allein der Blutverlust muss sie innerhalb von wenigen Minuten getötet haben. Geben Sie es ruhig zu: Sie wollten abhauen!«

»Nein, das wollte ich nicht.« Marc fühlte, wie eine neue Welle der Übelkeit über ihn hereinbrach. Diese letzten Bilder von Lara waren grausam gewesen. Ihre ausdruckslosen Augen hatten starr geradeaus geblickt. Die blonden Haare waren büschelweise mit geronnenem rostbraunem Blut verklebt gewesen. Das vormals so hübsche Gesicht hatte seltsam maskenhaft und farblos, wie aus Wachs, gewirkt, nur die klaffende Wunde an ihrem Hals und die Stümpfe am Ende ihrer schlanken, unbedeckten Arme – dort, wo eigentlich ihre Hände hätten sein sollen – hatten scharlachrot geschimmert ... Er würgte, doch letztendlich behielt er die Kontrolle über seinen Körper. Sentis legte ihm beruhigend eine Hand auf den Arm.

»Aber warum haben Sie nicht das Telefon im Zimmer der Toten benutzt?«, fragte Passini mit eindringlicher Stimme.

Marc zuckte mit den Schultern. »Ich stand wohl unter Schock. An diese Möglichkeit habe ich in dem Moment gar nicht gedacht.«

Frau Carmassi schnaubte ungläubig durch die Nase. »Natürlich nicht. Sie sind lieber mit dem Lift gemütlich in die zweite Etage gefahren.«

»Bitte ersparen Sie uns Ihren Sarkasmus«, sagte Rechtsanwalt Sentis.

Auch Passini warf der Staatsanwältin einen kritischen Seitenblick zu. »Lass uns weitermachen, Mariela.«

Sie atmete tief durch. »Gut. Der Zeuge Schulte hat den Tatverdächtigen Gassmann von seiner Flucht abgehalten, während der Zeuge Hauser nach dem Opfer sah und genau wie jeder normale Mensch zu der Überzeugung kam, dass Frau Frey bereits verschieden war. Er teilte dies dem Verdächtigen und seinem Angestellten Schulte mit und beauftragte Letzteren, auch weiterhin dafür zu sorgen, dass Gassmann sich nicht vom Tatort entfernte.«

»Was ich gar nicht vorhatte«, beteuerte Marc. »Ich war zutiefst erschüttert und wollte immer noch einen Krankenwagen anrufen. Aber daran hat der Idiot mich ja gehindert.«

Frau Carmassi ignorierte seinen Einwurf. »Herr Hauser verständigte dann die Kantonspolizei, die bereits um neunzehn Uhr sechs im ›Hotel Engadin‹ eintraf. Die Beamten haben dann übernommen.«

»Hat man eigentlich die Tatwaffe gefunden?«, erkundigte sich Sentis. »Mein Mandant kann sich nicht daran erinnern, ob ein Messer oder etwas Ähnliches im Raum gelegen hat.«

»Ja, wir haben die vermutliche Tatwaffe. Ein doppelschneidiges Jagdmesser lag – nur notdürftig mit einem Handtuch zugedeckt – hinter der Badezimmertür. Wahrscheinlich hatte der Täter …« Sie warf Marc einen bösen Blick zu. »… sein Werk noch nicht vollendet.«

Sentis wirkte perplex. »Wie meinen Sie das?«

»Ich gehe davon aus, dass der Mörder sein Opfer noch weiter verstümmeln wollte.«

»Befanden sich Fingerabdrücke auf der Waffe?«

»Natürlich nicht. Der Griff ist – wahrscheinlich mit dem Handtuch – nach der Tat abgewischt worden. An so etwas denkt doch heutzutage jeder Kriminelle.«

»Schade. Hat man denn unter den Fingernägeln des Opfers keine Hautfetzen gefunden, die auf ihre DNA untersucht werden können? Dadurch könnte mein Mandant doch sicherlich entlastet werden. Ich habe gehört, dass er bereits freiwillig eine Probe seiner eigenen DNA abgegeben hat.«

»Unter welchen Fingernägeln, bitte?«, erkundigte sich Carmassi spitz. »Wir haben die amputierten Hände des Opfers nicht lokalisieren können.«

»Wie bitte?«, fragten Marc und Sentis unisono.

Passini nickte. »Ja, der Täter hat die Gliedmaßen wohl irgendwie entsorgt. Wir haben sowohl den Tatort als auch das Zimmer des Verdächtigen sowie das ganze Gebäude danach abgesucht. Sogar mit einem Leichenhund der Bergwacht. Aber sie bleiben unauffindbar.«

»Dann kann mein Mandant gar nicht der Täter sein«, sagte der Verteidiger mit Bestimmtheit.

»Und wieso nicht?«

»Weil er im Vollbesitz seiner geistigen Fähigkeiten ist. Ein Mörder hackt doch nicht die Hände seines Opfers ab, versteckt sie und kehrt danach in aller Seelenruhe an den Tatort zurück.«

»Wie gesagt, wir gehen davon aus, dass der Täter das Opfer noch weiter verunstalten wollte.«

»Und warum sollte er dann zwischenzeitlich die Hände fortgeschafft haben?«

Carmassi zuckte die schmalen Schultern. »Eventuell, weil er tatsächlich Angst hatte, dass sich verräterische DNA-Spuren unter den Fingernägeln befinden könnten? Oder als Andenken an seine perverse Tat? Alles schon da gewesen.«

Der Rechtsanwalt richtete sich in seinen Stuhl auf. »Aber was für ein Mordmotiv sollte mein Mandant haben? Er war schließlich mit ihr befreundet.«

Frau Carmassi lächelte. »Wir haben vor einigen Stunden die Arbeitskollegen der Sportreporterin über ihr Ableben unterrichtet und dabei nicht nur ein paar interessante Neuigkeiten erfahren, sondern auch noch zusätzliches Bild- und Tonmaterial gesichert.«

Der Rechtsanwalt klopfte mit seinem silberglänzenden Kugelschreiber ungeduldig auf den Tisch. »Welches Material?«

»Das Mikrofon, das Frau Frey trug, als sie aus dem SRF-Studio lief, um Herrn Gassmann nach seinem ersten Trainingslauf bezüglich seiner ungewöhnlich schlechten Leistung zu befragen ...«

Marc zuckte bei diesen Worten zusammen. Es kam ihm vor, als ob dieser verdammte Trainingslauf schon eine halbe Ewigkeit her wäre. Dabei waren gerade mal dreißig Stunden vergangen. Damals war seine Welt – trotz der Sorgen wegen Andrea und seinem Karriereende – noch in Ordnung gewesen. Jetzt lief alles irgendwie aus den Fugen.

Frau Carmassi, die eine feindselige Pause eingelegt hatte, sprach weiter: »Jedenfalls war dieses Mikrofon noch ›live‹ und auch eine der Kameras auf den entsprechenden Winkel gerichtet, und so verfügen wir tatsächlich über eine hochauflösende Aufzeichnung der Auseinandersetzung.«

»Und wenn schon«, meinte Sentis, zumindest äußerlich gelassen. »Mein Mandat hat ja ausdrücklich angegeben, dass er in die Turmsuite gegangen ist, um sich bei Frau Frey für diesen Streit zu entschuldigen.«

»Das stimmt«, erwiderte Oberstleutnant Passini. »Allerdings hat uns Herr Gassmann vorenthalten, dass Frau Frey seine ehemalige Geliebte war, und das ...«

»... wirft ein deutlich anderes Licht auf diese Unterhaltung«, vollendete Frau Carmassi seinen Satz. »Das Ganze wirkt demnach wie ein Verbrechen aus Leidenschaft. Und deshalb – nach Abwägung der Faktenlage in Bezug auf das mögliche Tatmotiv, die passende Gelegenheit, das fehlende Alibi und den eventuellen Fluchtversuch – reicht meines Erachtens der aktuelle Stand der Ermittlungen aus, um beim Haftrichter in Chur einen Antrag auf Untersuchungshaft zu stellen.«

7. Kapitel

»Es tut mir leid, Andrea«, sagte Alberto Passini und reichte ihr eine Packung Papiertaschentücher, die er aus seiner Uniformjacke zog. »Doch letztendlich liegt diese Entscheidung allein bei der Staatsanwaltschaft.«

Als er endlich aus dem Besprechungszimmer kam, war Andrea ihm unaufgefordert in sein Büro gefolgt und hatte ihn über die Unterredung mit Frau Carmassi ausgefragt. Sie schämte sich ihrer Tränen, aber die Nachricht, dass Marc auch weiterhin in Polizeigewahrsam blieb und ihm sogar eine längere U-Haft drohte, hatte sie vollkommen unvorbereitet getroffen. Sie war sich bislang absolut sicher gewesen, dass Alberto ihm diese Tortur und Schmach ersparen würde.

»Bitte nimm es nicht so schwer. Du hast deinem Freund einen fähigen Anwalt besorgt, und der wird ihn da schon rausboxen ... falls er wirklich unschuldig ist.«

»*Falls?* Natürlich ist er unschuldig! Alberto, ich kenne Marc, seit ich zwölf Jahre alt war! Er könnte keiner Fliege etwas zuleide tun!«, redete sich Andrea in Rage, während sie sich abwechselnd die Augen mit einem zerknüllten Taschentuch trocken tupfte.

»Ich will dir nicht zu nahetreten, Andrea, aber im Laufe meiner Karriere habe ich schon die bravsten Familienväter ausrasten sehen.« Passini betrachtete sie mit einem unbehaglichen Gesichtsausdruck. »Glaub mir, unter gewissen Umständen können wir alle zu Mördern werden. Doch ich verstehe dich natürlich. Marc ist dein Herzensmensch, und den kann man sich schwer in der Rolle des Bösewichts vorstellen.«

Bei seinen Worten begann sie, erneut zu weinen. Sie war völlig machtlos gegenüber diesem Ansturm widerstrebender Emotionen. Am liebsten hätte sie Alberto eine Ohrfeige verpasst. Dabei wusste Andrea, dass er im Grunde genommen auf ihrer Seite stand und sie nur auf alle Eventualitäten vorbereiten wollte.

»Kann ich dir mit irgendetwas helfen? Dich bei der Suche nach einer günstigen Bleibe unterstützen? Du wirst ja jetzt wahrscheinlich nicht nach Zürich zurückfahren, oder?«

Andrea sah ihrem ehemaligen Ausbilder an, dass er sich hochgradig unwohl fühlte. Alberto war kein sehr emotionaler Mann, und ihr Gefühlsausbruch verunsicherte ihn ganz offensichtlich. Energisch wischte sie sich das Gesicht trocken. »Nein, danke, Alberto. Es geht schon. Allerdings ...«

»Ja?«

»Ich kann hier auf keinen Fall untätig rumhocken, während Marc im Gefängnis sitzt. Kannst du mir bitte einen Platz in deinem Team zuweisen? Ich möchte gern mithelfen, diesen abscheulichen Mord aufzuklären.«

Ihr Ausbilder schüttelte bedauernd den Kopf. »Andrea, du bist emotional viel zu sehr in diesen Fall involviert und damit eindeutig befangen. Du weißt doch selbst, dass eine Mitarbeit deinerseits völlig ausgeschlossen ist.«

Natürlich wusste sie das. Aber sie würde verrückt werden, wenn sie nicht selbst etwas tun konnte, um Marc aus dieser Misere zu befreien. Deshalb stellte sie sich stur und bettelte ihren ehemaligen Ausbilder an: »Und wenn es nur Bürokram ist, egal ... Hauptsache irgendwas, Alberto. Bitte!«

»Nein, Andrea. Aber wenn ich du wäre, würde ich eng mit Marcs Anwalt zusammenarbeiten. Er hat Zugang zu den Akten, und meiner Meinung nach wärt ihr alle drei gut beraten, euch nach möglichen anderen Verdächtigen umzusehen. Ich plaudere vielleicht zu sehr aus dem Nähkästchen, aber allem Anschein nach glaubt die Staatsanwaltschaft, bereits den Richtigen festgenommen zu haben. Deshalb werden sich unsere Ermittlungen in erster Linie darauf konzentrieren, weitere Beweise für Marcs Schuld zu finden ... Sorry.«

Andreas Kopfhaut begann zu prickeln, ein untrügliches Gefühl von Panik durchflutete ihren Körper. Dabei war es ein Zeichen von Albertos Güte und Wohlwollen ihr gegenüber, dass er diese Informationen mit ihr teilte, nur ... Marc war nicht Lara Freys Mörder! So viel war sicher. Aber wie sollte sie das beweisen? Wo sollte sie anfangen, nach dem wahrhaft Schuldigen zu suchen?

»Und du? Zweifelst du denn überhaupt nicht an seiner Täterschaft?«

Alberto wiegte seinen schmalen Kopf nachdenklich hin und her. »Ehrlich gesagt, ein paar Details kommen mir schon merkwürdig vor. Zum Beispiel: Die Tatwaffe ist aller Wahrscheinlichkeit nach das aufgefundene Jagdmesser, doch wie soll Marc überhaupt an das Messer gekommen sein? Lag das zufällig in seinem Auto?«

»Niemals! Marc hat gar keinen Jagdschein!«, warf Andrea atemlos ein. »Warum sollte er da ein solches Messer besitzen?«

Alberto nickte. »Dafür gäbe es jede Menge andere Erklärungen: Ein Freund könnte es bei ihm liegen gelassen haben, Marc könnte die Waffe zu Selbstverteidigungszwecken mit sich führen oder vielleicht hat er sich auch kurz vor dem Treffen extra eine gekauft. Doch falls er – rein hypothetisch gesprochen – die Waffe tatsächlich *absichtlich* mit zu der Unterredung mit Frau Frey mitgenommen hat, dann hätte er eindeutig mit Vorsatz und nicht spontan gehandelt ... Und das würde die Frage aufwerfen, warum er keinen besseren Ort für den Mord gewählt hat. Es wäre doch nicht schwer gewesen, Frau Frey an einen weniger kompromittierenden, anonymeren Platz zu locken. Diese Ungereimtheiten lassen mich doch ein wenig an der Schuld eines zugereisten berühmten Profi-Skiläufers zweifeln. Allerdings gibt es gemäß unserer Aktenlage auch einige wichtige Belastungsmomente gegen ihn.«

Andrea erkannte ihre eigene, durch die Anspannung ganz verzerrte Stimme selbst kaum wieder, als sie sagte: »Du hast die Unterlagen doch bereits mehrfach durchgesehen. Hast du möglicherweise einen Tipp für mich, an welchem Punkt ich ansetzen sollte?«

Alberto presste die Lippen zusammen. Allem Anschein nach kämpfte er mit sich und seiner Treuepflicht gegenüber der Graubündner Kapo. Doch dann siegte sein Anstand über das Pflichtgefühl, und er murmelte: »Also ... ganz unter uns ... ich verstehe diese Amputation der Hände nicht. Warum diese makabre Verstümmlung? Weshalb soll das aus der Sicht des Mörders Sinn machen? Und irgendeinen Sinn muss es ja schließlich geben, ansonsten hätte die durchtrennte Kehle doch ausgereicht, um Frau Frey zu töten ...«

Andrea schluckte den Kloß in ihrem Hals hinunter. »Danke, Alberto. Für alles.«

»Gern geschehen. Ich wünsche dir ganz viel Kraft für die nächsten Wochen. Und denk daran: Am Ende siegt die Wahrheit.«

Diesen Satz hatte Alberto schon immer als Schlusswort seiner Lehrstunden in Amriswil verwendet. Andrea nickte. Dann drehte sie sich auf dem Absatz um und verließ das Büro. Als sie den Korridor betrat, sah sie Robert Sentis weiter hinten vor dem geschlossenen Besprechungszimmer stehen. Er telefonierte. Mit energischen Schritten marschierte Andrea auf ihn zu.

Es ist Sonntag. Der Tag, an dem das Abfahrtsrennen stattfindet – und damit eigentlich ökologische Großkampfzeit für mich. Doch irgendwie bin ich nicht ganz bei der Sache. Der Mordfall beschäftigt mich zu sehr. Trotzdem beschließe ich – nach dem nächtlichen Erforschen meiner Prioritäten – zum Wettkampfgelände zu gehen und die Zuschauer für die Rettung meiner geliebten Alpen zu sensibilisieren. Das Thema des heutigen Flyers, den ich zwischen drei und vier Uhr morgens aus Versatzstücken meines Umweltblogs zusammengebastelt habe, ist die Gletscherschmelze.

Da man die Ignoranz der Leute niemals unterschätzen sollte, beginne ich mit einer Definition: »Ein Gletscher ist eine große, klar abgegrenzte Eismasse, die talwärts strömt und an der äußersten Extremität durch Abschmelzen aufgezehrt wird. Das Gletschereis besteht aus Schnee.« Ja, das liest sich gut. Und vor allem schön schlicht. Wörter wie »Metamorphose«, die den eigentlichen Vorgang beschreiben, bei dem aus Schnee Gletschereis wird, lasse ich ganz bewusst weg. Stattdessen beschreibe ich die Funktion der Eismassen: »Obwohl Gletscher nur zehn Prozent aller Landflächen ausmachen, haben sie einen entscheidenden Einfluss auf unser Klima, da sie das Sonnenlicht reflektieren und somit eine zu große Erderwärmung verhindern. Gletscher speichern siebzig Prozent der weltweiten Süßwasserreserven. Sie sind wichtige Wasserzulieferer für Flüsse und Seen. Außerdem haben sie eine große Bedeutung für den Skitourismus.« Letzteres habe ich nur eingefügt, um auch die eingefleischtesten aller Skifans für die Rettung ihres Sportraums zu interessieren. Ohne Gletscher kein Skifahren ... so simpel ist das.

Danach kommt der fett gedruckte Hauptteil: »Die unverwüstlich erscheinenden Eisriesen haben jedoch einen Feind: den von Menschen gemachten Klimawandel!« Den reißerischen Ton habe ich von Greenpeace geklaut. Darunter erkläre ich, dass die Gletscher jedes Jahr ganz dramatisch an Fläche und Masse verlieren. Trotz Abdeckplanen und anderer Hilfsmittel. Die Folgen der Gletscherschmelze führe ich – häppchenweise – in einer Liste auf: »Überschwemmungen, Erdrutsche, mittelfristige Trinkwasserknappheit, Ansteigen der Meeresspiegel und das Aussterben eines ganzen Ökosystems«. Zu guter Letzt kommt wieder ein fett gedruckter Satz mit meiner Forderung: »Eine Energiepolitik, die auf fossile Brennstoffe verzichtet und stattdessen auf regenerative Energien und Technologien setzt!«

Doch trotz dieser zielgruppengerechten Aufbereitung will niemand meine Botschaft hören. Fast neunzig Prozent aller Zuschauer winken ab, als ich ihnen den Flyer in die Hand drücken will. Stattdessen halten sie lieber Bierbecher aus Plastik, fettige Würstchen oder Zigaretten fest umklammert. Innerlich macht es mich rasend, dass diese Deppen so tun, als ob sie das Ganze nichts anginge. Dabei befindet wir uns doch alle, die gesamte Menschheit, in einer Art Überlebenskrieg, und wenn wir diesen ultimativen Kampf gegen das gefährliche Kohlendioxid, die Ölkonzerne und Industrien nicht gewinnen, dann gnade uns Gott. Dann werden wir bald genauso aussterben wie andere Spezies, die auch zu dämlich waren, um zu wissen, wann es fünf vor zwölf ist.

Ganz am Rande bekomme ich mit, dass ein Typ namens Peter Winkler das Rennen gewonnen hat. Mir ist das völlig egal, aber für meine Landsleute scheint das offenbar eine Riesenenttäuschung zu sein. In diesem Zusammenhang fällt auch der Name Marc Gassmann, der nicht antreten durfte – und auf einmal habe ich es eilig. Über meine Missionierungsbemühungen habe ich ganz vergessen, was ich eigentlich heute sonst noch machen wollte: den Tatort besichtigen.

»Wie geht es ihm?« Angespannt hatte Andrea in der rustikalen Ferienwohnung der Familie Sentis in Schanf auf die Rückkehr von Marcs Anwalt gewartet, der seinen Mandaten auf der Polizeistation besucht hatte, um ihm frische Wäsche und ein paar Bücher zu bringen. In der Zwischenzeit hatte sie mit Marcs besorgten Eltern telefoniert und versucht, zumindest ihnen gegenüber Zuversicht und Optimismus zu verbreiten. Anschließend hatte sie sich gedankenverloren mit Larissa Sentis unterhalten, der Ehefrau des Anwalts, die sich jetzt jedoch diskret in die Küche verzog.

»Na ja. Ich würde sagen ... den Umständen entsprechend. Er lässt Ihnen ausrichten, dass Sie ihm fehlen. Ansonsten ist er natürlich deprimiert, dass er das Rennen verpasst und sein österreichischer Konkurrent gewonnen hat. Aber es richtet ihn auf, dass wir schon morgen um acht Uhr einen Termin beim Haftrichter in Chur bekommen haben.«

Andrea atmete auf. »Das ist in der Tat eine positive

Nachricht. Hoffentlich sieht der Richter ein, dass Frau Carmassi einen Fehler gemacht hat.«

»Warten wir's ab. Jedenfalls sind wir gut vorbereitet, denn endlich liegt auch der Obduktionsbericht vor.«

»Und was steht da drin?«

»Hier, lesen Sie selbst.« Sentis reichte ihr ein gut fünfzehn Seiten starkes, gebundenes Dokument.

Andrea überflog den Text, der grob in »Äußere Besichtigung« und »Innere Besichtigung« gegliedert war. Im ersten Abschnitt ging es um Lara Freys Kleidung und deren Zustand. Offenbar war sie mit Jeans, Bluse, Pulli und Unterwäsche bekleidet gewesen, als der Mörder sie attackiert hatte. Dann folgte die Inspektion der einzelnen Körperteile. Besonders ausführlich wurde dabei die Halsregion der Toten beschrieben. Hier wurde zum einen auf den mörderischen Schnitt in allen Details eingegangen, zum Beispiel, dass die Wundränder zur Klinge des gefundenen Jagdmessers passten, der Täter Rechtshänder gewesen sein musste und trotz der Durchtrennung der Halsschlagader relativ wenig Blut aus der Wunde ausgetreten war. Zum anderen wurden noch weitere Symptome erwähnt, die mit dieser Verletzung eigentlich nicht in Einklang standen ...

Sie blickte auf. »Man hat Würgemale an ihrem Hals gefunden? Und was sind ›Petechien‹?«

Sentis nickte. »Petechien sind stecknadelkopfgroße, rote Punkte auf der Haut, die durch kleine Einblutungen verursacht werden. Diese können ebenfalls beim Erwürgen auftreten. Es kann keinen Zweifel geben: Lara Frey ist von dem hinter ihr stehenden Mörder gewürgt worden, die eigentliche Todesursache ist Ersticken.«

Andreas Augen weiteten sich vor Überraschung.

»Dann war sie also schon tot, als man ihr die Kehle durchtrennte und beide Hände amputierte?«

»Eindeutig. Ihr Herz hatte schon aufgehört zu schlagen, sonst wäre wesentlich mehr Blut ausgetreten. Gerade aus der Halsschlagader wäre es geradezu strahlartig herausgespritzt. Ich hatte mich schon gewundert, warum der Tatort so ... sauber war. Normalerweise müssten diese Verletzungen doch eine Riesensauerei nach sich ziehen.«

»Und was bedeutet das jetzt?«

»Die Staatsanwaltschaft wird mit Sicherheit behaupten, dass Erwürgen noch mehr auf ein Verbrechen aus Leidenschaft hindeutet – eine hitzige Diskussion unter Liebenden, die aus dem Ruder läuft – und dass der Täter sie erst danach verstümmelt hat, um die Polizei in die Irre zu führen. Außerdem werden sie das Video mit dem Streit zeigen und Marc einen von Natur aus aufbrausenden Charakter unterstellen.«

Andrea wurde blass. »Und was sagen wir dazu?«

»Wir werden uns darauf konzentrieren, Zweifel zu streuen. Immerhin gibt es keine eindeutigen Beweise für seine Schuld, wie beispielsweise eine positiv identifizierende DNA-Spur. Die Affäre zwischen Marc und der Toten liegt schon zwei Jahre zurück, und seitdem sind sie rein freundschaftlich miteinander verbunden gewesen. Zudem befindet sich Marc in einer festen Beziehung mit Ihnen. Und darüber hinaus ist die Wahrscheinlichkeit, dass es einen anderen Mann in Frau Freys Leben gegeben hat, relativ hoch. Doch die Polizei hat bislang noch gar nicht in dieser Richtung geforscht.«

»Gibt es sonst absolut nichts in dem Obduktionsbericht, das Marc irgendwie entlasten könnte?« Ihr wurde regelrecht schlecht bei diesem Gedanken.

Sentis schüttelte den Kopf. »Leider nein. Ich hatte gehofft, dass Marc Linkshänder wäre, aber er ist –«

»Rechtshänder. Ich weiß«, flüsterte Andrea.

»Bitte machen Sie sich keine Sorgen. Ich bin zuversichtlich, dass wir ihn morgen zumindest gegen die Zahlung einer Kaution auf freien Fuß bekommen werden. Und für den Rest ... Wir müssen tatsächlich einen Plan machen, wie wir uns nach anderen Verdächtigen umsehen können. So gesehen ist es eine Fügung des Schicksals, dass Sie, als Ex-Polizistin, in solchen Sachen sehr erfahren sind.«

Sie nickte und traute sich nicht, ihm zu sagen, dass sie im Grunde über einen eher überschaubaren Erfahrungsschatz als Ermittlerin verfügte.

»Ich sterbe fast vor Hunger«, sagte der Rechtsanwalt auf einmal und rieb sich den nicht vorhandenen Bauch. »Ich sehe mal nach, was meine Frau so in der Küche treibt. Wollen Sie vielleicht auch ein Happen essen?«

»Nein, danke«, erwiderte Andrea. »Ich lese mir lieber noch einmal in Ruhe den Bericht durch.« Sie wollte Marcs Anwalt nicht auf die Nase binden, dass sie vorhin zu fahrig gewesen war, um alle ausgeführten Details zu speichern. Die Tatsache, dass das Opfer vollständig bekleidet aufgefunden worden war und gemäß der Inspektion von Freys Genitalien nichts darauf hindeutete, dass sie vor dem Mord Geschlechtsverkehr gehabt hatte, hatte sie abgelenkt. Und kolossal erleichtert.

Jetzt musste sie sich noch einmal ausführlich mit dem Abschnitt über die Amputation befassen. Den hatte sie vorhin überlesen. Irgendwie fand Andrea es unglaublich, dass man jemandem, lediglich mit einem Messer bewaffnet, beide Hände abtrennen konnte. Sie hätte vermutet, dass dazu zumindest eine mechanische Säge vonnöten wäre. Doch in dem Bericht stand, dass der Täter die »proximalen« Handgelenke zwischen Speiche und Handwurzelknochen überdehnt, Sehnen, Adern und Gelenkkapsel durchtrennt und dann am – nur durch Knorpel verbundenen – Gelenkspalt mit Hilfe reiner Muskelkraft »durchgeknackst« hätte. Ähnlich würden übrigens Metzger, Köche oder Jäger bei der fachgerechten Zerlegung von Tieren verfahren.

Nach dieser Lektüre wunderte sie sich, dass Rechtsanwalt Sentis noch immer Appetit verspürte. Sie selbst würde momentan noch nicht einmal ihr Lieblingsessen runtergewürgt bekommen.

Das »Hotel Engadin« ist eins der besten Hotels in St. Moritz und gehört einem ehemaligen Kollegen und Freund meines Vaters namens Reto Hauser, der es allerdings selbst erst vor fünf Jahren von seinem Onkel geerbt hat. Es ist ein traditionsreiches Haus, despektierlich könnte man auch sagen, ein richtig alter Kasten. Dafür aber hochluxuriös. Die Familien mancher Gäste kehren schon seit über hundert Jahren immer wieder dort ein. Sie lieben das »Engadin«, weil es dort diskret, teuer und altmodisch zugeht: Vor dem Eingang steht eine ganze Horde livrierter Diener. Offiziell harren sie da auch in größter Kälte aus, um den ankommenden Gästen beflissentlich die Tür aufzuhalten. Doch insgeheim vermute ich, dass man sie dorthin platziert hat, um weniger betuchten Leuten eine gewisse »Schwellenangst« einzuflößen. Letztendlich muss man aber nur am Haupteingang mit solchen Repressalien rechnen. Wenn man – so wie ich – ein Insider ist, benutzt man den dienerlosen Seiteneingang und kommt völlig ungesehen ins Hotel.

Eigentlich braucht man von besagtem Seiteneingang nur rechter Hand einen Gang entlangzugehen, und schon ist man an der früheren Dienstbotentreppe angelangt, die seit ein paar Jahren – seit der Demontage der hässlichen externen Treppe – als Brandschutz-Fluchtweg herhalten muss. Über diese Stiege erreicht man dann sämtliche Stockwerke.

Normalerweise sind die Gäste des »Engadin« zu betagt oder sportlich ausgelaugt, um diese Stufen zu erklimmen. Sie benutzen den Lift. Und dieses Jahr scheint es sowieso nicht allzu viele Gäste zu haben. Doch ausgerechnet heute begegnet mir jemand auf meinem Weg zum Tatort. Ein kurzatmiger, muskelbepackter Mann mit einem Bürstenhaarschnitt, der farblich genau auf seinen grauen Anzug abgestimmt ist. Jemand, den ich schon kenne, seit ich ein kleines Kind war: Gerhard Schulte, die rechte Hand des Hotelbesitzers und leider ebenfalls ein guter Bekannter meines Vaters. Ich soll ihn eigentlich »Onkel« nennen, genau wie alle anderen Freunde meiner Eltern, aber das versuche ich so oft es geht zu vermeiden.

»Was machst du denn hier, Jonas?«, brummt er überrascht.

Blöderweise laufe ich bei seiner Frage rot an. Ich bin generell ein schlechter Lügner. Auf die Schnelle fällt mir garantiert keine plausible Ausrede ein, und natürlich kann ich es nicht riskieren, Herrn Schulte beziehungsweise »Onkel Gerhard« die Wahrheit zu sagen. Das Zimmer von Frau Frey ist mit Sicherheit für Unbefugte gesperrt.

»Du willst doch nicht wieder Flugblätter unter den Türen durchschieben?«, brüllt Herr Schulte plötzlich, ohne irgendeine Vorwarnung.

Seine laute Stimme macht mir Angst, und so schüttle ich nur wortlos den Kopf.

Trotzdem packt er meine Umhängetasche aus Jute, zieht

sie mir ruppig über den Kopf und öffnet sie. Darin findet er die Restbestände meines Gletscherschmelze-Pamphlets. Wütend starrt er mich an. »Freundchen, ich muss echt mal wieder ein ernstes Wort mit deinem Vater reden! Obwohl der arme Mann schon genug geschlagen ist, mit so einem Öko-fuzzi-Versager als Sohn. Aber schauen wir mal, was Reto dazu sagt!«

Er umklammert meinen Oberarm in einer Art Schraubstockgriff und zieht mich an einer Hand hinter sich her. Vermutlich zu Herrn Hauser oder »Onkel Reto«, dem Hotelbesitzer. Herr Schulte hat mir als Kind schon immer Angst eingeflößt, weil er ein großes, gefährlich aussehendes Tigertattoo auf seiner Brust trägt. Angeblich stammt das noch aus der Zeit, als er in der Eliteeinheit der Schweizer Armee AAD 10 gedient hat. Außerdem ist er ein sehr geräuschvoller Mann, der oft rumschreit. Meine Mutter mag ihn auch nicht. Sie nennt ihn »cholerisch«. Jedenfalls haben wir ihn mal bei einem Familienausflug im Ovaverva-Schwimmbad getroffen. An jenem Tag hat er mich geschnappt und – als mein Vater gerade nicht hinsah – unter Wasser getaucht. Ziemlich lange. Als ich ihn später weinend fragte, warum er mich hatte umbringen wollen, hat er nur gelacht und gesagt, dass es bloß ein Spaß gewesen wäre. Seitdem versuche ich, ihm aus dem Weg zu gehen.

Onkel Reto sitzt gemütlich an seinem Schreibtisch und hört Herrn Schulte mit einem wahrscheinlich als nachsichtig zu deutenden Lächeln zu. Er ist ein großer, schwerfälliger Mann. Mich erinnert er immer an die Büsten und Beschreibungen des römischen Kaisers Vespasian, der als Begründer der Dynastie der Flavier gilt und ein überaus beliebter und weitsichtiger Herrscher war. Vespasian hatte wie Onkel Reto markante, nicht unbedingt schöne Gesichtszüge und eine sehr energische Art. Sein weißes Haar trug er –

ebenfalls genau wie der Hoteldirektor – in kurzen, gekräuselten Wellen.

»Jonas, mein Junge, was machst du nur wieder für Sachen?«, fragte Onkel Reto, offenbar rhetorisch, nachdem ihn seine rechte Hand über unsere Begegnung auf der Dienstbotentreppe aufgeklärt hat.

Glücklicherweise habe ich keine Angst vor ihm und kann mich verbal gegen die Vorwürfe verteidigen. »Ich wollte gar keine Flugblätter in deinem Hotel verteilen.«

»Sondern?«

Mist. Ich hätte mir mal lieber auf dem Weg zu ihm einen triftigen Grund für meine Anwesenheit einfallen lassen sollen. »Ähm …«, stottere ich stattdessen.

»Ist es wegen der Gemeinderatssitzung?«

Für einen kurzen Moment bin ich ernsthaft verwirrt. »Der Gemeinderatssitzung?«

»Ach, komm schon! Dein Vater hat dir doch sicherlich von unserer Abstimmung erzählt. Da habe ich mir fast schon denken können, dass du hier früher oder später aufkreuzt, um mir eine Standpauke zu halten. Das Ergebnis ist dir sicherlich ein Dorn im Auge. Aber jemand in meiner Position muss natürlich auch an die Folgen für das Geschäft denken und –«

»Onkel Reto, ich habe ganz ehrlich keine Ahnung, wovon du gerade sprichst«, unterbreche ich ihn und flunkere: »Eigentlich wollte ich mich auf dem Heimweg nur kurz im Hotel aufwärmen. Ich bin den ganzen Morgen auf dem Renngelände gewesen und mir war sehr kalt.«

Der bürstenhaarige Herr Schulte lacht schallend, aber es klingt nicht sonderlich amüsiert. Eher hart und böse. Der Hoteldirektor mustert mich dagegen nachdenklich. Schließlich lächelt er noch ein wenig breiter. »Na, wenn das so ist,

Jonas, bin ich dir gern behilflich. Kann ich dir zum Aufwärmen vielleicht eine heiße Tasse Schokolade anbieten?«

»Das ist nicht dein Ernst, Reto!«, ruft Herr Schulte. »Du willst ihn in diesen Marotten auch noch bestärken? Der junge Mann kann doch nicht einfach, wie es ihm gefällt, bei uns herumspazieren! Wo kommen wir denn da hin?«

»Lass es gut sein, Gerhard. Das ist schließlich kein Verbrechen.« Herr Hauser stand auf, ging um seinen Schreibtisch herum und legte mir seinen schweren Arm um die Schultern. »Komm mit, Jonas. Ich glaube, mir würde jetzt eine Tasse heiße Schokolade ebenfalls gut gefallen.«

Wohl oder übel lasse ich mich von ihm in das hoteleigene Café begleiten. Die Besichtigung des Tatorts muss ich dagegen leider auf einen anderen Tag verschieben.

8. Kapitel

Zum ersten Mal konnte Marc Andrea wieder richtig im Arm halten, und es fühlte sich – selbst unter diesen widrigen Umständen – ganz wunderbar an. Liebevoll küsste er sie auf den Scheitel und blickte über ihren Kopf hinweg seinen Anwalt an.

»Danke für alles!«

»Keine Ursache. Aber bitte denken Sie daran, dass das erst ein Etappensieg ist. Wir müssen jetzt unbedingt am Ball bleiben.«

Marc nickte. Es war ein emotionsgeladener Vormittag gewesen, denn zunächst hatte der Haftrichter dem Antrag der Staatsanwaltschaft auf Untersuchungshaft stattgegeben. Weshalb er eigentlich in einer Zelle im Churer Gefängnis schmoren sollte, doch dann hatte Sentis Einspruch eingelegt und seinerseits einen Antrag auf Ersatzmaßnahmen gestellt. Daraufhin hatte der Haftrichter zugestimmt, dass Marc gegen die Bereitstellung einer Kaution in Höhe von zweihunderttausend Schweizer Franken und der Einhaltung gewisser Auflagen auf freiem Fuß bleiben und weiterhin – auch im Ausland – Rennen bestreiten dürfe.

Den restlichen Vormittag hatte er in Polizeigewahrsam auf Sentis gewartet, der mit einer Vollmacht zu seiner Bank gegangen war, um eine entsprechende Garantie zu erwirken. Schließlich hatte Sentis ihn ausgelöst.

»Sollen wir in meinem Büro alles Weitere besprechen?«, schlug der Anwalt vor.

»Das ist eine gute Idee«, antwortete Andrea und legte ihren Arm um Marcs Hüften.

Eng umschlungen folgten sie Sentis, als Marc plötzlich eilige Schritte hinter ihnen vernahm. Als er sich umdrehte, sah er die junge Gerichtsschreiberin von der morgendlichen Verhandlung auf sie zu hasten. »Haben wir noch etwas vergessen?«, fragte Marc verdutzt.

»Ähm, nein.« Die schmale, platinblonde Frau errötete. Erst jetzt bemerkte Marc das Handy, an dem sie verlegen nestelte. »Ich wollte Sie nur fragen ... ob ich vielleicht ein Foto machen dürfte.«

»Warum nicht?« Leicht genervt stellte sich Marc mit Andrea in Position. Doch die Gerichtsschreiberin machte keine Anstalten, sie zu fotografieren. Stattdessen wedelte sie aufgeregt mit ihrer freien Hand. »Entschuldigen Sie bitte ... aber ich hatte eigentlich gehofft, dass ... wir beide ...«

Umgehend ließ Andrea ihn los. »Sicher. Kein Problem. Soll ich ein Bild von Ihnen und Marc machen?«

»Das wäre toll!«, strahlte die zierliche Blondine, tat noch ein paar Schritte auf ihn zu und schmiegte sich dann so eng in seine Arme, als ob er sie schon seit Jahr und Tag kennen würde.

Er machte gute Miene zu diesem altbekannten Spiel, aber innerlich ging ihm das Ganze gehörig auf die Nerven. Was wollten die Leute nur mit diesen blöden Fotos? Als Beweis auf Facebook posten? Was bedeutete das für sie? Besorgt blickte er zu Andrea, die der jungen Frau mit einem leicht gequält wirkenden Lächeln das Handy zurückgab. Sie schien sich über diesen Vorfall irgendwie zu ärgern, und als Marc versuchte, erneut seinen Arm um ihre Schultern zu legen, wehrte Andrea mit den Worten ab: »Besser nicht in der Öffentlichkeit!«

Einen kurzen Spaziergang später betraten sie die modern eingerichtete Kanzlei von Robert Sentis.

»Kaffee?«, bot der Jurist freundlich an, als sie in seinem Büro Platz nahmen. Doch Andrea und Marc lehnten ab. Sie wollten lieber sofort loslegen.

»Also, so, wie ich es sehe, brauchen wir uns um die rein technischen Details des Mordes keine Sorgen zu machen«, führte der Rechtsanwalt aus. »Die Staatsanwaltschaft muss uns per Gesetz über entsprechende Erkenntnisse auf dem Laufenden halten. Falls die Polizei also herausfindet, woher die Tatwaffe stammt, oder falls fremde DNA-Spuren verortet werden, müssen sie uns das sagen.«

»Hört sich gut an.«

»Stattdessen sollten wir uns um das Privatleben des Opfers kümmern. Was für Konflikte es in Lara Freys Leben gab und so weiter.«

»Was meinen Sie mit ›wir‹?«, erkundigte sich Marc perplex. »Andrea und ich reisen gleich nach Garmisch, wo ich mich auf mein nächstes Rennen vorbereiten muss. Ich habe schon die letzte Abfahrt verpasst, weil ich unschuldig im Knast saß, da muss ich mich ranhalten, um nicht den Anschluss zu verlieren.«

Andrea schüttelte den Kopf. »Nein, Marc. Ich muss mit Herrn Sentis an deiner Verteidigung arbeiten. Du hast doch gehört, wir brauchen wesentlich mehr Informationen, um den Verdacht gegen dich auszuhebeln.«

»Nur über meine Leiche.« Gereizt fuhr sich Marc durch die Haare. »Das ist doch viel zu gefährlich. Ich werde nicht zulassen, dass du allein nach diesem brutalen Mörder suchst.«

»Marc, irgendjemand muss es tun. Und wem vertraust

du mehr: mir oder einem unbekannten Privatdetektiv, dem nichts an diesem Fall liegt?«

»Dir natürlich, aber –«

»Herr Gassmann, Frau Brunner hat leider recht. Wir sind auf ihre Hilfe angewiesen. Wir müssen alle unser Bestes geben, sonst wird der drohende Prozess nicht gut ausgehen.« Robert Sentis räusperte sich. »Außerdem wird sie ja sicherlich nicht direkt mit dem Mörder konfrontiert sein. Sobald wir einen Verdacht hegen, dass eine bestimmte Person involviert sein könnte, verständigen wir natürlich umgehend die Polizei.«

Marc schüttelte den Kopf. »Das ist mir zu heikel. Ich ... ich will das einfach nicht. Besonders, wenn ich selbst Hunderte von Kilometern entfernt bin.«

»Schatz, ich werde dir über jeden Schritt berichten, okay? Aber du darfst dich jetzt nicht querstellen.« Andreas Stimme klang beharrlich. Ernst und entschlossen blickte sie ihm ins Gesicht. »Du musst mir vertrauen.«

»Verdammt!«, brummte Marc und wusste, dass er die Auseinandersetzung schon verloren hatte: Falls er sich Andreas Willen widersetzte, würde sie ihm vorwerfen, dass er nicht an ihre kriminalistischen Fähigkeiten glaubte. Und in dieser Hinsicht war sie sehr sensibel. Aber wie sollte er sich auf weitere Rennen konzentrieren, wenn die Liebe seines Lebens möglicherweise in tödlicher Gefahr schwebte?

»Es wird schon alles gut gehen«, beschwichtigte der Anwalt. »Machen Sie sich keine Sorgen.«

Der Rechtsverdreher hatte gut reden, Andrea war schließlich nicht seine Freundin. Marc atmete tief durch. Dann sagte er: »Na gut. Aber du musst mir versprechen, dass du wirklich sofort die Polizei einschaltest, wenn du auf irgendetwas Verdächtiges stößt.«

»Natürlich.«

»Und du spielst auf keinen Fall die Heldin. Wenn dir jemand etwas antun will, wehrst du dich mit allen dir zur Verfügung stehenden Mitteln. Hörst du? Es ist mir lieber, dass du denjenigen in Notwehr umbringst, als dass er dir auch nur ein einziges Haar krümmt.«

»Wenn du meinst!« Andrea lächelte. »Aber es ist gut, dass das Gericht diesen blutrünstigen Ratschlag nicht gehört hat.«

»Allerdings«, seufzte Sentis. »Jetzt sollten wir uns jedoch wieder auf den Fall konzentrieren. Herr Bischoff kommt Sie bereits in einer Stunde abholen.«

»Genau. Marc, kannst du uns bitte erzählen, was Lara Frey für ein Mensch war?« Andrea zählte die Fragen an ihren feingliedrigen Fingern ab. »Was hat sie in ihrer Freizeit gemacht? Mit wem war sie befreundet? Was für ein Verhältnis hatte sie zu ihren Kollegen und zu ihrer Familie? War sie aktuell in einer festen Beziehung?«

Ihre Stimme klang gleichmütig, trotzdem musste Marc in diesem Moment an ihren Eifersuchtsanfall in Innsbruck denken.

»Weißt du, was traurig ist?«, setzte er an. »Wenn ihr beiden euch unter anderen Vorzeichen kennengelernt hättet, wärt ihr bestimmt Freundinnen geworden.«

Sie blickte ihn zweifelnd an. »Weshalb?«

»Lara war dir in vielerlei Hinsicht ziemlich ähnlich. Ganz gradlinig und mit einer positiven, lebensbejahenden Ausstrahlung. Obwohl man ihr nachsagte, extrem ehrgeizig zu sein, war sie trotzdem immer fair. Die meisten Leute schienen sie ernsthaft zu mögen.«

»Du vergisst, dass sie zudem noch sehr, sehr hübsch gewesen ist«, fügte Andrea hinzu.

Marc sah einen Anflug von Kummer über ihr Gesicht

huschen und beeilte sich hinzuzufügen: »Das mag sein, aber ich habe sie trotzdem nie geliebt. Wir hatten lediglich während einer Rennsaison eine lockere Affäre. Deshalb kann ich dir auch all diese Fragen nicht beantworten. Du wirst mit ihrer Familie darüber reden müssen.«

»Wissen Sie, wo Frau Frey gewohnt hat?«

Marc zuckte mit den Schultern. »Irgendwo in der Nähe von Zürich. Wie gesagt, wir haben uns außerhalb der Rennen nie gesehen. Aber ich glaube, ihre Mutter und ihre Schwester leben immer noch in Basel, wo Lara aufgewachsen ist.«

»Sie haben keine Adresse?«

»Nein. Ihre Mutter heißt Regula. Genauso wie meine. Laras Vater ist dagegen schon ganz jung verstorben.«

»Okay, dann müssten wir sie finden können.« Sentis machte sich eine Notiz. »Sonst fällt Ihnen gar nichts mehr zu dem Opfer ein?«

Marc überlegte. »Wir haben immer sehr viel übers Skifahren gesprochen. Lara war an jedem noch so kleinen Detail interessiert, denn sie hatte als Sportmoderatorin einen schweren Stand. Viele Zuschauer haben ihr als Frau nicht zugetraut, die Skirennen der Männer kompetent zu kommentieren. Was natürlich völliger Blödsinn war. Sie wusste mehr über die Strecken und die Skiläufer, als alle anderen Kommentatoren zusammen. Trotzdem haben die ewig Gestrigen bei jedem kleinen Versprecher ihren Rücktritt gefordert. Es gab sogar eine Facebook-Gruppe, in der man all ihre vermeintlichen Schnitzer akribisch zusammengetragen hat.«

»Das sollten wir uns auf jeden Fall einmal anschauen«, sagte Andrea interessiert. »Man weiß heutzutage leider nie, aus welch nichtigem Grund ein fehlgeleiteter Fan ausrasten kann. Da reicht vielleicht schon die Kränkung, dass der Name des Lieblings-Skiläufers falsch ausgesprochen wird.«

»Ach komm, das kann ich mir beim besten Willen nicht vorstellen«, widersprach Marc. »Obwohl es stimmt, dass sich Lara über diese gehässige Facebook-Seite sehr aufgeregt hat. Sie hat sogar einmal angedeutet, dass sie über einen Jobwechsel nachdachte.«

»Sie wollte nicht mehr als Moderatorin arbeiten?«

»Jein, Lara hat sich immer mehr als Allrounderin gesehen, als Vollblut-Journalistin, und wollte ihre Fühler wohl nach einem anderen Ressort ausstrecken.«

»Und was haben der SRF und ihre Kollegen dazu gesagt?«

»Keine Ahnung. Letztendlich weiß ich gar nicht, ob sie überhaupt einen Vorstoß in diese Richtung unternommen hat. Sie ist ja in der bisherigen Saison ganz normal von Rennen zu Rennen gejettet.«

»Am besten fahre ich auch einmal beim SRF vorbei. Die haben ihre Büros draußen in der Nähe der Messe, richtig?«

Marc nickte. »Ja, das stimmt. Gute Idee.«

Anschließend suchten sie gemeinsam die Adresse von Regula Frey in Basel heraus. Glücklicherweise gab es dort nur eine Dame dieses Namens, die offenbar in der Nähe des Spalentors wohnte, das Andrea noch von einer Stadtbesichtigung mit ihrer Großmutter aus den Neunzigerjahren kannte.

Kurz darauf stand Hans auf der Matte, um mit Marc nach Garmisch zu fahren.

Nachdem Marc Andrea das Versprechen abgenommen hatte, dass sie am Renntag nach Deutschland kommen würde, verabschiedete er sich schweren Herzens.

Meine Mutter ist hocherfreut, dass ich am Montag nach der Schule mehrfach »spazieren« gehe. Es ist ihr nämlich ein Dorn im Auge, dass ich »immer so viel Zeit« vor dem Computer verbringe. Dabei versichere ich ihr schon seit Jahren, allerdings vergeblich, dass ich diese Computerzeit überaus sinnvoll nutze. Selbst Computerspiele wie »Call of Duty« und »Counter-Strike« mit ihrem dämlichen Rumgeballere spiele ich lediglich zu Recherchezwecken. Ich versuche zu ergründen, warum meine Schulkameraden, besonders die anderen Jungen, so viel Gefallen daran finden. Bislang weitestgehend vergeblich. Mich machen die aggressive Atmosphäre und drastische Gewaltdarstellung ganz konfus. Falls ich aber dieses Geheimnis einmal lüften werde, trage ich mich mit dem Gedanken, ein Videospiel über Umwelt-Themen zu kreieren. »Ultimate Survival Earth« oder so ähnlich würde ich es nennen und alle Einnahmen Greenpeace spenden. Aber zurück zu meinen mütterlich abgesegneten Spaziergängen …

Leider haben all diese Ausflüge nicht zu dem von mir gewünschten Resultat geführt: der Besichtigung des Tatorts. Jedes Mal ist der Seiteneingang des »Engadin« versperrt. Einmal sogar von der Polizei selbst. Da mir diese Beamten in Uniform nicht bekannt vorkommen, ist offenbar ein Expertenteam aus Chur eingetroffen, das ebenfalls den Tatort unter die Lupe nehmen möchte. Beim zweiten und dritten Mal sehe ich mich dagegen mit Herrn Schulte konfrontiert, der vor der Tür herumlungert und einem Team von Angestellten Anweisungen zur Anordnung von Blumenkübeln erteilt, in die man kleine Dekobäume gesetzt hat. Zum Glück entdeckt er mich nicht. Es ist aber trotzdem nicht mein Tag. Auch mein Vater hat keine Zeit, um mir über die von Herrn Hauser erwähnte Gemeinderatssitzung Auskunft zu erteilen.

Dafür staune ich beim heutigen Frühstück nicht schlecht. Meine Mutter hat wie immer die »Engadiner Post« auf den Tisch gelegt. Das ist unsere Tageszeitung, die zweisprachig, auf Deutsch und Rätoromanisch, erscheint. Ich mag die Zeitung, weil sie sich – genau wie ich – viel mit Umweltschutz beschäftigt. Sie berichtet zum Beispiel über die iOS-Umwelt-Zertifizierung des allwinterlichen Schneefahr-Trainings, das in Samedan als Touristenattraktion abgehalten wird, über den traumhaft schönen Nationalpark von Zernez und viele andere wichtige Dinge. Aber heute prangt auf der Titelseite die Überschrift: »Woher stammt dieses Jagdmesser?«

Offenbar hat sich die Polizei aufgrund des mangelnden Ermittlungserfolgs dazu durchgerungen, mehrere Fotos der Tatwaffe zu veröffentlichen. Unter der Schlagzeile sind die Fotos abgedruckt, und darauf ist ein leicht abgenutztes zweischneidiges Messer mit einem Griff aus echtem Hirschhorn zu sehen. Gleich aus mehreren Perspektiven. Im Artikel wird natürlich auch der Mord an Frau Frey erwähnt, der schon in der Wochenendausgabe ausführlich besprochen worden war. Ebenso, dass die Polizei für sachdienliche Hinweise über die Herkunft des Messers – falls diese zur Ergreifung des Täters führen – eine Belohnung von zehntausend Schweizer Franken ausgeschrieben hat. Das ist alles schön und gut, aber das eigentlich Bemerkenswerte für mich ist: Ich kenne dieses Messer. Und ich weiß, wem es gehört.

Für die meisten Menschen sieht ein Jagdmesser aus wie jedes andere. Es ist traurig, dass sich niemand, selbst wenn es wichtig ist, an Details erinnern kann. Ich habe schon oft gehört, dass unterschiedliche Zeugen bei einer Gerichtsverhandlung denselben Täter als »klein und dunkel« und »hellblond und groß« beschrieben haben. Mir würde das niemals passieren. Mir fallen die winzigsten Einzelheiten an einer Person oder einem Objekt auf und alles, was ich einmal ge-

sehen habe, ist für die Ewigkeit auf meiner Festplatte im Gehirn abgespeichert. Weshalb ich mich auch so genau an dieses Jagdmesser erinnern kann.

Es ist nicht nur ein ähnliches Messer des gleichen Fabrikats. Nein, es handelt sich dabei um haargenau dasselbe Messer, das ich schon einmal gesehen habe. Ich erkenne das an der Anordnung der kleinen Kratzer auf der rechten Seite der glatten Klinge. Sie haben mich schon damals, als ich sie das erste Mal in Augenschein genommen habe, an den Kunstdruck von Friedensreich Hundertwasser erinnert, der bei meinem Zahnarzt im Wartezimmer hängt. Es heißt »Irinaland über dem Balkan« und zeigt ein Gesicht, dass in eine Landschaft mit Häusern integriert ist. Hundertwasser bedient sich meistens einer abstrakten Formensprache, häufig sind seine Motive als Linie auf einem schwarzen Bildhintergrund gemalt. Sein Stil ist einzigartig und erinnert entfernt an Ornamente des Jugendstils. Doch zurück zu diesem spezifischen Poster bei meinem Zahnarzt: Die gelben und orangefarbenen Streifen, aus denen der Künstler die rechte Wange des Gesichts von »Irinaland« geformt hat, sehen tatsächlich genauso aus wie die Gebrauchsspuren auf der Klinge. Außerdem befindet sich am Griff des Messers eine kleine Unebenheit, an der das Hirschhorn heller ist.

Es kann keinerlei Zweifel darüber geben: Ich kenne die Waffe, mit der Lara Frey getötet worden ist. Und eins ist so sicher wie das Amen in der Kirche: Heute Abend werde ich den Ort aufsuchen, an dem ich die Waffe das letzte Mal gesehen habe.

Nach einer unruhigen Nacht allein in Marcs Haus in Kilchberg hatte sich Andrea gegen elf Uhr nur schnell eine Tasse schwarzen Kaffee zubereitet, dann war sie in ihr Auto gesprungen und hatte sich auf den Weg nach Basel gemacht.

Auf der Fahrt dorthin wählte sie Marcs Nummer.

»Wie geht's dir?«, fragte sie, als er sich am anderen Ende der Leitung meldete.

»Einigermaßen. Ich vermisse dich.« Seine dunkle Stimme klang niedergeschlagen.

»Du fehlst mir auch.« Sie unterdrückte ein Seufzen. Heute Nacht war ihr bei ihren schlaflosen Grübeleien bewusst geworden, dass – zumindest theoretisch – weder Marc noch sie in dieser verzwickten Situation stecken würden, wenn er auf ihren Ratschlag gehört und mit diesem verdammten Profisport aufgehört hätte. Aber sie wollte ihm nicht ausgerechnet jetzt deswegen Vorwürfe machen. »Sind die Konditionen in Garmisch gut?«, fragte sie deshalb.

»Katastrophal. Eine viel zu weiche Piste. Fast so schlechte Bedingungen wie in Innsbruck.«

»Das tut mir leid. Aber in Österreich hat es dir ja Glück gebracht ... Gibt es irgendeine Chance, dass das Rennen doch noch abgesagt wird und du zu mir kommen kannst?«

»Andrea ... so gern ich dich jetzt auch bei mir hätte: Ich will nicht, dass das Rennen abgesagt wird. Diese Saison ist vielleicht meine letzte Chance, den fünften Gesamt-Weltcupsieg zu erringen, und ich will mir das nicht entgehen lassen.«

Das war so typisch. Kaum war Marc wieder bei seinem Team, ging es nur noch um diese dämliche fünfte Kristallkugel. Und plötzlich konnte sich Andrea nicht mehr beherrschen. »Was wäre denn bei diesem fünften Sieg so anders als beim ersten, zweiten, dritten oder vierten?

Warum reichen dir deine bisherigen Erfolge nicht? Du erinnerst mich an ein Kind, das den Hals nicht voll genug von Süßigkeiten kriegen kann ... Irgendwann muss doch mal Schluss sein! Bestimmt muss nach dem fünften Titel auch noch der sechsten her!«

»Du verstehst das nicht, Andrea. Ich habe dafür ohne Ende –«

»Geschuftet! Trainiert und gekämpft! Ich weiß das sehr wohl, Marc, aber Sport ist nun mal nicht alles im Leben!«

»Bitte, lass uns nicht wieder streiten. Besonders nicht am Telefon. Das bringt doch nichts.«

Marc hörte sich traurig an und sofort bekam sie ein schlechtes Gewissen. »Okay. Tut mir leid. Ich wollte nicht schon wieder davon anfangen. Es ist mir nur so rausgerutscht.«

»Hm ...« Andrea konnte hören, wie er tief durchatmete. »Und was machst du gerade?«

»Laut GPS komme ich in einer Viertelstunde bei der Mutter von Lara an. Ich sag dir dann später Bescheid, was ich rausgefunden habe.«

»Mach das, bitte. Ich muss jetzt zum Training. Aber ich lasse das Handy an.«

»Okay. Brich dir nichts. Ich liebe dich.«

»Ich liebe dich auch.«

Dann schaltete sich die Freisprechanlage aus. Marc hatte aufgelegt.

Andrea parkte den Wagen in der Nähe von Regula Freys Wohnung. Der Besuch fiel ihr nicht leicht, bereits das Telefonat mit Laras Mutter, bei dem sie um eine Unterredung gebeten hatte, war sehr emotional gewesen. Für Eltern gab es keine größere Katastrophe: Dass Kinder vor ihnen starben, war gegen die Ordnung und Gesetzmäßigkeit des Lebens. Es stellte jede Weltanschauung, jeden Glauben, jedes Gottesgebot auf den härtesten aller Prüfstände. Und natürlich war es ungleich schlimmer, wenn jenes Kind nicht von einer unabwendbaren Krankheit dahingerafft wurde, sondern durch ein gewaltsames Verbrechen den Tod fand. Denn unter diesen Umständen mussten die Angehörigen nicht nur mit der Frage »Warum ausgerechnet meine Tochter/mein Sohn?« fertig werden, sondern sich auch noch mit Themen wie Schuld, Sühne und Rache auseinandersetzen. Polizisten besuchten Seminare, um zu lernen, wie man diese ganz speziellen Todesbotschaften überbrachte. Sicherlich hatte man auch Laras Mutter so sanft wie möglich über das Ableben ihrer Tochter informiert, doch einfacher wurde es dadurch auch nicht. Frau Frey hatte während des ganzen Gesprächs am Telefon hemmungslos geweint. Mit einem unguten Gefühl betätigte Andrea die Klingel.

»Ja?«, meldete sich eine raue Stimme.

»Frau Frey? Andrea Brunner. Wie bereits besprochen, würde ich mich gern kurz mit Ihnen unterhalten.«

Statt einer Antwort brummte der Summer, und Andrea drückte die Tür auf. Sie stieg in den Fahrstuhl und stand wenig später im Flur einer sehr gepflegten, loftartigen Wohnung im vierten Stock. Die Einrichtung war schlicht und fast ausschließlich in nordischem Weiß und hellem Holz gehalten. Die zierliche blonde Frau, die ihr die Tür geöffnet hatte, hatte den Arm um ein vielleicht siebzehn Jahre altes Mädchen gelegt, das Lara entfernt ähnelte. Beide, Mutter und Tochter, hatten rot geweinte Augen und blasse Gesichter.

»Frau Frey?« Andrea streckte die Hand aus. »Vielen

Dank, dass Sie diesem Treffen zugestimmt haben. Das ist keine Selbstverständlichkeit.«

Der kraftlose Handdruck von Laras Mutter zeugte von absoluter Lethargie, wahrscheinlich hatte sie seit dem Mord nicht mehr richtig geschlafen. »Das ist meine jüngere Tochter Lina.«

»Hallo!«, begrüßte Andrea die kleine Schwester der Sportreporterin.

»Wollen wir uns setzen?«, schlug Frau Frey leise vor. Ihre Stimme klang heiser, aber wenigstens weinte sie nicht.

»Gern. Ich hoffe, dass ich Sie nicht allzu lange belästigen muss.«

Nachdem sie alle am Esstisch Platz genommen hatten, eröffnete ausgerechnet Laras kleine Schwester das Gespräch. »Stimmt es, dass man Marc Gassmann verhaftet hat und Sie seine Freundin sind? Oder hat meine Mutter das am Telefon falsch verstanden?«

Andrea nickte beklommen. »Ja, das stimmt. Allerdings war ich früher bei der Kantonspolizei in Zürich, und deshalb versuche ich Marcs Verteidiger bei seiner Arbeit zu unterstützen. Ich hoffe, das ist okay.«

Mutter und Tochter tauschten einen resignierten Blick.

»Wir glauben ehrlich gesagt auch nicht, dass Herr Gassmann unsere Lara ermordet hat. Lara, Lina und ich stehen ...« Die Stimme von Frau Frey kippte. »... standen uns immer sehr nah. Wir hatten keine Geheimnisse voreinander und deshalb wissen wir, dass Lara Herrn Gassmann – auch nach ihrer flüchtigen Beziehung – als Mensch sehr geschätzt hat. Außerhalb ihres Berufs hatten die beiden jedoch nichts miteinander zu tun. Was für ein Motiv sollte er da gehabt haben, meine Tochter umzubringen?«

Andrea fiel eine ganze Wagenladung Steine vom Herzen. »Haben Sie das auch der Polizei gesagt?«

»Ja, natürlich haben wir das. Aber die Beamten sind immer wieder auf diesen Streit zwischen Herrn Gassmann und Lara zu sprechen gekommen ...«

Andrea seufzte. »Es scheint, als ob man sich in Graubünden schon auf Marc als Täter eingeschossen hat. Deshalb ist es so wichtig, dass Sie mir alles Wesentliche über Lara und ihr Leben erzählen ... Wir müssen unbedingt Anhaltspunkte für das Motiv des echten Täters bekommen.«

Frau Frey und Lina nickten. Dann setzte die Mutter mit leiser Stimme an. »Lara war eigentlich schon immer ein besonderes Kind. Als mein Mann mich kurz nach Linas Geburt verlassen hat, ohne einen Rappen Unterhalt zu zahlen, war –«

»Ich dachte, Ihr Ehemann wäre ganz früh gestorben?«, unterbrach Andrea sie irritiert.

Frau Frey presste die Lippen aufeinander. »Für uns war es so, als ob er gestorben wäre, aber tatsächlich lebt er mit seiner neuen Frau und seiner neuen Familie in Lugano.«

»Ach so.« Offenbar hatte die arme Frau schon viel in ihrem Leben durchmachen müssen. Dabei sah sie noch relativ jung aus, vor allem, wenn man bedachte, dass sie eine neunundzwanzigjährige Tochter gehabt hatte.

»Jedenfalls fand ich mich plötzlich mutterseelenallein und finanziell abgebrannt mit einem Neugeborenen und einem dreizehnjährigen Teenager in einer Wohnung wieder, die ich mir gar nicht leisten konnte. Und ausgerechnet Lara, die eigentlich mitten in der Pubertät stecken sollte, hat sich damals um alles gekümmert, ist zu Ämtern und sozialen Beratungsstellen gegangen und hat bewirkt, dass uns geholfen wurde. Neben ihren ganzen Schularbeiten und diversen Nachhilfejobs hat sie mir außerdem noch als Babysitterin zur Seite gestanden. Ohne Lara hätte ich es nicht geschafft.«

Innerlich schämte sich Andrea. So falsch konnte man also Menschen einschätzen. Die blonde Journalistin hatte immer so fröhlich, locker und makellos gewirkt, dass Andrea fest davon ausgegangen war, dass sie mit einem goldenen Löffel im Mund geboren worden war und sich nichts selbst hatte erarbeiten müssen. Siedend heiß fiel ihr ein, dass sie den beiden Frauen auch noch gar nicht kondoliert hatte. »Ähm ... was für ein fürchterlicher, absolut sinnloser Verlust. Mein herzlichstes Beileid. Marc hat Ihre Tochter auch immer sehr geschätzt.« Andrea bemühte sich, das dumme Vorurteil durch einen besonders enthusiastischen Tonfall wieder wettzumachen.

»Danke.« Frau Frey schluckte und schien mit den Tränen zu kämpfen, woraufhin Lina fürsorglich die Hand ihrer Mutter streichelte und sie in den Arm nahm.

Andrea unternahm einen Versuch, das Gespräch wieder auf eine sachlichere Ebene zu hieven. »Und nach der Schule hat Lara Germanistik studiert?«

»Ja, und nebenbei hat sie auch schon beim Fernsehen gearbeitet. Sie ist da irgendwie reingerutscht, nachdem sie ein Praktikum beim SRF gemacht hat.«

»War Ihre Tochter glücklich in ihrem Job?«

Lina schüttelte energisch den Kopf. »Nein.«

Doch ihre Mutter widersprach ihr. »Das stimmt so nicht. Lara hat ihren Job abgöttisch geliebt und auch sehr, sehr hart gearbeitet. Jede Woche war sie bei einem anderen Sportevent, keine freien Wochenenden, immer auf Achse. Aber sie war es absolut leid, von Leuten kritisiert zu werden, bloß weil sie eine Frau war.«

»Sie meinen diese widerliche Facebook-Gruppe?«

»Ja. Dort hat man sie mit Hass und Häme geradezu überschüttet.«

Bekümmert nickte Andrea. »Ich habe mir die Seite gestern Abend angeschaut. Es ist erstaunlich, wie bösartig manche Menschen unter dem Deckmantel der Anonymität sind. Ganz offensichtlich reagieren sie auf diese Weise ihren eigenen Frust ab, denn vieles, was dort geschrieben wird, ist ja völlig haltlos. Wenigstens gab es keine Todesdrohungen oder Aufrufe zur Gewalt gegen Lara.«

»Doch. Leider gab es die auch«, sagte Lina und verzog das Gesicht zu einer Grimasse. »Aber das waren die einzigen Posts, die Facebook auf Laras Aufforderung hin wieder gelöscht hat. Allerdings hatte ich einen Verdacht, wer hinter den fiesesten Sätzen stecken könnte …«

»Ja? Wer?«

»Frank Wilhelm. Laras Ex-Freund.«

Interessiert beugte sich Andrea nach vorn. Da war sie: die erste Spur. »Warum haben Sie das vermutet?«, erkundigte sie sich atemlos.

»Weil Frank völlig ausgerastet ist, als Lara vor zwei Jahren endgültig mit ihm Schluss gemacht hat. Er hat sie seit dieser Zeit gestalkt.«

»Ist sie damit nicht zur Polizei gegangen?«

Frau Frey schüttelte den Kopf. »Leider nein, obwohl ich es ihr immer wieder geraten habe.«

Fatal, so eine lebenswichtige Warnung in den Wind zu schlagen, dachte Andrea angespannt. Warum holten sich Frauen nur so selten Hilfe in einer solchen Gefahrenlage? Laut sagte sie: »Wo hat sie diesen Kerl überhaupt aufgegabelt? Waren die beiden länger zusammen?«

»Lara hat Frank in Zürich kennengelernt, noch während ihres Studiums. Eigentlich war er gar nicht ihr Typ, aber sie hat wohl irgendwie Mitleid mit ihm gehabt«, erklärte Lina. Und ihre Mutter ergänzte: »Frank kommt aus einem kaputten, aber sehr reichen Elternhaus. Stichwort Wohlstandsverwahrlosung. Seine Eltern haben sich nie einen Deut um ihn geschert und alle Probleme immer nur unter Geld begraben. Schon während der Beziehung mit meiner Tochter litt er unter ganz extremen Stimmungsschwankungen. Himmelhoch jauchzend, zu Tode betrübt. Dazwischen gab es nichts. Entweder hat er Lara mit Rosen überschüttet und ist ganz romantisch mit ihr auf eine Karibikinsel geflogen ... oder er hat sie aufs Übelste beschimpft und ihr gedroht.«

»Warum ist sie dann trotzdem mit ihm zusammengeblieben?«

»Am Anfang hat sie wahrscheinlich geglaubt, dass sie ihn ...« Frau Frey deutete mit ihren Fingern Anführungszeichen an. »... ›retten‹ könnte. Lara hat schon immer ein wenig am Helfersyndrom gekränkelt. Aber als er dann das erste Mal handgreiflich geworden ist ...«

»Er *ist ihr gegenüber handgreiflich geworden?*«, hakte Andrea wie elektrisiert nach. Plötzlich schlug ihr Herz schneller.

»Ja. Ein paar Mal hatte ich Lara bereits auf die hässlichen blauen Flecken an ihren Armen und Beinen angesprochen. Doch sie hat immer abgestritten, dass Frank dahintersteckte. Aber als ich dann die blauen Striemen um ihren Hals entdeckte, habe ich ihr auf den Kopf zugesagt, dass dieser Typ ein brutaler Verbrecher ist und ich die Polizei verständigen werde, wenn er sich noch einmal an ihr vergreift! Daraufhin hat Lara die Beziehung dann endgültig beendet.«

»Frau Frey, wenn ich das alles der Graubündner Polizei erzähle, würden Sie dann so freundlich sein und Ihre Aussage schriftlich bestätigen?«

»Selbstverständlich. Wenn Frank Lara ermordet hat, gehört er hinter Gitter! Ich habe ihm schon immer nicht über den Weg getraut.«

»Ich mache mir mal kurz ein paar Notizen.« Andrea zog einen Stift und ihren Schreibblock aus der Handtasche und notierte sich den Namen von Laras Ex-Freund. Hm. Wie ging sie jetzt nur am besten vor? Sollte sie Alberto lediglich die nackten Fakten weiterleiten, oder ... sollte sie sich diesen Frank Wilhelm erst einmal selbst vorknöpfen?

»Wissen Sie vielleicht, wo dieser Kerl momentan wohnt und arbeitet?«, fragte sie Frau Frey.

»Ja, das weiß ich. Frank hat noch nie einen richtigen Job gehabt. Er sieht sich selbst als Fotograf, weil er letztes Jahr einen Bildband im Eigenverlag veröffentlicht hat. Aber wohnen tut er gleich in mehreren Häusern seiner Eltern. Im Winter in ihren Chalets in Sils Maria und Zermatt. Und im Sommer auf einem Bauernhof im französischen St. Rémy.«

Bingo! Vor lauter Aufregung biss Andrea sich in die Unterlippe. Sils Maria! Das war keine zehn Kilometer vom Tatort entfernt!

9. Kapitel

Mein Puls geht schneller als sonst – bestimmt über hundert Schläge pro Minute. Das ist merkwürdig, denn eigentlich habe ich nichts Verbotenes vor. Ich will lediglich den stets unverschlossenen Keller des Restaurants »Alpenglühen« betreten, das meinem Patenonkel Max gehört. Er ist einer der ältesten Freunde meines Vaters und hätte bestimmt nichts dagegen, dass ich mich hier umschaue. Aber ich scheue mich, ihm mein Anliegen zu schildern und ganz normal zur Vordertür reinzugehen. »Wahrscheinlich ist das Jagdmesser aus deinem Waffenschrank die Waffe, mit der man die Reporterin Lara Frey umgebracht hat«, klingt selbst in meinen Ohren etwas zu salopp für den dramatischen Umstand, dass mein Onkel damit wahrscheinlich zum Kreis der Mordverdächtigen gezählt werden würde. Obwohl ich mir nicht vorstellen kann, warum ausgerechnet er – ein beliebter Wirt, den jeder kennt – Lara Frey hätte umbringen sollen.

Der Garten, der sich hinter dem chaletartigen Restaurant befindet, liegt im Dunklen, und ich klettere vorsichtig – leider bin ich nicht besonders geschickt in solchen Dingen – über den nur hüfthohen Jägerzaun. Geschafft. Ich schleiche mich um das Haus herum und verharre, wobei ich mir wie ein Zuschauer in einem Theaterstück vorkomme. Von hier aus kann man das hell erleuchtete Innere der gemütlichen, holzgetäfelten Stube wie eine Bühnenszenerie beobachten. Jeder einzelne Tisch ist besetzt. Die Kellner, die alle Leder-

hosen und rot karierte Hemden tragen, laufen eilig hin und her, um Bestellungen aufzunehmen oder Speisen zu bringen. Onkel Max steht weiter vorn, hinter der Bar, und kümmert sich um die Getränke. Um acht Uhr abends herrscht im »Alpenglühen« Hochbetrieb. Deshalb habe ich meinen Erkundungstrip genau für diese Uhrzeit geplant.

Meine Augen haben sich inzwischen an die Dunkelheit gewöhnt. Bis zur Kellertreppe sind es nur zweihundert Meter. Ich sehe sie deutlich vor mir. Doch da ich im verschneiten Garten als dunkler Schatten zu entdecken wäre, nehme ich nicht den direkten Weg, sondern schreite eng an die immergrüne Gartenhecke gepresst voran. Wenig später erreiche ich die Treppe, die freundlicherweise geräumt ist. Trotzdem sehen einige der alten, ausgetretenen Steinstufen ziemlich rutschig aus und ich halte mich besser fest. Das schmiedeeiserne Geländer fühlt sich kalt in meiner Hand an. Stufe für Stufe nähere ich mich der Kellertür.

Ich habe als Kind viel in diesem Garten gespielt und im Zuge dessen natürlich auch den Keller erforscht. Aber heute ist kein unbeschwerter Sommertag in der Nebensaison. Meine Eltern und Onkel Max grillen nicht in Rufnähe im Garten. Stattdessen liegt eine sinistere Atmosphäre über dem unbeleuchteten Keller, als ich durch das seitliche Fenster hineinblicke.

Endlich lege ich meine Hand auf die Klinke. Einen Moment lang habe ich Angst, dass Onkel Max ausgerechnet heute den Zugang abgesperrt haben könnte ... dann öffnet sich die Tür mit einem leisen Knarren. Ich halte die Luft an und lausche in die Dunkelheit, die dahinterliegt. Kein Geräusch. Leise betrete ich den kleinen Vorraum und schließe die Tür hinter mir. Dann fummele ich an meinem Smartphone herum und schalte die Taschenlampenfunktion ein. Zwar kann man dieses Licht wahrscheinlich von außen durch das Seitenfenster sehen, aber erstens kann ich hier nicht ohne Beleuchtung rumtapsen und zweitens ist es eher unwahrscheinlich, dass heute noch jemand die Kellertreppe benutzt, über die normalerweise Onkel Max' Vorräte angeliefert werden. Ich fasse mir ein Herz und schleiche weiter.

Direkt angrenzend an den Vorraum ist der geräumige Weinkeller gelegen. Hier werden Rotweinflaschen in bis zur Decke reichenden Holzregalen gelagert, während die Weißweine in wohltemperierten Glasschränken ruhen. Die rustikale »Vinothek« ist der ganze Stolz meines Patenonkels, denn er hat ein kleines Vermögen darin investiert. Meine Eltern haben dort schon öfter zusammen mit anderen Paaren aus dem Gemeinderat an der Degustation von edlen Tropfen teilgenommen. Doch heute lasse ich dieses Aushängeschild schweizerischer Trinkkultur im wahrsten Sinne des Wortes links liegen. Ebenso wie den gegenüberliegenden Werkraum, in dem kaputte Stühle und andere Gegenstände lagern, die derzeit nicht im Restaurant gebraucht werden.

Am anderen Ende des Gangs führt eine weitere Treppe direkt in die darüber gelegene Küche, unmittelbar dahinter gehen noch zwei Türen ab: Die eine führt zur Vorratskammer, in der auch die riesige Eistruhe steht, aus der ich mir früher manchmal eine Glace nehmen durfte. Die andere führt ins »Jagdzimmer«, dem Ziel meiner abendlichen Odyssee. So leise wie möglich öffne ich die Tür. Ich weiß zwar aus Erfahrung, dass die Köche alle Zutaten für das Abendmenü bereits am Nachmittag aus der Vorratskammer in die Küche transportieren, um während der Hauptessenszeit nicht andauernd rauf- und runterrennen zu müssen. Aber man weiß ja nie, ob sie nicht vielleicht doch etwas vergessen haben.

Es riecht nicht gut im Jagdzimmer, denn es handelt sich dabei keineswegs um ein geräumiges Kaminzimmer, in dem man Geweihe oder andere Trophäen aufgehängt hat, sondern um den Raum, in dem Onkel Max im Herbst, während der Jagdsaison, die von ihm und seinen Freunden geschossenen Gämsen, Rehe und Hirsche zerlegt. Auf der linken Seite sind Haken angebracht, an denen man die toten Tiere aufhängen kann, um ihnen das Fell abzuziehen. In der Mitte steht neben einer Fleischersäge ein Metalltisch, auf dem Onkel Max den Rücken der armen Kreaturen auslöst und die Keulen und Schultern derselben zum Kochen, Braten und Wurstmachen zurechtschneidet. Schon allein der Gedanke, dass diese schönen Tiere sterben müssen, damit sich einige selbst ernannte Gourmets daran gütlich tun können, verursacht mir Brechreiz. Aber gut – ich bin auch ein überzeugter Vegetarier.

Die Jagd hat im Engadin allerdings eine lange Tradition und wird mit viel Leidenschaft betrieben. Auch mein Vater verbringt ab Anfang September – mit Fernrohr, Feldstecher und Flinte ausgerüstet – viel Zeit im Jagdgebiet. Sofern es seine Arbeit erlaubt. Gemeinsam haben wir lange und hitzige Diskussionen darüber geführt, ob es rechtens ist, das lokale Wild niederzumetzeln. Letztendlich hat mein Vater gewonnen, weil neueste biologische Erkenntnisse tatsächlich eine jährliche Reduzierung der Bestände fordern, damit die verbleibenden Tiere möglichst gut überwintern können. Moralisch finde ich das Ganze trotzdem höchst fragwürdig, denn wie bei den Gämsen gibt es letztendlich auch zu viele Menschen auf dieser Welt, die um ihren Anteil an den endlichen Ressourcen kämpfen. Doch das Reduzieren unserer Bestände ist verboten.

Da die Jagdsaison bereits am 30. November endet, ist das Jagdzimmer verwaist. Bis auf den üblen Geruch, der sich mangels ausreichender Belüftung wohl nie ganz verzieht, erinnert nichts daran, dass hier erst vor ein paar Wochen li-

terweise Blut geflossen ist. Aber momentan bin ich auch gar nicht an diesem Teil des Zimmers interessiert, sondern an dem Waffenschrank, der auf der rechten Seite untergebracht ist. Sollte ich mich vertan haben, oder würde dort tatsächlich jenes Jagdmesser fehlen, das gemäß des Zeitungsartikels Frau Freys Kehle durchtrennt hat?

Mit klopfendem Herzen gehe ich noch einen Schritt näher. Das Taschenlampenlicht meines Handys erfasst schon die Glasscheibe, die an der Vorderseite des Schranks angebracht ist. Jetzt stehe ich frontal davor und erblicke – wie erwartet – drei hochkant gelagerte Flinten und diverse Messer, die jeweils einzeln von zwei Haken gehalten werden. Die Klingen der Messer funkeln heimtückisch im schummerigen Licht, doch sie können meinen Blick trotzdem nicht bannen – der ruht fest auf den zwei leeren Haken, auf denen leider ein ganz bestimmtes Jagdmesser fehlt! Verdammt. Ich habe mich nicht geirrt.

In genau diesem Moment höre ich schwere Schritte, die im Gang näher kommen. Die plötzlich einsetzende Panik lässt meine Kopfhaut prickeln. Oh Gott, was mache ich jetzt? Hektisch versuche ich, das Licht an meinem Handy auszuschalten, doch das Gerät entgleitet meinen feuchten Fingern … und knallt laut und weithin hörbar auf den Steinboden!

Vor Angst fast gelähmt, lasse ich mich auf alle viere nieder und versuche, unter den Metzgertisch zu krabbeln, um mich wenigstens notdürftig zu verstecken … doch das stellt sich in dem plötzlich stockfinsteren Raum als schwieriger als gedacht heraus. Ein ums andere Mal greife ich ins Leere, anstatt ein Bein des Metalltischs zu fassen …

Auf einmal wird die Tür aufgerissen … und mir bleibt fast das Herz stehen, als ich die kräftige, dunkle Gestalt erblicke, die im hell erleuchteten Türrahmen steht.

Andrea war zurück auf dem Weg nach Zürich. Eigentlich brannte es ihr unter den Nägeln, umgehend nach Sils Maria zu fahren und Laras aggressiven Ex-Freund zur Rede zu stellen. Doch sie wollte nicht den gleichen Fehler wie Frau Carmassi machen und sich vorzeitig auf den erstbesten Verdächtigen konzentrieren. Sie würde stattdessen ganz methodisch und gründlich vorgehen. Genau so, wie Alberto es ihr auf der Polizeischule beigebracht hatte. Deshalb hatte sie sich von Frau Frey den Ersatzschlüssel zu Laras Wohnung in der Zürcher Zentralstraße geben lassen, auch wenn die Polizei bestimmt schon alle tatrelevanten Beweise von dort mitgenommen hatte, und für morgen einen Termin mit Laras Redaktionsleiter beim SRF ausgemacht.

Es war spät geworden. Andrea hatte fast den ganzen Tag mit Laras Familie verbracht. Nachdem das Eis einmal gebrochen war, hatte besonders Lina ohne Punkt und Komma über ihre Schwester geredet, Anekdoten aus ihrer Kindheit erzählt und Babyfotos von sich und Lara angeschleppt. Danach hatten sie gemeinsam bei Laras Lieblings-Chinesen gegessen. Andrea hatte gespürt, dass dieser Redefluss einen lindernden Effekt auf die beiden trauernden Frauen zu haben schien, und war deshalb weit über die eigentlich für den Besuch eingeplante Zeit geblieben. Die Verabschiedung von Frau und Tochter Frey war sehr herzlich ausgefallen. Andrea hatte ihnen noch alles erdenklich Gute und viel Kraft in dieser schweren Zeit gewünscht, woraufhin die beiden Frauen sie noch bis zum Lift begleitet hatten.

Bei ihrem letzten Blick aus der sich schließenden Fahrstuhltür hatte sie dann beobachtet, wie sich Mutter und Tochter tröstend umarmten. Das hatte ihr einen Stich gegeben. Sie selbst hatte nach dem Tod ihrer eigenen Mutter leider keine Schwester gehabt, die sie in die Arme hätte nehmen können. Natürlich war ihre Großmutter für sie da gewesen. Aber im Grunde genommen war sie kein besonders warmherziger Mensch gewesen und auch schon zu alt, um ihre Bedürfnisse als Kind zu verstehen. Wie tröstlich wäre da eine jüngere Schwester wie Lina gewesen. Wahrscheinlich stammten ihre Ängste vor dem Alleinsein einerseits und vor zu großer Abhängigkeit und Nähe andererseits daher, dass sie damals mit der ganzen Situation allein fertig werden musste. Irgendwann sollte sie doch einmal einen Therapeuten aufsuchen, der ihr diese gegensätzlichen Gefühle erklären konnte. Aber jetzt hatte sie gerade absolut keine Zeit dafür.

Kurz bevor sie Laras in Zürich-Wiedikon gelegene Wohnung erreichte, war Andrea noch eine gute Idee gekommen. Sie hatte auf dem Seitenstreifen angehalten und – obwohl es schon recht spät war – Marcs Rechtsanwalt telefonisch gebeten, ihr die Liste zu mailen, auf der alle Gegenstände vermerkt waren, die die Polizei aus dem Heim der Sportreporterin entfernt hatte.

Andreas Wagen war bereits vor dem grauen Apartmenthaus geparkt und sie stand mit gezücktem Schlüssel vor dem Eingang, als ihr Smartphone den Erhalt einer Nachricht ankündigte. Robert Sentis hatte ganze Arbeit geleistet und die Liste gleich als gescannte Datei mit angehängt. Allerdings waren darauf nur ganz wenige Objekte verzeichnet: ein alter Computer, ein persönliches Adressbuch und mehrere Fotoalben. Offenbar war nichts wirklich Hilfreiches wie beispielsweise ein Tagebuch oder persönliche Briefe und Notizen sichergestellt worden.

Andrea verstaute das Handy wieder in ihrer Jackentasche und machte sich daran, die Haustür zu öffnen. Gemäß der Information von Frau Frey lag die Wohnung im fünften Stock. Wenig später stand sie in einem aufgrund der geschlossenen Fenster leicht muffig riechenden Einzimmerapartment, das insgesamt circa fünfzig Quadratmeter umfasste und ziemlich merkwürdig geschnitten war: Wer installierte denn genau in der Mitte des Wohnraums eine offene Küche? Trotzdem gefielen ihr die moderne Einrichtung und die verarbeiteten Materialien. Der Bodenbelag bestand aus dunklem Parkettboden, eventuell auch aus Laminat – so genau kannte sie sich damit nicht aus. Der Wohnzimmerbereich war spärlich möbliert: ein hellgraues Sofa, zwei Ledersessel und ein niedriger Couchtisch aus Holz. Kein unnützer Deko-Schnick-Schnack wie Muscheln, Kerzen oder Vasen. Einen Fernseher konnte Andrea auch nicht entdecken, was für eine TV-Journalistin bestimmt ungewöhnlich war.

Auf einem Sideboard standen als einziger Zimmerschmuck einige gerahmte Fotografien, und Andrea trat einen Schritt näher, um die Gesichter erkennen zu können. Die meisten zeigten Laras Mutter und Schwester. Es gab keinerlei Andenken an Begegnungen mit irgendwelchen Promis. Stattdessen war Lara auf einigen Fotos vermutlich mit ihren Freundinnen abgebildet. Besonders eine dunkelhaarige Frau, die ungefähr im gleichen Alter wie die Sportreporterin zu sein schien, war mehrfach zu sehen: mal im Bikini an irgendeinem Strand, mal auf einer Fahrradtour oder beim Skifahren. Andrea zückte ihr Handy und machte Aufnahmen von allen unbekannten Gesichtern. Sie nahm sich vor, diese Frauen später durch Lina identifizieren zu lassen und ebenfalls zu einem kurzen Gespräch treffen.

Es sah nicht danach aus, als ob in Laras Küche viel gekocht worden war. Alle Gegenstände wirkten unbenutzt und neu. Im Kühlschrank lagerten drei Flaschen Bier, ein paar Scheiben Bündner Fleisch und eine abgelaufene Packung Milch. Auch die Schränke und Schubladen offenbarten keine großen Schätze: Müsli, Reis und ein paar Dosen Thunfisch. Offenbar hatte Lara viel auswärts gegessen und kaum Freunde zu sich nach Hause eingeladen. An ihrem runden Esstisch standen lediglich zwei Stühle. In dieser Beziehung zumindest waren sie und Lara sich nicht sehr ähnlich gewesen: Für sie selbst gab es keine Beschäftigung, die sie mehr entspannte, als für Marc und sich ein leckeres Mahl zuzubereiten.

Das Badezimmer war weiß gekachelt und relativ klein. Als Andrea den kleinen verspiegelten Wandschrank über dem Waschbecken öffnete, fand sie darin nichts Weltbewegendes: eine noch ungeöffnete Packung Abschminktücher, Tampons, Q-Tips und eine Schachtel Aspirin. Da sie weder Schminkutensilien noch eine Zahnbürste entdeckte, mussten sie noch in Laras Reisegepäck in St. Moriz sein. Ob die Polizei ihren Koffer kassiert hatte, oder lagerte der noch im Hotel?

Schließlich betrat sie das Schlafzimmer. Neben einem grauen Kleiderschrank dominierte ein schlichtes Doppelbett mit einem Kopfteil aus Holz und einer weißen Tagesdecke die Einrichtung. Trotzdem wirkte dieser Raum bewohnter und auf besondere Art privater als das restliche Apartment. Über dem Bett hing viermal das gleiche vergrößerte Foto von Laras Gesicht, das in Andy-Warhol-Manier mehrfarbig nachkoloriert worden war. Auf dem Nachttisch und neben dem Bett lagen jede Menge Bücher. Was die Sportmoderatorin wohl gern gelesen hatte? Liebesromane, Thriller oder historische Dramen?

Andrea hob einen der Bücherstapel auf und studierte die Titel. Es waren alles langweilige Sachbücher. Das oberste beschäftigte sich mit Klimaschutz, die beiden anderen Wälzer handelten von Naturkatastrophen und ihren Ursachen. Auch die restliche Lektüre diente nicht der schnöden Unterhaltung. Es waren Bildbände über die Alpen und über die klimabedingte Rückbildung der Gletscher. Eigentlich lobenswert, dass sich Lara mit solchen Themen beschäftigt hatte.

Obgleich es Andrea unangenehm war, irgendwie zu intim, durchsuchte sie auch sämtliche Nachttischschubladen – die allerdings bis auf Ohrenstöpsel, Papiertaschentücher und eine angebrochene Packung Baldrian so gut wie leer waren. Ob Lara unter Schlafstörungen gelitten hatte? Trotzdem war Andrea froh, dass sich kein Sexspielzeug oder sonst etwas Anstößiges darin befand.

Zuletzt öffnete sie den Kleiderschrank und besah sich Laras Garderobe, die überwiegend sportlicher Natur war. Spitzenlose Baumwollunterwäsche, Jeans, Polohemden und Pullis. Kaum Kleider und Röcke. Aber wahrscheinlich hatte der SRF Lara Frey schickere Klamotten zur Verfügung gestellt, wenn sie auf Sendung ging. Im Abspann stand doch immer, dass die Moderatoren von dem und dem Label eingekleidet worden waren.

Abschließend ging Andrea noch einmal durch alle Räume und ließ die Atmosphäre auf sich wirken. Eigentlich hatte sie nicht das Gefühl, das Mordopfer durch diese Besichtigung besser kennengelernt zu haben. Lara schien ihre Wohnung vorwiegend als Schlafstelle genutzt zu haben. Ihr eigentliches Leben hatte sich ganz offensichtlich kaum in diesen vier Wänden abgespielt.

»Jonas? Bist du das?«

Im selben Moment, in dem Onkel Max das Licht im Jagdzimmer anmacht, schlittere ich unter den Metalltisch, sodass er eigentlich nur meine Rückseite sehen kann. Leider verrät mich meine Frisur. Außer mir hat sonst niemand in St. Moritz einen dunkelroten Pferdeschwanz. Und so krabbele ich widerwillig hervor.

Das Gesicht von Onkel Max gleicht einem fleischgewordenen Fragezeichen. »Jonas, um Himmels willen! Was treibst du denn hier?«

»Du hast mich erschreckt«, flüstere ich verlegen und denke darüber nach, ob ich mich traue, einem potenziellen Mörder von meiner Entdeckung zu berichten.

»Na, wer sich hier mehr erschreckt hat, müssen wir erst noch ausdiskutieren. Ich habe auf dem Weg zur Vorratskammer ein Geräusch gehört und gedacht, dass sich hier ein Einbrecher rumtreibt. Obwohl ... so falsch habe ich damit ja anscheinend nicht gelegen.«

»Wenn die Kellertür unverschlossen ist, kann man rechtlich eigentlich nicht von einem Einbruch sprechen«, murmele ich verunsichert.

»Aber zumindest von Hausfriedensbruch. Also, raus damit: Was hast du hier zu suchen?«

»Ähm.« Ich fühle, wie meine sonst so blassen Wangen rot anlaufen.

Onkel Max, ein großer, wohlbeleibter Mann, blickt sich suchend um. Dann lächelt er plötzlich. »Hast du dich etwa in meinem Jagdzimmer mit einem Mädchen verabredet?«

»Nein«, sage ich und erröte immer mehr. Theoretisch hätte ich schon mal gern eine Verabredung mit einem Mädchen. Besonders mit Melanie, die fast so hübsch ist wie Frau Frey. Praktisch bin ich leider viel zu schüchtern. Und gerade zu beschäftigt damit, einen Mord aufzuklären.

»Irgendwie schade«, grinst der Wirt. »Das wäre eine tolle Geschichte gewesen.«

»Wieso?«

»Ich glaube, dass sich deine Eltern freuen würden, wenn du ein bisschen mehr Anschluss hättest und nicht immer allein unterwegs wärst.«

»Hm.«

»Na, dann komm erst mal mit mir hoch.«

Auf dem Weg nach oben nimmt Onkel Max noch eine vorbestellte Torte aus der kühlen Vorratskammer mit. Ein Gast hat Geburtstag. Nachdem er die Torte in der Küche abgegeben hat, besorgt er an der Bar eine Apfelschorle für mich und ein Bier für sich und bedeutet mir, ihm in die obere Etage zu folgen, wo seine Privaträume liegen. Mit einem beklommenen Gefühl folge ich ihm. Onkel Max lebt nämlich seit dem Krebstod seiner Frau Sabine vor zwei Jahren allein. Und ich wäre eigentlich lieber unter Leuten geblieben.

Als wir auf seiner hölzernen Eckbank Platz nehmen, stößt er mit seiner Bierflasche gegen meine Apfelschorle und prostet mir zu. Dann fragt er: »Sag mal, Jonas, warum engagierst du dich eigentlich so für den Naturschutz? Wäre es nicht viel besser, wenn du dich um karitative Sachen kümmern würdest? Was ist denn zum Beispiel mit alten oder kranken Menschen? Oder Flüchtlingen?«

Entrüstet schüttele ich den Kopf. »Wenn ich für unsere Umwelt kämpfe, helfe ich allen Menschen und nicht nur ein paar wenigen. Das kann man doch gar nicht vergleichen!«

»Soso. Dann erzähl mir jetzt mal in Ruhe, weshalb du dich in meinem Jagdzimmer aufgehalten hast. Reine Zerstörungswut wegen des neuen Gemeinderatsbeschlusses?«

Da ist es schon wieder! Was haben mein Vater und die

restlichen elf Gemeinderäte nur vereinbart, dass ich deshalb so wütend sein soll?

Erneut schüttle ich den Kopf. »Was habt ihr denn beschlossen? Mein Vater hat mir gar nichts erzählt.«

»Echt nicht?« Onkel Max mustert mich skeptisch.

»Nein.«

»Nun, wir haben die ›Agenda 2025‹ verabschiedet!«

Plötzlich werde ich ganz hibbelig. Diese Agenda, die sich mit der Zukunft von St. Moritz beschäftigt, hat vor zwei Jahren meine gesamte Zeit in Anspruch genommen. Ich habe unendlich viele Stunden damit verbracht, meinen Vater mit allen notwendigen Informationen zu versorgen – um ihn und seine Kollegen von meiner Meinung zu überzeugen. Doch dann ist so lange nichts passiert, dass ich diese Agenda fast vergessen hatte. »Und? Habt ihr auch über die weitere Verwendung von Wondersnow abgestimmt?«

Onkel Max nickt. »Aber du solltest alles Weitere mit deinem Papa besprechen.«

»Nein! Sag es mir, jetzt sofort!«

Onkel Max atmet tief durch. »Okay, aber nur wenn du mir verrätst, was du in meinem Keller gemacht hast.«

Ich zögere. Dann überwiegt meine Neugier, und ich platze mit der Wahrheit heraus: »Ich habe nach der Tatwaffe gesucht! Weil ... weil sie aus deinem Waffenschrank stammt und du deshalb als Mörder von Frau Lara Frey infrage kommst!«

10. Kapitel

»Ich kann es nicht fassen. Wie kann man nur so dumm sein«, murmele ich laut vor mich hin. Ich rede gern mit mir selbst. Keine Ahnung, warum. Es beruhigt mich irgendwie. Andere Menschen scheint diese Eigenart zu stören, aber das ist mir egal. Momentan ist mir so einiges egal, obwohl Onkel Max Wort gehalten hat. Oder gerade deswegen. Er hat mir jedenfalls die Wahrheit gesagt: Mein Vater und seine Freunde haben tatsächlich für die »Agenda 2025« gestimmt, die besagt, dass man sich nicht mit dem Klimawandel-bedingten Schneemangel abfinden will, sondern auf Teufel komm raus in Kunstschnee und Snowfarming investieren will, damit die Ski- und Langlauffahrer auch weiterhin, selbst ohne Naturschnee, zu ihrem Vergnügen kommen.

Und das, obwohl gerade mal vierzig Prozent der Touristen überhaupt noch regelmäßig Ski fahren, der Rest ist sowieso zum Shoppen, Genießen oder Gesehen-Werden da. Ich habe dazu eigens eine Umfrage mit hundert Personen auf der Via Maistra veranstaltet, die zwar leider nicht repräsentativ ist, aber doch immerhin einen Trend erkennen lässt. Und St. Moritz bietet schon jetzt wahnsinnig viele schneefreie Sportalternativen für seine zahlenden Gäste. Als da wären: Mountainbiken, Wandern, Bergsteigen, Golfen, Segeln/Wassersport, Reiten, Nordic Walken, Radfahren, Thermalbaden, Paragleiten, Kegeln, Gletscherwanderungen, Inlineskaten, Bogenschießen und vieles, vieles mehr. Außerdem gibt es

Museen, Galerien, Zugfahrten im Glacier und Bernina Express, ein Kasino und alle Arten von Musikveranstaltungen. Ich meine, wer braucht denn da noch Kunstschnee?

Mein Vater hat aber momentan keine Lust auf ein Streitgespräch. Zum ersten Mal seit langer Zeit hat er mich sogar angebrüllt, obwohl es ihm der Psychologe verboten hat. »Geh sofort in dein Zimmer, Jonas! Siehst du nicht, dass ich momentan Wichtigeres zu tun habe!«

Als ob es etwas Wichtigeres als unsere Umwelt gäbe! Trotzdem bin ich seinem lautstarken Befehl gefolgt. Es ist irgendetwas in seinem Blick gewesen ... Jedenfalls habe ich mich nicht getraut, Widerworte zu geben. Weshalb ich jetzt mutterseelenallein auf meinem Bett liege, die Decke anstarre und mich ärgere.

Alles dreht sich um dieses verdammte Messer!

Nachdem ich Onkel Max auf den Kopf zu gesagt habe, dass die Mordwaffe aus seinem Schrank stammt, haben sich die Ereignisse etwas überschlagen. Anstatt wütend zu werden, ist Onkel Max ganz blass geworden und umgehend – mit mir – in den Keller gegangen. Nachdem er sich mit seinen eigenen Augen davon überzeugt hat, dass das besagte Messer fehlt – übrigens ohne dass der abgeschlossene Schrank aufgebrochen worden wäre –, hat er sofort meinen Vater, Onkel Reto und »Onkel Gerhard« verständigt, die alle kurz darauf im Restaurant »Alpenglühen« eingetroffen sind. Während ich Onkel Max leise immer wieder bedrängt habe, mir die Wahrheit über die Agenda zu sagen, haben die Männer sich auf die in der Zeitung veröffentlichten Aufnahmen des Messers konzentriert.

»Es könnte dein Messer sein, Max«, meinte Onkel Reto nachdenklich.

Seine rechte Hand, Herr Schulte, meinte mit einem bösen Blick auf mich: »So ein Käse. Natürlich ist das nicht das

Messer von Max. Ein Jagdmesser ähnelt dem anderen. Das könnte doch genauso gut jedem anderen im Dorf gehören. Oder gar einem auswärtigen Touristen!«

»Und warum fehlt dann das Messer aus meinem Schrank?«, fragte Onkel Max in die Runde.

»Mal ganz in Ruhe«, sagte mein Vater mit seiner tiefen Stimme. »Wann hast du das Messer das letzte Mal gesehen?«

»Bei unserem letzten gemeinsamen Jagdausflug. Erinnerst du dich nicht? Du hast es damals benutzt, um ...« Onkel Max senkte seine Stimme, aber ich verstand seine Worte trotzdem. »... um die angeschossene Gams damit zu töten.«

»Hm«, machte mein Vater. Dann schien er sich zu erinnern. »Stimmt. Und seitdem vermisst du es? Ist dir denn nicht aufgefallen, dass es in deinem Schrank fehlt?«

Onkel Max seufzte. »Es hätte mir eigentlich auffallen müssen. Ich meine, der Schrank ist direkt in meinem Blickfeld, wenn ich das Wild zerlege und ...«

»Ja?«

»Auf der anderen Seite ... vielleicht hatte ich es ja dort wieder hingelegt, und jemand hat es seitdem aus dem Schrank genommen. Immerhin benutze ich das Jagdzimmer seit gut einem Monat nicht, und jeder weiß doch, dass meine Kellertür nicht abgesperrt ist!«

»Richtig, aber der Schrank war doch bestimmt verschlossen. Oder?«

Onkel Max nickte. »Doch ihr drei wisst zum Beispiel alle, wo ich den Schlüssel aufbewahre, und ich kann nicht ausschließen, dass noch mehr Leute den Haken im Weinkeller gesehen haben, wo er hängt ...«

»Dann lass uns sofort zur Polizeistation fahren und all das zu Protokoll geben«, sagte mein Vater bestimmt.

Kurz darauf saßen wir zu fünft im Wagen von Reto Hau-

ser – er hatte den geräumigsten – und waren unterwegs nach Samedan. Es wäre bestimmt ein interessantes Ausflugsziel gewesen, doch leider konnte ich in diesem Moment an nichts anderes mehr denken, als an die »Agenda 2025«, da Onkel Max kurz vor der Abfahrt endlich sein Versprechen eingelöst hatte.

»Wie hältst du das nur aus?«, fragte Peter Winkler, ungewohnt ernst. »Mich würde dieses Theater jedenfalls wahnsinnig machen!«

Sie standen nach dem ersten Trainingslauf auf der über drei Kilometer langen Kandahar-Abfahrt in Garmisch im Zielraum und warteten auf die jeweils letzten Läufer ihrer Teams. Hinter ihnen tummelte sich eine ungewöhnlich große Schar von Paparazzi und Amateurfilmern, die alle ihre überlangen Kameraobjektive auf Marc gerichtet hatten. Vorhin hatte sein aus der Not heraus neu engagierter Bodyguard Stefan sogar zum ersten Mal handgreiflich werden müssen, weil einige dieser Möchtegern-Zeitungsheinis – Journalisten konnte man diesen Abschaum aus Gaffern und Voyeuren nicht nennen – seinen Zugang zur Gondel blockiert hatten.

Marc zuckte mit den Schultern. »Solange die Polizei den wahren Mörder von Lara nicht erwischt hat, muss ich wohl oder übel mit diesem zusätzlichen Fan-Klub klarkommen.«

»Echt dumm gelaufen«, kommentierte sein härtester Konkurrent und klopfte mit seinen behandschuhten Fingern den Schnee von der Bindung. »Aber manchmal ist man eben zum falschen Zeitpunkt am falschen Ort.«

»Du sagst es.«

»Irgendwie mochte ich Lara schon gern. Sie hatte genauso viel drauf wie die männlichen Kommentatoren.«

»Nein. Sie war besser.«

»Wenn du meinst ... Ich wollte eigentlich nur sagen, dass ich dir trotz des ganzen Mists Glück wünsche.« Peter grinste verschmitzt. »Aber rechne nicht damit, dass ich deinetwegen auch nur eine Hundertstelsekunde langsamer fahre.«

»Gleichfalls!«, erwiderte Marc und sah, dass sein Trainer ihn zu sich herüberwinkte. »Mach's gut. Ich muss los.«

»Mach's besser!«

Während Marc seine Ski schulterte und zu Hans schlenderte, dachte er über die Auswirkungen des ungerechtfertigten Mordverdachts nach, der auf ihm lastete. Es war ein Fluch. Laras grausamer Tod bestürzte ihn mehr, als er zugeben wollte. Es war zu früh, um von dieser Welt zu verschwinden, viel zu früh ... Er verspürte einen wahnsinnigen Hass auf den Täter und wollte unbedingt, dass die Polizei ihn ausfindig machen und angemessen bestrafen würde.

Aber in gewisser Weise war seine Festnahme auch ein Segen gewesen: Sie hatte seinen Blick auf das Wesentliche geschärft. Ihm einerseits gezeigt, wie gut es ihm doch im Grunde genommen ging – mit oder ohne Skikarriere – und wie schnell alles vorbei sein konnte. Während Hans Panik geschoben hatte, dass diese schlimmen Erfahrungen seinen Schützling langsamer machen könnten, hatte ihm selbst das Ganze die Augen geöffnet und seine Sichtweise, auch auf die Probleme mit Andrea, verändert. Es ging doch maximal um zwei weitere Jahre. Wenn Andrea ihn wirklich liebte, wovon er ausgehen durfte, sonst würde sie sich nicht so kopfüber in die Ermittlungen stürzen, dann würde ihre Beziehung diesen überschaubaren Zeitraum sicherlich überstehen. Außerdem gewährte ihm diese Galgenfrist genug Spielraum, um über die zukünftige Gestaltung seines Lebens nachzudenken und verschiedene berufliche Möglichkeiten auszuloten.

Hans, bei dem er inzwischen angelangt war, klopfte ihm freudig auf die Schulter und flüsterte für das restliche Team unhörbar: »Gut gemacht, Marc. Wenn du in drei Tagen genauso fährst, hast du das Rennen schon in der Tasche.«

»So, meinst du?«, fragte Marc und zwinkerte seinem Trainer zu. Er war nicht besonders abergläubisch, aber er wollte den Erfolg bei diesem Rennen trotzdem nicht verhexen. Doch es stimmte: Sein neu gewonnener Optimismus verlieh ihm Flügel. So schnell und locker wie heute war er schon lange nicht mehr gefahren. Obwohl ihm diese eher weiche Piste gar nicht lag und die verdammten Paparazzi ihn auf Schritt und Tritt verfolgten und dazu Schlagzeilen formulierten, die offen über ihn als Täter und sein Mordmotiv spekulierten.

Die Sportredaktion des Schweizer Fernsehens war in dem großen SRF-Gebäude in der Nähe der Messe untergebracht. Andrea parkte auf dem Parkplatz in der Vega-Straße – obwohl sich die SRF-Büros gemäß Postanschrift in der tatsächlich so benannten »Fernsehstraße« befanden – und fand sich pünktlich zum vereinbarten Termin am Empfang ein.

Aus Interesse hatte sie sich vor ein paar Jahren mit ihrem Ex-Mann Daniel zu einer der kostenlosen Führungen angemeldet, die man durch die Studios machen konnte.

Sie hatte es nicht bereut. Die Tour war außerordentlich interessant und informativ gewesen. Wer hätte zum Beispiel gedacht, dass eine einzige Nachrichtensendung rund dreizehntausend Schweizer Franken kostete? Oder dass der SRF, beziehungsweise das Tochterunternehmen tpc, über eine eigene Schreinerei, Schlosserei und Näherei verfügte, in denen viele der benötigten Requisiten selbst hergestellt wurden? Die Kulissen von Sendungen wie »Glanz & Gloria« oder »Puls« hatten dabei in der Realität viel kleiner gewirkt als auf dem Bildschirm. Am meisten hatte sie aber die Liveproduktion der »Tagesschau« beeindruckt: Durch eine Glasscheibe hindurch hatte sie mitverfolgt, wie der Regisseur, unterstützt von einem Produzenten und einem Techniker, auf die Sekunde genau den Ablauf der Sendung koordinierte und geschickt die Kamerabilder der im Studio moderierenden Journalistin auf die eingespielten Beiträge abstimmte.

Kurze Zeit darauf saß Andrea dem Abteilungsleiter »Sport«, Robert Mertens, gegenüber, einem schlanken, hochgewachsenen Mann mit einem hellwachen Gesichtsausdruck.

»Laras Tod hat uns fassungslos gemacht, und wir können uns einfach nicht vorstellen, warum jemand so eine kompetente und liebenswürdige Person umbringen wollen würde«, eröffnete er das Gespräch. »Das haben wir auch schon der Polizei gesagt.«

Andrea war erleichtert, dass die Graubündner Kollegen ganz offensichtlich gute Arbeit leisteten. Allerdings hätte sie auch gern einmal als Erste mit einem Zeugen gesprochen. »Ja, es ist wirklich fürchterlich. Haben Sie persönlich mit ihr zusammengearbeitet?«

»Ja, doch nicht allzu oft. Dazu ist mein Aufgabengebiet zu umfangreich. Lara und ich haben uns meistens auf die größeren Eckpunkte ihrer Berichterstattung geeinigt.« Mertens schlug seine langen Beine übereinander.

»Und woraus genau bestand Laras Job?«

»Unsere Sportberichterstattung umfasst drei prioritäre Themenkreise: Schweizer Sportlerinnen und Sportler, Schweizer Sportanlässe von nationalem beziehungsweise internationalem Format, und internationale Top Events. Dazu gibt es die tagesaktuelle Sendung ›sportaktuell‹, das sonntägliche Magazin ›sportpanorama‹, die Hintergrundsendung ›sportlounge‹ und zu guter Letzt ›sportlive‹, unsere Direktübertragung von nationalen und internationalen Veranstaltungen. Lara hat hauptsächlich für ›sportlive‹ gearbeitet, und zwar in den Sportarten Skifahren und Leichtathletik. Deshalb ist sie viel gereist. Darüber hinaus hat sie den anderen Sendungen redaktionell zugearbeitet.«

»Und war sie gut in dem, was sie da getan hat?«

»Absolut. Sonst hätten wir sie nicht so prominent als Aushängeschild der SRF-Sportreportagen aufgebaut.«

»Ich habe gehört, dass sie einiger Kritik ausgesetzt war. Besonders in den sozialen Medien.«

Ein Schatten flog über Mertens Gesicht. »Sind wir das nicht alle? Aber die Amerikaner haben dafür das richtige Sprichwort: ›If you can't stand the heat, get the hell out of the kitchen.‹ Oder auf Deutsch gesagt: In unserem Job muss man ein dickes Fell haben, sonst wechselt man lieber das Metier.«

»Wollte Frau Frey genau das machen, ich meine ihren Beruf wechseln?« Andrea blickte ihrem Gegenüber forschend ins Gesicht.

Mertens zuckte mit den Schultern. »Nicht, dass ich wüsste. Ihr Vertrag lief jedenfalls noch bis 2020.«

»Stand sie einem ihrer Mitarbeiter besonders nahe?«,

erkundigte sich Andrea. »Oder hat sie mit jemandem Krach gehabt?«

»Da bin ich, ehrlich gesagt, überfragt. Da müssen Sie sich wahrscheinlich an die ›sportlive‹-Kolleginnen und -Kollegen wenden.«

Andrea nickte. »Könnten Sie das für mich arrangieren?«

Während Andrea darauf wartete, dass eine gewisse Frau Burghardt sie abholte, dachte sie darüber nach, ob sie nicht vielleicht doch einen Fehler begangen hatte, weil sie nicht sofort zu Laras anscheinend gewalttätigem Ex rausgefahren war. Hier verplemperte sie doch nur wertvolle Zeit. Es war mehr als unwahrscheinlich, dass ausgerechnet einer ihrer Kollegen hinter diesem grausamen Mord steckte. Doch dann folgte eine Überraschung.

Frau Burghardt stellte sich als genau die junge dunkelhaarige Freundin von Lara Frey heraus, die Andrea bereits auf den gerahmten Fotos in der Wohnung gesehen hatte.

»Hallo«, sagte Laras Kollegin und reichte Andrea ihre Hand. »Mein Name ist Paula Burghardt.«

Spontan beschloss Andrea, von vornherein mit offenen Karten zu spielen. Schließlich standen ihr nicht die gleichen Möglichkeiten zur Verfügung wie der Polizei. Sie konnte nicht Frau Burghardts persönliche Daten durch den Computer laufen lassen und schauen, ob sie schon einmal verhaftet worden war oder unbezahlte Strafzettel auf dem Kerbholz hatte. Deshalb fiel sie gleich mit der Tür ins Haus.

»Hallo! Sind Sie nicht auch mit Lara Frey privat befreundet gewesen? Mir sind die gemeinsamen Fotos in ihrer Wohnung aufgefallen.«

»Ja. Wir waren ziemlich eng befreundet«, erwiderte sie traurig. »Ich kann es irgendwie noch gar nicht richtig glauben ... also ... dass Lara niemals mehr wiederkommen wird. Manchmal höre ich Schritte, und dann denke ich jedes Mal, dass sie gleich um die Ecke biegt!«

Da sie sich noch immer auf dem grau gestrichenen Gang vor dem »Newsroom Sport« befanden, blickte Andrea sich um. »Können wir irgendwo in Ruhe miteinander reden? In Ihrem Büro vielleicht?«

»Ich bin Laras Assistentin gewesen und arbeite deshalb im Großraumbüro. Aber wahrscheinlich können wir ihr vormaliges Büro benutzen. Kommen Sie!«

Andrea folgte Frau Burghardt durch ein wahres Labyrinth von Gängen in ein kleines Zimmer, das fast zur Gänze von einem mit Papieren übersäten Schreibtisch ausgefüllt wurde. Den Computer der Reporterin hatte die Polizei bestimmt bereits eingesackt. Frau Burghardt setzte sich auf den ergonomisch geformten Stuhl, Andrea auf den normalen Bürostuhl.

»Stimmt es eigentlich, dass Frau Frey die Sport-Redaktion verlassen wollte?«, eröffnete Andrea das Gespräch.

»Woher haben Sie denn diese Information?« Laras ehemalige Assistentin wirkte geschockt.

»Das ist doch egal. Aber stimmt es?«

Frau Burghardt schien nachzudenken. Dann nickte sie. »Ja, das ist richtig. Lara wollte innerhalb des Fernsehsenders wechseln. In die Nachrichtenredaktion.«

»Wieso?«

»Sie wollte raus aus der Schusslinie, in der sie sich als weibliche Sportreporterin befand, und sich auch generell mit anderen Inhalten auseinandersetzen. Doch es ist nicht gerade leicht, hier von einer Abteilung in die andere zu wechseln. Deshalb hat sie an einer ganz heißen Story gearbeitet, die ihre Eintrittskarte in die News-Redaktion werden sollte.«

»Worum ging es dabei?«, erkundigte sich Andrea interessiert.

Ihr Gegenüber zuckte mit den Schultern. »Diese Sache war offenbar so heikel, dass sie sich noch nicht einmal mit mir darüber austauschen wollte. Lediglich mit ihrem Freund hat sie darüber hinter verschlossener Tür telefoniert.«

Andrea fiel fast vom Stuhl. »Mit ihrem Freund?«, krächzte sie. »Frau Frey hatte einen Freund?«

»Ja, schon seit Jahren. Ich konnte an der Telefonnummer im Display erkennen, wann sie mit Frank telefonierte.«

»Mit Frank Wilhelm? Aber ich dachte, Frau Frey hätte schon vor zwei Jahren mit ihm Schluss gemacht! Das hat mir jedenfalls ihre Mutter gesagt.«

»Wahrscheinlich wollte Lara ihrer Mutter lediglich das ewige Auf und Ab mit Frank ersparen. Die beiden hatten sich so oft getrennt, dass ich den Überblick verloren habe. Jedes Mal, wenn Frank einen seiner wahnsinnigen Eifersuchtsanfälle bekommen hat, hat Lara ihn abgeschossen. Aber danach sind sie immer wieder zusammengekommen. Es war bestimmt irgendetwas Sexuelles. Sie hingen jedenfalls wie Kletten aneinander, konnten nicht auf Dauer ohne den anderen leben.

»Tja, jetzt muss Herr Wilhelm wohl oder übel ohne seine Gefährtin klarkommen. Haben Sie seit Frau Freys Tod schon mal mit ihm telefoniert?«

»Nein, wir stehen uns nicht sehr nahe. Immer, wenn Lara mit ihm zusammen war, hat sie unsere Freundschaft vernachlässigt. Er war anscheinend selbst auf mich eifersüchtig.«

»Hm. Glauben Sie, dass er etwas mit dem Mord zu tun haben könnte?«

Paula Burghardt, die schon das ganze Gespräch über nervös an ihren Fingern rumgezupft hatte, kaute plötzlich an ihrem Daumennagel. »Ich weiß es nicht. Ehrlich gesagt habe ich mich das auch schon gefragt. Ich habe in der Zeitung gelesen, dass der Täter ihr die Hände ...«

»... amputiert hat. Ja, das stimmt.«

Frau Burghardt schüttelte sich. »Ich muss seitdem ständig daran denken, dass Lara letztes Jahr abermals einen von Franks unzähligen Heiratsanträgen abgelehnt hat und er danach meinte, dass sie irgendwann so oder so mit ihm verheiratet sein würde ... denn er könnte es seelisch nicht verkraften, wenn ihr ein anderer Mann einen Ring an den Finger stecken würde!«

»Sie meinen, dass er ihr deswegen die Hände abgetrennt haben könnte? Damit ihr kein anderer einen Ehering ansteckt?«

Die dunkelhaarige Assistentin zuckte die schmalen Schultern. »Meiner Meinung nach tickt Frank nicht ganz richtig. Außerdem ... Sie hatten doch am Telefon gesagt, dass Sie für die Verteidigung von Marc Gassmann arbeiten. Richtig?«

»Ja.« Andrea hatte bei ihrem Anruf bewusst verschwiegen, dass sie Marcs Freundin war. Schließlich würde Laras Nachfolger oder ihre Nachfolgerin zukünftig mit ihm zusammenarbeiten. Da hielt sie ihr Privatleben lieber unter Verschluss.

»Nun ... Frank hat diesen Skifahrer gehasst. Lara hatte eine sehr öffentliche Affäre mit Herrn Gassmann, und Frank ist deshalb fast durchgedreht. Falls er tatsächlich der Mörder sein sollte, hätte er garantiert keine Sekunde lang gezögert, die Tat seinem vermeintlichen Nebenbuhler in die Schuhe zu schieben.«

»Das ist gut zu wissen.« Andrea versuchte, sich ihre innere Erregung nicht anmerken zu lassen, aber all diese Aussagen deuteten ganz offensichtlich auf Frank Wilhelm als Täter hin. Ob die ehrgeizige Staatsanwältin Marc auch festgenommen hätte, wenn sie das alles gewusst hätte? Sie musste unbedingt Alberto über all diese Neuigkeiten in Kenntnis setzen, aber zunächst sollte sie ihre Ermittlungsarbeit beim SRF anstandsgemäß beenden. »Vielen Dank für Ihre Offenheit. Dürfte ich mich noch ein wenig auf Frau Freys Schreibtisch umsehen, bevor ich wieder gehe?«

Frau Burghardt verzog das Gesicht zu einem traurigen Lächeln. »Natürlich.«

11. Kapitel

Marc fuhr hoch und tastete in der Dunkelheit nach dem wild vibrierenden Handy neben sich. Das Herz hämmerte in seiner Brust – die Auswirkung des jäh einschießenden Adrenalins in seinen vor Sekunden noch im Tiefschlaf befindlichen Körper. Noch bevor er realisierte, dass er sich in seinem Garmischer Hotelzimmer befand, sorgte er sich um Andrea. Steckte sie in Schwierigkeiten? Hastig nahm er den Anruf entgegen. »Bist du okay?«

»Sieh an«, knurrte eine verzerrte, aber eindeutig männliche Stimme. »Der Herr Skistar macht sich Sorgen ... um jemanden anderen als um sich selbst!«

»Wer ist da?«, fragte Marc und starrte auf das Display seines Handys, das ihm zwei Informationen offenbarte: Es war vier Uhr morgens, und der unbekannte Anrufer hatte seine Nummer unterdrückt.

»Warum? Warum hast du das getan?«, fragte dieselbe Stimme, plötzlich fast weinerlich.

»Was?« Marc schaltete seine Nachttischlampe ein. Er war unendlich erleichtert, dass es nicht Andrea war, die um diese Uhrzeit seine Hilfe benötigte.

»Warum hast du sie umgebracht?«

»Wen soll ich umgebracht haben?«, erkundigte sich Marc sarkastisch. Verdammt, da musste einer dieser Papparazzi-Idioten seine geheime Handynummer rausbekommen haben.

»Lara.«

Diese Regenbogenpresse wurde immer dreister! Doch Marc versuchte, die Fassung zu wahren. »Wer immer Sie auch sind: Erstens sollten Sie als Journalist den Mumm haben, sich mit Ihrem Namen zu melden. Ich unterhalte mich, ehrlich gesagt, nur äußerst ungern mit anonymen Anrufern. Besonders nachts. Zweitens: Wie sind Sie an meine Nummer gekommen? Und drittens: Ich weiß nicht, was Sie mit diesem Anruf bezwecken, aber ich habe Lara Frey nicht umgebracht.«

»Doch ... du warst es ... du hast sie in ihrem Blut liegen sehen ... warum gibst du es nicht zu?« Der Anrufer lallte leicht, wahrscheinlich hatte er sich vorher Mut angetrunken.

Marc überlegte, einfach aufzulegen. Doch der gestörte Typ würde garantiert erneut anrufen. Und er wollte das Handy schon allein wegen Andrea nicht für die restliche Nacht ausschalten. Also ging er besser auf die Fragen dieses Idioten ein.

»Es stand in jeder Zeitung, dass ich Laras blutüberströmte Leiche gefunden habe. Genauso wie die Tatsache, dass die Polizei immer noch nach ihrem wahren Mörder fahndet – weil ich sie nicht getötet habe. Welches Motiv hätte ich denn für so eine Tat haben sollen? Sie war lediglich eine entfernte Bekannte von mir. Wir haben uns kaum gesehen und –«

Der Verrückte schien seine Worte gar nicht richtig wahrzunehmen. Mit bebender Stimme unterbrach er ihn. »Sie war so schön, nicht wahr? Zart und blond wie ein Engel. Ich habe sie geliebt. Bis an den Rand des Wahnsinns ... und darüber hinaus.« Er schluchzte erstickt. »Und du ... du Hurensohn? Warst du wenigstens ein wenig in sie verliebt? Oder fährst du nur auf deinen Ruhm ab, deinen eigenen Erfolg ... auf ein Paar dämlichen Holzbrettern?«

Plötzlich war Marc hellwach. War das da am anderen Ende der Leitung etwa Laras Mörder? Fieberhaft überlegte er, wie er den Kerl zum Reden bringen konnte. Am besten duzte er ihn auch, das würde das Gespräch gleich auf eine freundschaftlichere, vertraulichere Ebene hieven. Er musste unbedingt mehr über ihn herausfinden. Sein Alter. Seinen Wohnort. Weshalb er Lara auf dem Gewissen hatte. »Du hast sie geliebt?«, fragte er zögernd.

»Jaaahh!« Ein Klagelaut. Der Typ schien unablässig zu weinen. Es war unmöglich, sein Alter anhand seiner tränendurchtränkten Stimme zu schätzen. Auch wenn er sich relativ jung anhörte. Doch manchmal konnte man da gehörig danebenliegen.

»Woher kennst du Lara?«, fragte Marc vorsichtig.

»Wir hatten gemeinsame Interessen«, schniefte der Anrufer. »Wir waren seelenverwandt.«

»Interessierst du dich auch für Sport? Fürs Skifahren?«

»Nein. Ganz sicher nicht!«

»Sondern?«

Der Anrufer atmete schwer. Er schien nachzudenken. Dann sagte er feindselig: »Warum interessiert dich das?«

»Ich ... Lara war, wie gesagt, auch eine Freundin von mir. Ich würde mich gern mit einem ihrer anderen Freunde über sie unterhalten. Habt ihr euch oft gesehen? Bei ihr zu Hause oder bei dir? Wohnst du auch in Zürich?«

»... ›einem ihrer anderen Freunde‹ ...«, wiederholte der Anrufer. »Ich war so viel mehr als das. Aber du bist kein Freund von ihr. Du hast sie nur gevögelt, und dann hast du sie umgebracht ... du Arschloch!« Selbst diese profanen Sätze hauchte er wie durch einen Tränenschleier.

Marc versuchte weiterhin, Ruhe zu bewahren. »Wie kommst du darauf? Hast du auch mit Lara geschlafen?«

»Natürlich.«

Ob das stimmte? Dann müsste doch eigentlich jemand in Laras Bekanntenkreis diesen Mann schon einmal gesehen haben.

»Beim Sex ... du hast sie gewürgt, stimmt's?«, fragte der Anrufer heiser. »Sie mochte das. Aber du Idiot hast zu fest zugedrückt, und jetzt ist Lara tot ... Für immer tot!«

Bevor er sich selbst stoppen konnte, erwiderte Marc: »Lara ist nicht erwürgt worden. Man hat ihr mit einem Messer die Kehle durchgeschnitten!«

Sein Gesprächspartner schien Marcs Argument mit einem geringschätzigen Zungenschnalzen an sich abprallen zu lassen. »Blödsinn! Du bist in Panik ausgebrochen und hast versucht, das Ganze jemand anderem in die Schuhe zu schieben. Aber ... wenn ich rauskriege, dass du es warst, dann bringe ich dich um! Genau so, wie du Lara ermordet hast!«

»Das ist doch verrückt. Ich habe weder mit Lara geschlafen noch sie irgendwie ermord-« Bevor Marc zu Ende sprechen konnte, hatte der anonyme Anrufer aufgelegt.

Nachdenklich starrte Marc auf das stumme Telefon in seiner Hand. Irgendwie musste er es in den letzten zwei Jahren verdrängt haben, aber ganz plötzlich war er ihm wieder eingefallen – der Hauptgrund, weshalb er mit Lara nicht länger als eine Skisaison zusammen gewesen war: Ihn hatten diese Würgespielchen im Bett gestört. Lara hatte damals felsenfest behauptet, dass man durch die temporäre Unterbrechung der Sauerstoffzufuhr zum Gehirn einen ganz besonders intensiven Höhepunkt erleben könne, aber er stand nun mal nicht auf so einen Quatsch.

In Gedanken ließ er sich den Anruf noch einmal detailliert durch den Kopf gehen. Eins war offensichtlich: Der Anrufer war kein Journalist und auch kein verrückter Trittbrettfahrer. Er musste Lara tatsächlich gekannt haben. Und zwar auf eine sehr intime Art und Weise. Wahrscheinlich handelte es sich bei ihm um einen ihrer Ex-Freunde. Aber wie der Kerl an seine Telefonnummer gekommen war und warum er ihn mitten in der Nacht des Mordes bezichtigte? Keine Ahnung ...

Für einen kurzen Moment spielte Marc mit dem Gedanken, Robert Sentis anzurufen. Doch dann verwarf er diese Idee wieder. Andrea könnte es ihm wahrscheinlich niemals verzeihen, wenn er sie nicht als Erste informieren würde. Besonders, wenn es um intime Details ging. Doch zum jetzigen Zeitpunkt schlief seine Freundin wahrscheinlich tief und fest in seinem Haus in Zürich. Gestern Abend hatte sie ihm nur eine kurze SMS geschrieben, dass sie noch im SRF zu tun habe und sich morgen früh bei ihm melden würde. So lange konnten diese neuen, eher unappetitlichen Entwicklungen noch warten.

Nachdem er beharrlich eine Stunde lang probiert hatte, wieder einzuschlafen, stand Marc um fünf Uhr zwölf auf und ging eine Runde joggen. Während er auf diese Weise seinen Körper stählte, dachte er darüber nach, wie wenig er doch im Grunde genommen über Laras Leben wusste. Obwohl er sich ihr auch nach ihrer Affäre freundschaftlich verbunden gefühlt hatte, kannte er so gut wie keine Einzelheiten über ihre Familie, ihren Job, ihre Liebhaber und Freunde. War er tatsächlich so oberflächlich? Oder gingen solche Affären grundsätzlich nicht tiefer?

Marc stand gerade unter der Dusche, als sein Handy erneut klingelte. Er schlang sich ein Handtuch um die Hüften und beeilte sich, noch rechtzeitig abzunehmen. Diesmal war es Andrea.

»Guten Morgen, mein Schatz! Schon ausgeschlafen?«, fragte sie ihn. Sie klang aufgekratzt und fröhlich.

Es tat ihm leid, ihr diese gute Laune durch die Schilderung des nächtlichen Anrufs verderben zu müssen. Auf der anderen Seite wollte er es so schnell wie möglich hinter sich bringen. Andrea lauschte seinen Worten, ohne ihn zu unterbrechen. Doch auch, als er geendet hatte, blieb sie still. »Und, was hältst du davon?«, versuchte er, seine Freundin aus der Reserve zu locken.

»Marc ... Lara ist tatsächlich erwürgt worden. Man hat sie erst nach ihrem Tod mit dem Messer verletzt. Das stand so im Obduktionsbericht.«

»Wie bitte? Warum hast du mir das verheimlicht?«

»Wir haben es nicht erwähnt, um dich nicht von deinem Training abzulenken. Es war zu dem Zeitpunkt ein eher geringfügiges Detail. Aber in diesem Licht bekommt der Umstand natürlich eine ganz andere Bedeutung.«

Ein geringfügiges Detail? Ganz sicher nicht. Insgeheim war Marc sauer, dass Andrea und sein eigener Anwalt ihm wie einem kleinen Jungen Informationen vorenthielten. Dabei stand *er* unter Mordverdacht. *Sein* Kopf hing in der Schlinge. Doch er versuchte, sich seinen Ärger nicht anmerken zu lassen, als er fragte: »Glaubst du, dass der Anrufer der Mörder ist? Und dass der Mord wirklich so geschehen ist, wie er sich das ausgemalt hat? Ein erotisches Würgespiel, das zu weit gegangen ist und durch die grausamen Schnittwunden beziehungsweise durch die Amputation ihrer Hände vertuscht werden sollte?«

»Hm. Schwer zu sagen. Laut Obduktionsbericht hat das Mordopfer kurz vor seinem Ableben keinen Geschlechtsverkehr gehabt, und die Leiche war zum Todeszeitpunkt vollkommen angezogen gewesen. Aber ich kenne mich mit solchen Sachen nicht so gut aus. Wann fängt man denn für gewöhnlich mit dieser erotischen Strangulation an? Ist das eine Art Vorspiel?«

Ihr Ton war locker, aber hinter ihrer Frage verbarg sich ein Minenfeld: Ein falsches Wort über seine sexuelle Vergangenheit mit Lara, und Andrea würde hochgehen wie eine Bombe. Er versuchte, sich deshalb so kurz und unpersönlich wie möglich zu fassen. »Nein. Es kommt erst kurz vor dem Höhepunkt dazu.«

»Soso.« Sie legte eine bedeutungsschwangere Pause ein. »Dann scheint das vom Anrufer geschilderte Szenario eher unwahrscheinlich zu sein. Aber wir sollten trotzdem versuchen, das Geheimnis seiner Identität zu lüften. Erstens scheint er ziemlich extreme Gefühle für Lara gehegt zu haben, und vielleicht hat er sie aus übertriebener Eifersucht erdrosselt. Oder er kann uns weitere Informationen über seine Nebenbuhler und damit mögliche Verdächtige liefern. Hast du zum Beispiel schon mal den Namen Frank Wilhelm gehört?«

Marc überlegte kurz. »Frank Wilhelm? Nein, ich glaube nicht. Wer soll das sein?«

»Laras Ex-, beziehungsweise Immer-wieder-mal-Freund.«

Er schüttelte den Kopf. »Nein. Der Name ist mir noch nie über den Weg gelaufen.«

»Gut zu wissen. Ich wollte ihn mir demnächst einmal anschauen. Offenbar lebt er in Sils Maria.«

»Nicht ohne Polizeischutz, Andrea!«

»Jetzt lass aber mal die Kirche im Dorf. Ich kann schon sehr gut allein auf mich aufpassen.«

»Wenn du dich nicht von der Polizei begleiten lässt,

dann lasse ich das Renntraining sausen und komme selbst mit.«

Andrea schwieg für einen Moment, dann lenkte sie ein. »Okay, ich frage bei Alberto nach. Ich muss sowieso noch wegen Laras Gepäck bei ihm vorbei. Kein Problem. Jetzt muss ich dir aber unbedingt noch von gestern Abend erzählen.«

»Von den SRF-Büros?«

»Ja genau. Ich habe mich gestern Abend durch Laras Schreibtisch gewühlt und dort vielleicht eine Spur gefunden.«

»Erzähl!«

»Lara wollte offenbar in die Nachrichtenredaktion des SRF wechseln und hat deshalb angeblich an einer geheimen, brandheißen Story gearbeitet. Eventuell sogar mit der Hilfe von Frank Wilhelm.«

»Brandheiß im Sinne von ›gefährlich‹?«

»Vielleicht. Warum hätte sie sonst so ein Geheimnis daraus machen sollen?«

»Was soll denn das für eine Story sein?«

»Ich weiß nicht, worum es genau geht, aber es könnte irgendwas mit Umweltschutz zu tun haben. Gemäß ihrem Terminkalender hat sie sich in den letzten Wochen mit einem Öko-Verein namens ›Rettet die Alpen‹ in Salzburg getroffen, und die Bettlektüre in ihrer Wohnung drehte sich um dasselbe Thema. Außerdem hat mir ihre Assistentin Paula erzählt, dass Lara vor sechs Wochen spontan nach Wien geflogen ist. Sie hat dort jemanden an der Technischen Universität getroffen. Leider weiß sie nicht genau, wen. Aber da Lara den Flug selbst gezahlt hat, vermutet Paula, dass es nicht mit ihrer eigentlichen Arbeit beim Sender in Verbindung stand.«

Marc nickte. »Hört sich vielversprechend an. Und wie geht es nun weiter?«

»Ich fahre jetzt gleich nach Sankt Moritz, um mich mit Alberto zu besprechen und diesen Frank Wilhelm zu treffen. Dann rufe ich bei diesem Alpenverein an, um in Erfahrung zu bringen, worüber die sich mit Lara unterhalten haben.«

»Hört sich gut an!«, sagte Marc und blickte auf seine Armbanduhr. Eigentlich sollte er schon längst beim Frühstück sein.

»Und bei dir?«

»Wie immer. Ich gehe gleich mit Hans und dem restlichen Team auf die Piste. Aber es ist immer noch viel zu warm für Anfang Februar. Mal schauen, was ich für eine Zeit rausfahre.«

»Viel Glück! Bis später!«

»Danke! Pass gut auf dich auf. Und ruf mich sofort an, wenn du etwas Neues erfährst.«

»Klar. Mach ich«, sagte Andrea mit einem Lächeln in der Stimme. Dann legte sie auf.

Während ich am gedeckten Tisch ungeduldig auf meinen Vater warte, denke ich zur Ablenkung noch einmal über das angeblich entwendete Jagdmesser nach. Ich mag Onkel Max, aber irgendwie kommt mir diese Geschichte merkwürdig vor. Warum sollte sich jemand die Tatwaffe für einen geplanten Mord auf eine so komplizierte Art und Weise beschaffen? In Sankt Moritz gibt es doch unzählige andere Möglichkeiten, um an eine scharfe Klinge zu kommen. Nicht nur im Traditionsgeschäft für Jagdbedarf, dem »Haus des Jägers«, würde man da fündig werden, sondern auch bei jedem Metzger und in jedem Restaurant. Selbst die meisten Haushalte verfügen über ähnliches Schneidewerkzeug. Es gibt deshalb in meinen Augen nur zwei Erklärungen für diese Geschichte: Entweder, der Mörder wollte Onkel Max absichtlich den Schwarzen Peter zuschieben, oder … mein Pate ist selbst der Mörder von Frau Frey.

Doch weshalb hätte Onkel Max Frau Frey umbringen sollen? Ich sehe da einfach keine Berührungspunkte.

Während ich nachdenklich eine Scheibe Brot mit Butter bestreiche, tritt mein Vater in das Zimmer und setzt sich zu mir an den Tisch. Und plötzlich kann ich mich nicht mehr auf die potenziellen Mordmotive meines Onkels konzentrieren. Denn nun ergibt sich endlich die Gelegenheit, mit meinem Vater über diese verhängnisvolle »Agenda 2025« zu diskutieren. Da inzwischen etwas Zeit vergangen ist, hoffe ich, seiner Bitte Folge leisten und in Ruhe zuhören zu können, ohne ihn »ständig zu unterbrechen«. Leicht fällt mir das trotzdem nicht. Unter dem Tisch wippe ich vor Anspannung mit den Füßen.

»Jonas, es ist eine Existenzfrage«, beginnt er und zieht seine Stirn in besorgte Falten. »Auf längere Sicht können wir ohne die Touristen nicht überleben. Und eine von Reto beauftragte Studie hat ergeben, dass das Skifahren immer noch unser Kerngeschäft ist. Die Gäste verlangen selbst dann einen schneesicheren Ort, wenn sie gar nicht Ski fahren. Für die Mehrheit ist ein Winterurlaub ohne Schnee einfach kein Winterurlaub.«

»Verdammte Idioten!«, flüstere ich hinter vorgehaltener Hand.

»Wie bitte?«

»Ich habe gesagt, dass es im Sommer sowieso viel schöner ist bei uns«, lüge ich. Diesmal, ohne rot zu werden. Denn die Kernaussage meines Satzes stimmt. Nirgendwo ist der Som-

mer so herrlich wie im Engadin. Ich schließe die Augen und sehe alles glasklar vor mir: den strahlend blauen Himmel, die saftig-grünen Alpwiesen, auf denen dichte, bunte Blumenteppiche blühen und Kühe friedlich grasen. Idyllisch gelegene Bergseen, deren reines Wasser im Sonnenlicht glitzert, und den dunklen, Schatten spendenden Tannenwald, über dem die wilden weißen Zacken der Bergmassive thronen. Wen man mit einem solch atemberaubenden Panorama wandern, schwimmen oder Fahrrad fahren kann, wer braucht denn dann noch einen schwitzig-schwülen Urlaub unter Palmen? Mit schwirrenden Moskitos, die Gott weiß was für Krankheiten übertragen – von Dengue-Fieber bis Malaria. Oder eine Anreise im die Luft verschmutzenden und von Terror bedrohten Ferienflieger? Meist in Länder, in denen die Menschen sich unter ärmlichen Bedingungen zu Tode schuften oder von irgendwelchen Diktatoren schikaniert werden. Haben diese Touristen denn keinen Geschmack? Kein soziales Gewissen? Oder lesen sie einfach keine Zeitung?

»Ja, Jonas. Mir musst du das nicht sagen. Ich würde für alles Geld der Welt nicht von hier wegziehen wollen. Aber ich habe auch einen krisensicheren Job und muss akzeptieren, dass es den meisten anderen von uns nicht so geht. Fast alle hiesigen Arbeitsplätze hängen vom Tourismus ab. Und da müssen wir uns einfach den Realitäten stellen.«

Es stört mich, dass mein Vater das Wort »Realitäten« im falschen Zusammenhang anwendet, er meint ja eigentlich »Probleme«, aber ich versuche, mich nicht daran zu stoßen. Stattdessen murmele ich: »Was für ›Realitäten‹?«

»Laut der Studie wird sich in den nächsten Jahren die durchschnittliche Temperatur in den Wintermonaten um null Komma fünf Grad Celsius erhöhen, und das bedeutet, dass sich die natürliche Schneefallgrenze im gleichen Zeit-

raum regional um über hundertfünfzig Meter nach oben verschieben wird. Das ist schon fatal für alle tiefer gelegenen Gebiete, aber selbst uns würde das zu schaffen machen. Deshalb müssen wir vorsorgen.«

Bis hierher gehen mein Vater und ich in unseren Ansichten konform, aber der Teufel liegt wie immer im Detail. Nervös verschränke ich meine Hände: Wie würde mein Vater diese »Vorsorge« definieren? Besorgt lausche ich seinen Worten.

»Weißt du, Jonas, Wintergäste sorgen nun mal für eine höhere Auslastung der Hotels als Sommergäste, und sie geben auch im Durchschnitt mehr Geld aus. Deshalb müssen wir versuchen, den Winter quasi wetterunabhängig zu machen.«

Ein weiterer Euphemismus für den rücksichtslosen Einsatz von Beschneiungsanlagen und Schlimmerem. Mir wird übel. Doch ich versuche, trotzdem sachlich zu argumentieren: »Aber wir haben doch schon ein wetterunabhängiges Freizeitangebot. Wahrscheinlich eins der vielfältigsten in ganz Europa!«

Mein Vater atmet übertrieben tief ein und wieder aus. »Das stimmt, Junge. Aber du hörst mir nicht zu. Wir müssen vor allem im Winter ein attraktives Ferienziel bleiben, und das geht nur, wenn wir ab Anfang Dezember garantiert unsere Pisten und Loipen öffnen können. Und auch weiterhin genug in die Ski-Infrastruktur investieren. Die Österreicher machen es uns vor, die haben im Arlberg-Gebiet einen ganzen Berggipfel weggesprengt, um eine neue Station zu bauen. Investieren gegen den Stillstand! Dort verbinden neue Lifte, die insgesamt fünfundvierzig Millionen Euro gekostet haben, die benachbarten Orte zu einem Giga-Skigebiet. Neunundneunzig Lifte! Und in Sölden befördert eine neue Gondelbahn viertausendfünfhundert Skifahrer pro Stunde auf den Gipfel!«

»Aber das ist doch ein absolutes Horrorszenario«, sage ich und bemühe mich immer noch um einen gemäßigten Tonfall, auch wenn mir das zunehmend schwerfällt. »Dieser Massentourismus ist doch grauenhaft. Und verheerend für unsere Umwelt! Denk doch nur an diese armen Stadtmenschen, die hierherkommen, um in den Bergen Ruhe und Erholung zu suchen und sich stattdessen plötzlich auf einem künstlich beschneiten Ballermann wiederfinden! Du kannst dir doch unmöglich etwas Vergleichbares für das Engadin oder Sankt Moritz wünschen!«

Mein Vater reibt sich unruhig das morgendlich frisch rasierte Kinn. In der Tiefe seines Herzens weiß er, dass ich recht habe. Doch er gibt sich kämpferisch, wahrscheinlich, weil er wegen der verabschiedeten »Agenda 2025« selbst ein schlechtes Gewissen hat.

»Jonas, Sankt Moritz steht nicht nur für Ruhe und Erholung. Sondern vor allem für Jetset, Party und Luxus. Wenn jeder Gast nur allein durch den Wald schlendern wollte, wären wir fein raus. Aber nicht alle Menschen sind solche Einzelgänger wie du.«

Meine Mutter, die neben uns sitzt, und sich wie immer aus allen Diskussionen raushält, wirft meinem Vater einen kritischen Blick zu. Doch ich fühle mich durch seine direkte Wortwahl nicht beleidigt.

»Selbst der Jetset lernt doch dazu«, verteidige ich stattdessen eine Gattung Mensch, die mir absolut fremd ist. »Früher haben die nur Trüffelpizza und Kaviar gefuttert, und jetzt wollen sie lokale Produkte und Speisen in Bioqualität.« Über diesen erstaunlichen Wandel in der Gastronomie habe ich mich erst neulich mit Onkel Max unterhalten. »Wenn ihr jetzt überall hässliche neue Lifte und Schneekanonen baut,

dann bleiben die Reichen und Schönen vielleicht bald ganz weg! Außerdem haben wir doch schon achtundachtzig Pisten, wenn du Corviglia, Corvatsch, Diavolezza, Lagalb und Zuoz zusammenzählst. Man kann also von früh bis spät Ski fahren, ohne dieselbe Abfahrt ein zweites Mal benutzen zu müssen. Und auf dem Diavolezza kann man fast ganzjährig diesem albernen Sport frönen.«

»Jonas, die Österreicher haben seit zehn Jahren stabile einundfünfzig Komma neun Millionen Eintritte pro Saison. Und bei uns sinken diese Zahlen. 2008 hatten wir noch neunundzwanzig Komma drei Millionen Eintritte, und letztes Jahr waren es nur noch einundzwanzig Komma sechs Millionen.«

So langsam reißt auch mir der Geduldsfaden. »Das liegt am starken Franken. Die Schweiz ist für Ausländer sehr teuer. Aber Qualität setzt sich trotzdem immer durch«, verteidige ich hitzig mein Heimatland. »Es wäre dumm, jetzt einem Trend nachzujagen, der diese Marktstellung gefährdet! Außerdem gibt es doch auch andere Möglichkeiten. Crowdfunding zum Beispiel. In Saas-Fee haben letztes Jahr, nach dem Erreichen des Trigger Events, fünfundsiebzigtausend Menschen statt tausendfünfzig Schweizer Franken nur zweihundertzweiundzwanzig Schweizer Franken für ihre Saisonkarte bezahlt. Dadurch ist die saisonale Unsicherheit über die Anzahl der Eintritte beseitigt, die Skifahrer haben Geld gespart, und den Betrieben wurden auf einen Schlag siebzehn Millionen Franken in die Kasse gespült. Im letzten Jahr, ohne Sonderaktion, waren es insgesamt nur fünfzehn Millionen! Man muss eben kreativ sein, statt zerstörerisch!«

Wie immer, wenn mein Vater kurz vor einer Explosion steht, redet er extrem langsam und artikuliert überdeutlich: »Allein für die Ski-WM letztes Jahr haben wir siebenundzwanzig Millionen in neue Sesselbahnen investiert, Jonas.

Das ist verdammt viel Kapital, das in diesen Anlagen gebunden ist, und das muss sich nun rentieren. Sonst drohen uns Insolvenzen und eine noch größere Abwanderung der lokalen Jugend. Dann werden wir als Region verarmen. Deshalb müssen wir auch weiterhin alles tun, um den Skisport hier zu halten ... und zwar den Langlauf und den alpinen Skilauf! Hast du das endlich kapiert? Und jetzt ist Schluss mit diesem Blödsinn!«

»Aber doch nicht mit Methoden wie ... WONDERS-NOW!«, schreie ich aufgebracht. »Damit macht ihr doch alles kaputt!«

Meine Mutter legt beruhigend ihre Hand auf Vaters Arm. Doch er schüttelt sie ab und flüstert drohend: »Mit jedem Mittel und jeder Methode, die uns zur Verfügung steht!«

12. Kapitel

Die Fahrt von Zürich nach Sils Maria dauerte etwas über drei Stunden, da der erste Vereina-Zug bereits besetzt gewesen war. Andrea hatte die Adresse des Chalet Wilhelm glücklicherweise übers Internet ausfindig machen können. Und sie hatte vorher angerufen, um sich zu vergewissern, dass Frank Wilhelm auch wirklich dort anzutreffen war. Doch im Gegensatz zu Laras Familie und der Sportredaktion des SRF hatte sie mit dem verschlafenen, mürrischen Typ, der sich am Telefon meldete, keinen Termin ausgemacht, sondern einfach aufgehängt, als Frank Wilhelm seine Identität bestätigt hatte. Nach allem, was sie bisher über Laras Ex-Freund gehört hatte, war es unwahrscheinlich, dass er auch nur einen Finger krumm machen würde, um ihr bei Marcs Verteidigung zu helfen. Nein, sie würde improvisieren und sich ad hoc einen Grund für ihren Besuch einfallen lassen müssen.

Als sie jetzt – immer am Inn entlang – durch das sonnige, zart mit Schnee überzuckerte Tal des Oberengadins fuhr und kurzerhand Samedan und damit auch Alberto rechts hinter sich ließ, plagte sie für einen Moment ein schlechtes Gewissen. Eigentlich hatte sie Marc versprochen, Laras Ex-Freund in Begleitung eines Polizeibeamten aufzusuchen. Doch auf der Fahrt waren ihr plötzlich Bedenken gekommen. Was, wenn Alberto sie gar nicht mitnehmen wollte, sondern es vorzog, den Zeugen allein zu befragen? Dann schaute sie in die Röhre, denn ein vorgewarnter Frank Wilhelm würde garantiert nicht mehr mit ihr kooperieren. Und sie musste unbedingt herausfinden, an welcher Story er mit Lara gearbeitet hatte, beziehungsweise nachhaken, wer heute Nacht bei Marc angerufen haben könnte. Falls er es nicht doch selbst gewesen war.

Kurze Zeit später vermeldete ihr GPS, dass sie das eingegebene Ziel erreicht hatte. Das Chalet Wilhelm lag hinter dem eigentlichen Ortskern von Sils Maria auf einer kleinen Anhöhe, mitten im Wald. Abgeschieden. Die nächsten Nachbarn waren gut einen Kilometer entfernt. Andrea parkte unterhalb des Chalets, außerhalb des Sichtfelds von Frank Wilhelm, und näherte sich dem mit einem Walmdach bedeckten Gebäude zu Fuß. Dafür, dass die Wilhelms so viel Geld hatten, schien es ein vergleichsweise bescheidenes Chalet zu sein. Aber vielleicht wollten die Besitzer auch einfach nur den ursprünglichen Charakter des Hauses samt grün gestrichenen Fensterläden beibehalten.

Neben der massiven Eingangstür war eine altmodische Klingel angebracht. Andrea drückte darauf, doch es tat sich nichts. Kein Laut war zu hören. Nachdem sie eine angemessen lange Zeitspanne gewartet hatte, klopfte sie gegen die Tür. Doch erneut reagierte niemand. Zögernd griff sie nach der Klinke und drückte sie runter. Die Tür öffnete sich.

»Hallo?«, rief Andrea und trat ein. »Ist da jemand?«

Bereits im Eingangsbereich sah man deutlich, warum die Wilhelms sehr wohlhabend sein mussten. Während sie das Äußere des Chalets unverändert gelassen hatten, war das Innere komplett und hypermodern saniert worden: Der Boden, auf dem Andrea stand, war aus Glas. Darunter, zwei Stockwerke tiefer, konnte man das hellblaue Wasser eines Swimmingpools entdecken. Offenbar hatten die Wilhelms das Haus nicht durch den Anbau eines neuen Flügels, sondern durch eine mehrstöckige Unterkellerung erweitert. Verrückt.

Ungeniert trat Andrea ein und betrachtete die Inneneinrichtung: Vor einem mannshohen offenen Kamin, über dem ein Steinbockgeweih prangte, standen riesige, gemütliche Wildledersofas auf einem antik wirkenden Holzboden. Die bis zum Giebel offenen Räume waren ebenfalls mit abgebeizten, massiven Holzplanken getäfelt, was ihnen eine gewisse Wärme verlieh. An den Wänden hing abstrakte, farbenfrohe Kunst. Die mit Granitplatten ausgelegte Küche war zum Wohnzimmer offen und verfügte über eine Kochinsel mit jedem möglichen Komfort. Doch damit erschöpfte sich alles Positive, das man über das Anwesen der Wilhelms sagen konnte. Der Rest glich einer Müllhalde.

Die Luft war abgestanden, und ein ekelerregender Geruch ließ Andrea die Nase kräuseln. Überall waren Aschenbecher, die mit den Stummeln nur halb gerauchter Zigaretten überquollen. Auf dem Boden lagen mehrere leere Flaschen hochprozentigen Alkohols – zwischen einem Wust von befleckten, zerknitterten T-Shirts und anderer Kleidung. Mittendrin schien sich jemand erbrochen zu haben. Offenbar war schon seit Tagen – wahrscheinlich seit Lara gestorben war – nicht mehr sauber gemacht oder gelüftet worden.

Das Ambiente ließ unmissverständliche Rückschlüsse auf die emotionale Ausnahmesituation zu, in der sich Frank Wilhelm befinden musste. Hatte er tatsächlich seine Freundin auf dem Gewissen und bestrafte sich auf diese Weise selbst? Oder war das abscheuliche Chaos lediglich ein Ausdruck seiner Trauer? Laras Mutter hatte ihn als »labil« und »gewalttätig« beschrieben, Andrea musste also auf der Hut sein, wenn sie ihm gegenübertrat. Aber sie war schließlich für solche Situationen ausgebildet worden und fühlte sich – auch ohne männliche Kollegen – hinlänglich für eine potenziell eskalierende Begegnung gewappnet.

Wachsam begab sich Andrea auf die Suche nach Frank Wilhelm. Wenn er vermutete, dass die Polizei ihm bereits auf den Fersen war, konnte es sich auch um einen geplanten Hinterhalt handeln. Alle ihre Sinne waren zum Zerreißen gespannt, als sie Schritt für Schritt das Haus sondierte.

Schließlich wurde sie in einem der Schlafzimmer fündig. Laut schnarchend, bäuchlings und nur mit einer Unterhose bekleidet, lag ein dunkelhaariger Mann mit ausgestreckten Armen und Beinen auf einer nackten Matratze. Ein Bild des Elends.

Andrea hatte Mitleid mit ihm – in diesem erbarmungswürdigen Zustand schien er keine Bedrohung zu sein – und beschloss, zunächst in die Küche zu gehen, um ihm und sich eine Tasse Kaffee zuzubereiten. Auf dem Weg dorthin öffnete sie mehrere Fenster und atmete erleichtert die frische, kalte Luft ein. Fast wäre sie an der chromverzierten, schweineteuer aussehenden Espressomaschine gescheitert, aber nachdem sie ein paar Knöpfe vergeblich ausprobiert hatte, gelang es ihr, zwei Tassen mit einem kräftigen schwarzen Gebräu zu füllen. Damit lief sie zurück zu dem komatösen Frank Wilhelm und stellte eine Tasse auf dem Boden ab.

»Herr Wilhelm?«, fragte sie mit klarer Stimme, während sie an ihrem eigenen Kaffee nippte. Nachdenklich betrachtete sie den muskulösen Oberkörper und die langen Beine des Schlafenden. Zumindest von hinten war er nicht unattraktiv.

Laras Ex zuckte mit den breiten Schultern. Ächzend drehte er sich zur Seite. Wenn man die Folgen seines derzeit übermäßigen Alkoholkonsums im Geiste wegretuschierte, sah er auch von vorn gar nicht so übel aus. In der rechten Hand hielt er immer noch ein Handy umklammert.

»Herr Wilhelm?«, wiederholte Andrea.

Er öffnete die rot unterlaufenen Augen und setzte sich auf. Das lockige Haar hing ihm in ungewaschenen, öligen Strähnen ins Gesicht. Seine Haut war aschfahl. »Wer, zum Teufel, sind Sie? Wie sind Sie in mein Haus gekommen?«

»Mein Name ist Andrea Brunner. Ich würde mich gern mit Ihnen über Lara Frey unterhalten. Sie haben die Klingel nicht gehört, und deshalb bin ich kurzerhand durch die unverschlossene Tür eingetreten.«

Bei der Erwähnung von Laras Namen verdunkelten sich seine Gesichtszüge. »Ich will aber nicht über Lara reden«, nuschelte er gereizt. »Sie ist tot. Es gibt da nichts mehr zu sagen.«

»Ihr Tod geht Ihnen ganz offensichtlich sehr nahe«, erwiderte Andrea leise. »Manchmal hilft es, sich den Kummer von der Seele zu reden.«

Ihr Gegenüber reagierte nicht, sondern starrte ausdruckslos vor sich hin, während er sich an der nackten Brust kratzte.

»Aber zunächst sollten Sie diesen Kaffee trinken und eine Dusche nehmen. Danach unterhalten wir uns. Okay?« Andrea reichte ihm die zweite Tasse, und zu ihrer Überraschung nahm Frank Wilhelm das Getränk an, auch wenn er die in seine Hand gedrückte Tasse um ein Haar fallenließ.

Nachdem er wortlos seinen Kaffee geschlürft hatte, trottete Laras Freund ins Bad, und kurz darauf hörte Andrea das Rauschen der Dusche. Sie nutzte die Wartezeit, um ein wenig aufzuräumen – in dieser Atmosphäre war kein ernsthaftes Gespräch möglich. In der Küche fand sie einen roten Müllbeutel und leerte sämtliche Aschenbecher darin aus. Die leeren Flaschen reihte sie sorgsam neben der Spüle auf, dort reichten sie von der einen Seite der Wand bis zum anderen Ende. Hoffentlich würde ihm das als Mahnmal dienen, um seinen Alkoholkonsum einzuschränken. Mit spitzen Fingern sammelte Andrea die verdreckten Klamotten ein und warf sie auf einen Haufen. Zu guter Letzt entdeckte sie einen kleinen Besen samt Kehrrichtschaufel und kratzte damit das schon eingetrocknete Erbrochene vom Boden. Sie beförderte alles zusammen in den Müllbeutel, verknotete ihn und stellte ihn vor die Haustür. Danach wusch sie sich gründlich die Hände.

Als Frank Wilhelm mit noch feuchten Haaren und vollständig angezogen – er trug Jeans und ein dunkelblaues Polohemd – das Wohnzimmer betrat, sah es dort schon wieder ganz manierlich aus. Und vor allem roch es nach einer menschlichen Behausung und nicht wie ein Tigerkäfig im Zoo.

»Danke«, sagte er leise und setzte sich gegenüber von Andrea aufs Sofa.

»Kein Problem. Ich werde sie auch nicht lange stören.« Sie betrachtete sein schmales Gesicht, das von den dunklen, längeren Haaren umrahmt wurde. Trotz der hohlen, stoppelbedeckten Wangen konnte man jetzt zweifelsfrei erkennen, dass Frank Wilhelm ein ausgesprochen schöner

Mann war. Wobei es »schön« nicht traf. Er sah cool aus. Verwegen. Wie einer dieser Kerle aus der Werbung für Rasierschaum oder prickelnden spanischen Sekt. Kein Wunder, dass Lara nicht von ihm losgekommen war.

»Wie haben Sie mich überhaupt gefunden?«

»Das war nicht schwer. Die Adresse steht im Internet.«

»Nein. Ich meine, wie habt ihr Spürhunde mich mit Lara in Verbindung gebracht? Sie hat doch unsere Beziehung vor ihrer Familie mehr oder weniger verheimlicht. Ihre Mutter hätte schon genug durchgemacht, meinte sie immer.« Sein Gesichtsausdruck ließ nicht erkennen, ob ihn diese Heimlichtuerei gestört oder gar verletzt hatte.

»Frau Burghardt, Frau Freys Assistentin beim SRF, hat mir erzählt, dass Sie der aktuelle Freund ihrer Chefin waren.« Für einen Moment befürchtete Andrea, dass er eine Legitimation sehen wollte, seine Worte ließen vermuten, dass er sie für eine Polizistin hielt. Doch Wilhelm schien andere Sorgen zu haben.

»Soso. Paula wird ja jetzt bestimmt überglücklich sein. Die hat doch schon die ganze Zeit in den Startlöchern gestanden, um Laras Job zu übernehmen.«

»Wie meinen Sie das?« Andrea beobachtete wie Wilhelm unruhig auf dem Sofa hin und her rutschte. Die Unterhaltung schien ihn nervös zu machen.

»Genau so, wie ich es gesagt habe. Paula war schon immer scharf auf Laras Moderationsarbeit. Die ganze Freundschaft war nur vorgetäuscht. Ekelhaft. Ich habe Lara oft gesagt, dass Paula eine ganz hinterhältige Schlange ist. Sie hat sogar einmal versucht, bei mir zu landen. Aber da hat sie natürlich auf Granit gebissen.«

Fahrig sprang Wilhelm auf, ging die paar Schritte zur offenen Küche und kramte dort in einer Schublade. Sie hörte das Aufschnappen eines Sturmfeuerzeugs. Kurz darauf setzte er sich, mit einer brennenden Zigarette im Mundwinkel, wieder hin.

In der Zwischenzeit ließ Andrea die soeben erhaltenen Informationen für einen Moment sacken. Ob theoretisch auch eine Frau den Mord begangen haben könnte? Das Mordopfer hatte ungefähr die gleiche Größe wie Frau Burghardt gehabt. Frau Frey war von hinten erwürgt worden, was darauf schließen ließ, dass sie den Täter kannte und ihm oder ihr in gewisser Weise vertraut hatte. Einem Unbekannten würde man doch nicht so ohne Weiteres den Rücken zudrehen. Aber waren Frau Burghardts Hände und Finger stark genug, um ihre vorgebliche Freundin zu erwürgen? Warum hatte sich das Opfer nicht gewehrt? Hm. Sie sollte sich darüber mit Alberto austauschen, doch zunächst musste sie bei ihrem ursprünglichen Drehbuch bleiben. »Aber Ihre Freundin wollte doch von sich aus den Job wechseln, richtig?«

Wilhelm sog so heftig an seiner Zigarette, dass die Glut ein ganzes Stück des papierumhüllten Tabaks verschlang. Dann blies er betont langsam den Rauch aus. »Das stimmt. Auch wenn Paula ihr ordentlich zugeredet hat.«

Andrea ignorierte den letzten Satz, genauso wie die Tatsache, dass Wilhelm die Asche einfach auf den Holzboden herunterrieseln ließ. »Frau Frey wollte sich mit einer brisanten, selbst recherchierten Reportage bei der Nachrichtenredaktion bewerben?«

»Genau.«Ihr Gegenüber zog erneut an seiner Zigarette. Rauchschwaden waberten wie ein Heiligenschein über seinem Kopf.

»Worum ging es da?«

Frank Wilhelm rieb sich mit einer resignierten Geste über die Stirn. »Alles hat damit angefangen, dass Lara sich letztes Jahr mit diesem Jungen unterhalten hat.«

»Einem Jungen?«, erkundigte sich Andrea verblüfft.

»Ja. Er heißt Jonas und ist schätzungsweise so um die siebzehn Jahre alt. Außerdem ist er ziemlich clever. Jedenfalls hat dieser Jonas Lara beim letztjährigen Ski-Weltcup-Rennen in Sankt Moritz angesprochen und sie mit diesem Umweltthema angefixt. Lara hat plötzlich wie besessen darüber recherchiert.«

»Worüber?«

Frank Wilhelm starrte für einen Moment scheinbar erschöpft ins Leere. Hatten ihn die vorherigen Sätze zu sehr angestrengt? Oder waren seine Gedanken zwischenzeitlich zu einem anderen Thema abgeglitten?

»Über den Klimawandel und dessen Auswirkung auf die Gletscher der Alpen«, sagte er schließlich.

Das deckte sich zumindest schon mal mit ihren bisherigen Ermittlungsergebnissen. Doch worin lag die Verbindung zu dem brutalen Mord? Sie beschloss, aufs Ganze zu gehen und Frank Wilhelm genau diese Frage zu stellen. »Was soll an diesem Thema so explosiv gewesen sein, dass jemand Lara deshalb hätte umbringen wollen?«

»Darüber denke ich selbst ununterbrochen nach«, antwortete er und aschte erneut auf den Boden. »Ich habe keine Ahnung.«

»Hat sie nicht mit Ihnen darüber gesprochen?«

»Doch. Am Anfang schon.« Seine Stimme klang schleppend, als er fortfuhr: »Wir sind sogar beide mit diesem Jonas in den Bergen rumgeklettert und haben uns die schwindenden Gletschermassen mit eigenen Augen angesehen. Anhand von alten Bildern habe ich Fotos an genau den gleichen Orten geschossen, die deutlich den Rückgang der Gletscher dokumentieren und –«

»Sie haben diese Bilder auch im Eigenverlag als Buch rausgebracht?«

Er blickte sie überrascht an. Die Schatten unter seinen dunklen Augen schimmerten leicht violett. »Ja, das stimmt. Woher wissen Sie das?«

»Das ist doch egal. Reden Sie ruhig weiter«, wiegelte Andrea ab. Sie wollte zum jetzigen Zeitpunkt nicht Laras Familie ins Spiel bringen, die eventuell für Wilhelm ein wunder Punkt war.

»Nein, das war es auch schon. Sie hat sich in dieses Thema regelrecht verbissen, und vor ein paar Wochen muss sie auf ein Geheimnis gestoßen sein. Jedenfalls war sie seitdem wie ausgewechselt ... sie hat mich kaum noch wahrgenommen.« Seine Worte klangen bitter.

»Seit wie vielen Wochen genau?«

Wilhelm zuckte mit den Schultern. »Ich weiß nicht ... seit anderthalb bis zwei Monaten?«

Hm. Konnte dieser Stimmungsumschwung auf Laras Besuche in Salzburg und Wien zurückzuführen sein? Was hatte sie dort erfahren, das sie dermaßen elektrisierte? »Und sie hat wirklich keinerlei Andeutungen gemacht?«

Frank Wilhelms Gesicht verdüsterte sich. »Nein.«

»Weshalb? Sie hatten doch eigentlich ein Vertrauensverhältnis, oder nicht?«

»Ja. Normalerweise schon. Aber ich schätze, dass sie es mir verheimlichen wollte, weil ein anderer Mann darin verwickelt war.« Seine Finger zitterten, als er die fast bis zum Filter aufgerauchte Zigarette erneut zum Mund führte. »Höchstwahrscheinlich wieder dieser beschissene Skifahrer Marc Gassmann. Der hatte es ihr noch immer angetan, dem ist sie regelrecht hinterhergerannt!« Wilhelms hohle Wangen färbten sich rot, schienen regelrecht zu glühen. »Übrigens sollten Sie den lieber mal zu dem Mord an Lara verhören! Am besten so richtig durch die Mangel drehen! Er hat doch sogar ihre Leiche ...«, hektisch malte er mit beiden Zeige- und Mittelfingern Anführungszeichen in die Luft, »... gefunden!«

Erneut fiel Asche zu Boden. Doch er schien es nicht zu bemerken und steigerte sich immer weiter in seinen fanatisch wirkenden Zorn. »Das stinkt doch zum Himmel! Also, wenn Sie mich fragen, hatten die beiden eine Affäre, und ... ich hasse dieses Arschloch!«

Seine Stimme überschlug sich und bevor Andrea ihn stoppen konnte, drückte Wilhelm den glühenden Zigarettenstummel in seiner Hand aus. Der Geruch von verbrannter Haut war ekelerregend.

»Warum um Himmels willen haben Sie das gemacht?«, keuchte Andrea voller Entsetzen, während sie in die Küche rannte, um ein feuchtes Küchentuch zu holen.

Wilhelm, dem die fraglos argen Schmerzen nicht anzusehen waren, antwortete erst, als sie ihm das kühlende Stück Stoff auf die Wunde drückte. »Weiß nicht. Ich habe so eine verdammte Wut auf den Kerl ...«

Sein leidenschaftlicher Ton versetzte ihr einen Stich und erinnerte Andrea nur zu deutlich an ihre eigenen überbordenden Gefühle für Marc. Plötzlich konnte sie keinen klaren Gedanken mehr fassen.

Marc saß gerade im Lift, als sein Handy läutete. Spontan wechselte er beide Stöcke von der rechten in die linke Hand und biss in das am Daumen verstärkte Funktionsmaterial seines freien Handschuhs, um ihn sich von den Fingern zu ziehen. Anschließend kramte er das glücklicherweise immer noch klingelnde Smartphone hervor. »Hallo?«

»Sentis hier. Störe ich Sie gerade?«

»Nein. Was ist los?«

»Wir haben ein Problem. Die Polizei hat mich gerade angerufen, um mir mitzuteilen, dass die SIM-Karte in Frau Freys Handy fehlt. Weshalb wir leider ihre letzten Anrufe und Mitteilungen nicht rekonstruieren können.«

»Oh. Wie kann das denn passieren?«

»Die Polizei schätzt, dass der Täter die SIM-Karte entfernt hat. Doch es kann natürlich auch sein, dass Frau Frey sie irgendwo versteckt hat. Vielleicht befanden sich darauf sensible Dateien.«

»Aber irgendwo müssen diese Informationen doch als Back-up vorliegen, oder nicht?«

»Natürlich. Aber die Swisscom weigert sich, etwas ohne Frau Freys Apple-ID-Passwort rauszurücken. Datenschutz, verstehen Sie? Haben Sie vielleicht irgendeine Idee, welches Passwort Frau Frey verwendet haben könnte?«

»Leider nein. Tut mir leid. Sie könnten vielleicht einmal den Vornamen ihrer Mutter versuchen, aber ansonsten habe ich keinen blassen Schimmer.«

»Schade. Die Polizei hat alle offensichtlichen Möglichkeiten, wie die Namen von Familienmitgliedern oder ehemaligen Haustieren, bereits vergeblich durchprobiert. Ich dachte, dass Ihnen eventuell noch etwas einfallen würde …«

»Sorry. Aber Andrea müsste inzwischen längst bei der Polizei in Samedan eingetrudelt sein. Sie ist bei solchen Sachen immer sehr kreativ. Am besten fragen Sie sie einmal.«

»Frau Brunner ist nicht auf der Station in Samedan. Ich habe gerade erst mit Herrn Passini telefoniert. Und sie geht leider auch nicht an ihr Handy. Ich habe ihre Nummer noch vor der Ihrigen angewählt.«

Verdammt. Wo steckte Andrea? Wenn sie einen Unfall gehabt hätte, hätte man ihn doch sicherlich als Ersten informiert. Sie war mit hundertprozentiger Sicherheit zu diesem Frank Wilhelm gefahren. Allein! Obwohl sie ihm hoch und heilig versprochen hatte, jemand von der Polizei mitzunehmen!

»Herr Gassmann?«, fragte der Rechtsanwalt. »Sind Sie noch am Apparat?«

»Ja«, knurrte Marc, plötzlich stocksauer. Warum war Andrea nur so stur? So unzuverlässig? Warum musste sie immer ihren Dickkopf durchsetzen und nahm bei ihren Entscheidungen so wenig Rücksicht auf seine Sorgen und Ängste? Aber falls er ihr jetzt die Polizei auf den Hals hetzte, würde sie ihm das wahrscheinlich nie verzeihen. Also musste er warten, bis sie sich von allein meldete, und damit einen weiteren Nachmittag und vielleicht sogar Abend in Sorge verbringen. Dabei fand morgen am Samstag das Rennen statt. Er hätte vor Wut und Enttäuschung an die Decke gehen können.

»Herr Gassmann?«, wiederholte Sentis. »Die Verbindung scheint schlecht zu sein. Ich rufe Sie später noch einmal an. Ich muss Ihnen und Frau Brunner auch noch einige Neuigkeiten zur Tatwaffe weiterleiten.«

Ohne ein weiteres Wort legte Marc auf. Wenn Andrea sich das nächste Mal meldete, musste er ein ernstes Wort mit ihr reden.

Natürlich kann ich nach einem solchen Streit nicht in die Schule gehen. Dazu bin ich viel zu aufgewühlt. Selbst meine Mutter schließt sich dieser Meinung an. Deshalb liege ich auf meinem Bett und versuche, mir Argumente gegen die

»Agenda 2025« auszudenken, statt mich im Unterricht zu langweilen. Doch ich bin nur mit halbem Herzen dabei, weil ich von einem ziemlich schlechten Gewissen geplagt werde: In dem ganzen Trubel, seit ich Onkel Max' verschollenes Messer als Tatwaffe identifiziert habe, habe ich völlig vergessen, mich um den Mordfall zu kümmern. Eigentlich hätte ich mir den Tatort ansehen wollen. Doch offenbar hat die Sondertruppe der Polizei Graubünden diesen inzwischen wieder freigegeben. Das hat mir jedenfalls mein Vater erzählt, bevor wir mit unserer unschönen Debatte begonnen haben. Es ist also sehr wahrscheinlich, dass Onkel Reto bereits eine Reinigungsbrigade in das Hotelzimmer geschickt hat, um es wieder bewohnbar zu machen. Schade.

Hm. Wo soll ich jetzt nur ansetzen? Bei dem möglichen Mordmotiv von Onkel Max? Laut meinem Vater streitet er ab, Frau Frey überhaupt gekannt zu haben. Da kann man nur spekulieren, was einen lokal bekannten Restaurantbesitzer so in Rage versetzt haben könnte, dass er eine hübsche Sportjournalistin töten würde. Ich kann da jedenfalls auch nach längerem Grübeln keinen Zusammenhang erkennen. Also muss ich den Kreis der Verdächtigen wieder weiter fassen und den Fall aus einer unvoreingenommenen Perspektive betrachten.

In meiner Situation hätte der römische Philosoph Cicero vermutlich »Cui bono?« gefragt. Es bedeutet im übertragenen Sinne: »Wer profitiert davon?« Angeblich hat Cicero diese Worte das erste Mal im Jahre 80 vor Christus verwendet, als er einen gewissen Sextus Roscius in Amerika verteidigte, der seinen Vater ermordet haben sollte. Mit dieser Frage versuchte er, den Verdacht von dem mittellosen Sohn des Mordopfers auf den eigentlichen Nutznießer des Verbrechens zu lenken, einen Günstling des Diktators Sulla, der alle Reichtümer des Toten rechtswidrig an sich gebracht hatte. Später hat der Dramatiker und Philosoph Seneca der Jüngere in seiner Tragödie »Medea« einen ganz ähnlichen Satz verwendet: »Cui prodest scelus, is fecit.« Also übersetzt: »Wem das Verbrechen nützt, der hat es begangen.« In den Zeiten von Terrorismus und Fake News kommt einem dieser Satz naiv vor, aber zumindest im Strafrecht hat er wohl nicht an Gültigkeit eingebüßt. Übrigens war Seneca auch einer der Erzieher des zukünftigen Kaisers Nero, der als Erwachsener seinem wichtigsten Berater jedoch befahl, sich selbst zu töten. Tja, mit dem Dank für Wissensvermittlung ist das so eine Sache. Ich trage mich jedenfalls nicht mit der Absicht, Lehrer zu werden ...

In meinem ganz konkreten Fall hilft mir »Cui bono?« allerdings auch nicht weiter. Dazu kenne ich mich einfach zu wenig in Frau Freys Leben aus. Außer den dürren Fakten, die ich im Internet gefunden habe, und den Inhalten aus unseren Gesprächen während unserer Bergausflüge mit diesem merkwürdigen Frank weiß ich so gut wie gar nichts über sie. Dieser Möchtegern-Fotograf, dem ich erst zeigen musste, wie er auf seiner teuren Leica die richtige Blende für Gletscheraufnahmen einstellt, hat übrigens nicht zu ihr gepasst. Ich meine, was will so eine intelligente Frau wie Frau Frey mit so einem halb garen Schönling, der wahrscheinlich noch nie in seinem Leben von Cicero gehört hat! Frau Frey und mich hat doch – auch wenn sie definitiv zu alt für mich war – viel mehr verbunden. Zum Beispiel unsere gemeinsame Abneigung gegen Wondersnow!

13. Kapitel

Verlegen nippte Andrea an ihrem Kaffee, den sie sich nach dem Schock über die brutale Selbstverletzung von Laras Freund gebraut hatte. Seine Worte hatten sie ebenfalls tief getroffen. Allein bei der Vorstellung, dass Frank Wilhelms Andeutung über eine aktuelle Affäre zwischen Marc und Lara wahr sein könnte, war sie innerlich ausgeflippt. In der Küche hatte sie mit aller Kraft versucht, wieder runterzukommen und sich auf die noch ausstehenden Fragen zu konzentrieren. Trotzdem ging sie jetzt lieber auf Nummer sicher. »Macht es Ihnen etwas aus, wenn ich unser Gespräch aufzeichne?«

Frank Wilhelm schüttelte den Kopf und rieb sich mit leidvoll zusammengekniffenen Augen die rechte Hand, die Andrea ihm notdürftig verbunden hatte. Offenbar drang der Wundschmerz nun doch zu seinem Bewusstsein vor. Der Schmerz und die Gesprächspause schienen Wilhelm ruhiger werden zu lassen. Obwohl er weiterhin wie ein Schlot rauchte. Vorsichtshalber hatte Andrea einen Aschenbecher aus der Küche mitgebracht und vor ihm abgestellt.

Andrea schaltete das in ihr Smartphone integrierte Aufnahmegerät ein und legte direkt los. »Bitte erzählen Sie mir alles, was Sie über diesen Jungen, diesen Jonas, wissen.«

Ihr Gegenüber zuckte mit den Schultern. »Da gibt es

nicht viel mehr zu berichten als das, was ich Ihnen schon gesagt habe. Ich vermute, dass er in Sankt Moritz wohnt. Jedenfalls haben wir ihn immer dort vor dem ›Hotel Schweizerhof‹ abgeholt. Jonas weiß unheimlich viel. Er ist definitiv sehr clever, aber auch ein bisschen ... komisch.«

»Wie meinen Sie das?«

»Er hat irgendwie keinen Filter, sondern sagt seinem Gesprächspartner immer das, was er gerade denkt, ins Gesicht.«

»Er ist ehrlich?«

»Tja, so kann man das wahrscheinlich auch ausdrücken. Mir war er jedenfalls immer ein wenig unheimlich. Er wirkte so ... extrem. Wie ein Getriebener. Diese Umweltgeschichte hat ihn über alle Maßen beschäftigt.«

»Wie sieht er denn aus?«

Ihr Gegenüber, das sich aus unerfindlichen Gründen weigerte, den vor ihm stehenden Aschenbecher zu benutzen, scharrte mit seinen nackten Füßen einen kleinen Haufen Asche unter den Couchtisch. »Jonas ist groß, ich würde ihn auf ungefähr einen Meter achtundsiebzig schätzen, und sehr schlank. Er hat dunkelrote lange Haare, die er meistens zu einem Pferdeschwanz gebunden trägt.«

»Augenfarbe? Sonstige Merkmale? Leidet er unter der typischen Pubertätsakne?«

»Seine Augenfarbe ... keine Ahnung. Grün? Übermäßige Pickel hatte er keine. Wahrscheinlich würde er gar nicht schlecht aussehen, wenn er sich diesen Öko-Zopf abschneiden würde.«

Gegen ihren Willen musste Andrea lächeln. Das sagte ausgerechnet ein Mann mit dunkler Lockenmähne. Dann fokussierte sie sich wieder auf das Gespräch. »Haben Sie eine Adresse oder Telefonnummer von Jonas?«

»Nein. Lara hat die Treffen mit ihm organisiert. Sie hatte seine Nummer in ihrem Handy gespeichert.«

Andrea machte sich mental eine Notiz, Alberto nach der Nummer des Jungen zu fragen. »Okay. Und wie stand Ihre Freundin zu Jonas?«

»Ich glaube, sie mochte ihn. Sein Fachwissen hat sie beeindruckt.« Wilhelm schlug seine langen Beine übereinander. Der obere, mit Ascheschlieren bedeckte Fuß wippte angespannt.

»Und Jonas? War er in Lara verliebt?«

Zum ersten Mal zog der Anflug eines Lächelns über sein Gesicht. »Wahrscheinlich. Wer war das nicht ... Aber da hatte er keine Chance. Lara stand auf richtige Männer und nicht auf ... Milchbubis.«

»Fällt Ihnen sonst noch etwas Wissenswertes ein?«

Frank Wilhelm überlegte. »Hm. Jonas schien irgendwie Dreck am Stecken zu haben.«

»Woraus schließen Sie das?«

»Einmal, als ein Polizeiwagen an uns vorbeifuhr, drehte er sich zur Seite und versteckte sich hinter Lara und mir. Gerade so, als ob er nicht gesehen werden wollte.«

»Und das hat Ihnen nicht zu denken gegeben?«

»Nein, eigentlich nicht. Ich habe vermutet, dass er vielleicht mal beim Kiffen aufgeflogen ist und deshalb keinen Bock auf die Bullen hatte.«

Andrea ließ in Gedanken Wilhelms Antworten Revue passieren. Hatte sie noch etwas in Bezug auf diesen ungewöhnlichen Jungen übersehen? Momentan fielen ihr jedenfalls keine weiteren Fragen ein. Also würde sie sich jetzt wieder auf Wilhelm selbst konzentrieren. »Wann haben Sie Ihre Freundin das letzte Mal gesehen?«

Plötzlich war jede Spur des Lächelns wieder verflogen. »Am Tag vor dem Mord.«

»Haben Sie die Nacht mit ihr verbracht?«

»Nein.«

»Wieso eigentlich nicht? Sie wohnen doch nur zehn Kilometer entfernt. Warum hat Lara denn überhaupt in einem Hotel geschlafen? Sie hätte doch genauso gut bei Ihnen wohnen können.«

Wilhelm lachte sarkastisch auf. »Eine wunderbare Frage! Denn genau darüber habe ich mich mit ihr bei unserem letzten Treffen auf Teufel komm raus gefetzt!«

»Sie haben sich mit ihr gestritten?«

Er lehnte sich brüsk nach vorne, wobei die glühende Zigarettenspitze dem edlen Wildledersofa gefährlich nah kam. »Oh ja. Und wie. Ich habe ihr die Pistole auf die Brust gesetzt. Ich wollte unbedingt wissen, ob sie mich mit diesem Scheiß-Skifahrer betrügt und deshalb darauf besteht, in dem verstaubten Kasten von einem Hotel zu schlafen. Noch dazu in dieser affigen Turmsuite!«

Ob sich Frank Wilhelm darüber bewusst war, dass er sich gerade selbst belastete? Er hatte ein ziemlich eindeutiges Motiv: Eifersucht! Unwillkürlich fielen ihr Sentis' Worte ein: »Erwürgen spricht für ein Verbrechen aus Leidenschaft.« Außerdem kannte Wilhelm Laras Aufenthaltsort. Und: Das Opfer hatte dem offenbar vertrauten Täter den Rücken zugekehrt. Aber sie musste versuchen, objektiv zu bleiben. »Was hat Lara auf Ihre Vorwürfe geantwortet?«

Wilhelm fuhr sich erregt mit einer Hand durch den dichten Haarschopf. Bei der abrupten Bewegung schien er auch seine verletzte Hand angestoßen zu haben, denn er antwortete mit schmerzverzerrtem Gesichtsausdruck:

»Das Übliche! Dass sie keine Affäre mit diesem Skitypen hätte, sondern das alles rein geschäftlich wäre.«

Plötzlich sprang er auf und lief – einem gefangenen Tiger gleich – im Raum herum. Der Gedanke, dass Lara etwas mit Marc gehabt haben könnte, schien auch ihn halb in den Wahnsinn zu treiben.

»Lara sagte, sie müsse noch ein letztes Mal einen guten Job machen, und dann würde sie eine feste Stelle in der Nachrichtenredaktion bekommen, und wir könnten glücklich und zufrieden in Zürich zusammenleben – ohne dass sie wie eine Nomadin hin- und herreisen müsse ... Bla, bla, bla! Den ganzen Scheiß hatte sie mir schon tausendmal versprochen.«

Erstaunlich, welche Parallelen es zu ihrer eigenen Beziehung mit Marc gab. Offenbar war der Ski-Zirkus für alle Paare ein Problem. Und ganz besonders, wenn einer der Partner keine eigene Karriere und stattdessen ein Eifersuchtsproblem hatte. »Aber Sie haben Ihrer Freundin nicht geglaubt, richtig?«, fragte sie mitfühlend.

Wilhelm blieb stehen und warf ihr einen gequälten Blick zu. »Nein. Ich war mir sicher, dass sie mit diesem Gassmann eine Nummer schieben wollte.«

»Und deshalb sind Sie selbst im Hotel geblieben?«

»Natürlich nicht. Weshalb hätte ich bleiben sollen? Um Lara beim Sex zuzuschauen? Nein, danke. Ich bin nicht masochistisch veranlagt.« Die letzten Worte flüsterte er, wahrscheinlich weil ihm in diesen Augenblick selbst bewusst wurde, dass sie nicht der Wahrheit entsprachen.

Obwohl ihr sein Leid nah ging, versuchte Andrea sich auf ihre Ermittlerarbeit zu konzentrieren. »Vielleicht, um Ihrem Nebenbuhler aufzulauern? Um ihm eins auf die Nase zu geben?«

Wilhelm zuckte erneut mit den Schultern. »Wofür soll

das gut sein? Wenn dich jemand, den du liebst, betrügt, ist doch das Wann, Wo und Mit-Wem völlig nebensächlich!«

Zu dieser Schlussfolgerung war sie auch schon gekommen. »Sie sind also nach dem Streit umgehend nach Hause gefahren? Um wie viel Uhr war das?«

Ihr Gegenüber überlegte. »Ich habe nicht auf die Uhr geschaut, aber es muss kurz nach dreiundzwanzig Uhr gewesen sein.«

»Und danach haben Sie Lara nicht mehr lebend gesehen?«

Er schüttelte langsam den Kopf. »Weder lebend noch tot.«

Eigentlich erstaunlich, dass sich Frank Wilhelm nicht bei der Polizei gemeldet hatte. Oder hatte ihn Laras Tod derart aus der Bahn geworfen, dass ihm alles andere egal geworden war? »Wie haben Sie von Laras Tod erfahren?«

Seine Antwort kam so leise, dass Andrea sie kaum verstehen konnte. In den dunklen Augen schienen Tränen zu stehen. »Ich habe es im Internet gelesen und dann den Fernseher eingeschaltet.«

»Und was haben Sie dann gemacht?«

»Eine Flasche Wodka getrunken.«

Andrea schämte sich dafür, ihn weiter mit Fragen zu bedrängen. Frank Wilhelm war leichenblass. Es war offensichtlich, dass er kurz vor einem emotionalen Zusammenbruch stand. Doch sie wollte der Wahrheit auf den Grund gehen. »Wollten Sie keine genaueren Informationen über den Tod Ihrer Freundin?«

Seine Lippen zuckten. Eine halbe Ewigkeit blickte er sie einfach nur an. Dann flüsterte er: »Wozu? Sie ist tot. Es gibt keine Hoffnung mehr. Das Einzige, was ich überlegt habe, war, ob ich mich ebenfalls umbringen soll.«

In gewisser Weise war dieses Verhalten überzogen theatralisch. Fast kindisch. Und leider gerade deshalb absolut authentisch. Andrea brauchte da nur an ihre eigene Mutter zu denken. »Haben Sie ein Alibi für die Tatzeit?«

Er schüttelte den Kopf. »Ich weiß keine Einzelheiten. Noch nicht mal, wann ihre Beerdigung stattfinden wird. Deshalb ... mir hat niemand gesagt, um wie viel Uhr Lara gestorben ist.«

Andrea wollte keine eventuell geheimen Informationen ausplaudern, weshalb sie erwiderte: »Sagen Sie mir einfach, was Sie den ganzen Nachmittag über getrieben haben.«

»Ich habe eine Skiwanderung gemacht.«

In seiner momentanen Verfassung war das schwer vorstellbar. Andrea versuchte sich ein Bild von Wilhelm als glücklichen und hoffnungsfrohen Mann auf Skiern zu machen. Doch es gelang ihr einfach nicht. »Mit Freunden?«

»Allein.«

»Sind Sie dabei von jemandem gesehen worden?«

»Nein, bin ich nicht. Zähle ich jetzt zu den Verdächtigen?« Es klang gleichgültig.

Diese Frage hätte Andrea ihm ohne Weiteres beantworten können: Wilhelm hatte – im Gegensatz zu Marc – ein ernst zu nehmendes Motiv. Und kein überzeugendes Alibi. Damit war er soeben zum Hauptverdächtigen avanciert. Doch sie hatte trotzdem ein ungutes Gefühl. Frank Wilhelm war einfach nicht der richtige Typ. Sicher, sie hatte nicht viel Erfahrung mit Mördern. Aber sie war immer stolz auf ihre ausgezeichnete Menschenkenntnis gewesen. Und irgendwie hatte Laras Freund den falschen Charakter. Sie traute ihm zwar ohne Weiteres zu, Lara im Affekt zu erwürgen, aber er war viel zu labil, um diese Tat anschließend durch die grausame Verstümmlung zu tarnen. Trotzdem würde sie ihn im Auge behalten müssen.

Um Zeit zu schinden, fragte sie: »Wie hat Lara eigentlich reagiert, als Sie nach dem Streit einfach gegangen sind? War sie sauer?«

»Sie hat mir lächelnd einen schönen Abend gewünscht! Und dabei in aller Ruhe eins meiner Bücher signiert! Ich hätte sie ...« Erschrocken hielt Frank Wilhelm inne.

»... am liebsten erwürgt? Kann ich bis zu einem gewissen Grad nachvollziehen«, ergänzte Andrea trocken. »Hat Lara sich bei Ihren Streits immer so verhalten?«

»Nein. Normalerweise teilte sie genauso hart aus wie ich. Aber dieses letzte Mal war Lara gar nicht richtig bei der Sache. Sie schien in Gedanken woanders zu sein und hat mich und meine Wut überhaupt nicht ernst genommen.«

Was hatte das zu bedeuten? Bevor sich Andrea einen Reim darauf machen konnte, fiel ihr plötzlich wieder Marcs anonymer Anrufer ein. Und auf einmal ließ eine logische Schlussfolgerung sie doch an Frank Wilhelms Unschuld zweifeln ...

Mit strenger Stimme sagte sie: »Haben Sie heute Nacht Marc Gassmann angerufen und ihn beschuldigt, Lara erwürgt zu haben?«

Ihr Gegenüber wurde noch eine Spur blasser. Er schluckte und rieb sich erneut die Hand mit der Brandwunde. »Keine Ahnung. Ich war zu betrunken, um mich an die Einzelheiten der letzten Nacht zu erinnern.«

»Darf ich bitte kurz Ihr Handy sehen? Darauf sind ja alle zuletzt gewählten Nummern verzeich-«

»Also gut. Ich habe das Arschloch angerufen. So what?«, unterbrach Frank Wilhelm sie. »Für einen anonymen Anruf wandert man schließlich nicht ins Gefängnis.«

»Für einen anonymen Anruf vielleicht nicht. Für einen Mord schon.«

»Ich habe Lara nicht umgebracht!« Sein Adamsapfel sprang nervös auf und ab.

»Das habe ich Ihnen bis vor einer Minute auch abgenommen. Wenn Sie aber angeblich keine Einzelheiten über den Mord wissen, wie kommen Sie dann darauf, dass sie erwürgt worden ist? In den Medien war doch nur vor der durchgeschnittenen Kehle die Rede ...«

Für einen Moment starrte Wilhelm sie verwirrt an. So, als hätte er Probleme, ihrer Logik zu folgen. Oder dachte er über den besten Fluchtweg nach? Innerlich bereitete sich Andrea darauf vor, ihm im nächsten Moment hinterherzusprinten.

Stattdessen erwiderte er zögerlich: »Sie meinen, Gassmann war so pervers, Lara völlig grundlos die Kehle durchzuschneiden? Warum sollte er das tun?«

Andrea hob die Hand wie ein Verkehrspolizist. »Immer schön der Reihe nach. Woher haben Sie Marcs Handynummer?«

»Ich habe mir seine Nummer heimlich aus Laras Kontakten kopiert – schon vor Monaten.« Wilhelm klang zerknirscht. »Ich wollte ihn bitten, nicht schon wieder etwas mit meiner Freundin anzufangen. Aber dann habe ich nicht den Mut aufgebracht, ihn anzurufen.«

»Gestern Nacht hatten Sie sich dann aber offenbar genug Courage angetrunken! Also raus damit: Woher wissen Sie, dass Lara erwürgt worden ist?«

»Ich ... ähm ... ich habe das angenommen. Weil Lara das gut fand und ...«, stammelte er. »Irgendwie muss das doch der Grund sein. Warum hätte Gassmann Lara sonst auf diese bestialische Weise zurichten sollen ... Das ... das macht doch nur Sinn, wenn er etwas vertuschen wollte.«

Nein. Keine Chance. Nicht mal ein Oscar-Preisträger hätte diese konfuse, fehlgeleitete Schlussfolgerung schauspielern können. Frank Wilhelm war definitiv unschuldig. Andrea wollte ihn von seiner Qual erlösen.

»Zwei Dinge, Herr Wilhelm: Gemäß des Obduktionsberichts hatte Lara vor ihrem Tod keinen Geschlechtsverkehr, sie ist also nicht fremdgegangen. Und Marc Gassmann hat sie auch ganz sicher nicht umgebracht!«

Während Frank Wilhelm mit ungläubig aufgerissenen Augen über ihren Worten brütete, schaltete Andrea das Aufnahmegerät ab und trug ihre leere Kaffeetasse in die Küche. Dort stellte sie sie auf der luxuriösen Kücheninsel ab. Direkt neben einem Holzblock mit japanischen Designermessern, die in aufsteigender Größe sortiert waren. Ihr Blick fiel auf die Werkzeuge. Das unterste Einstichloch des Blocks war leer. Dort fehlte ein Messer. Offenbar das längste.

»Keine Angst.« Frank Wilhelm war ihr in die Küche gefolgt. Offenbar hatte er ihren konsternierten Blick bemerkt. »Das Messer ist in meinem Schlafzimmer. Nur für den Fall, dass ich mir doch noch die Pulsadern aufschneiden will ...«

Andrea atmete aus. »Würden Sie mich bitte auf die Polizeistation nach Samedan begleiten?«

»Auf gar keinen Fall!«

Ich habe beschlossen, mich in die Höhle des Löwen zu wagen. Damit meine ich den Polizeiposten von Samedan. Denn dort wird mit Sicherheit alles Wissenswertes über den Mord an Frau Frey aufbewahrt: Fotos, Fingerabdrücke und andere Beweismittel eingeschlossen. Nur dass die Polizei trotz all dieser Dinge offenbar nicht die richtigen Rückschlüsse auf den Mörder zieht. Dazu bin ja ich da. Klingt überheblich, ist es aber nicht. Ich habe nun mal eine sehr laterale Denkweise und keine vorgefasste Meinung. Das hilft. Und in amerikanischen Krimiserien kommen ja auch manchmal superintelligente »Profiler« vor, die den Mörder allein anhand von Indizien schnappen.

Da ich nicht damit rechne, dass man mir freiwillig Frau Freys Akte aushändigt, wähle ich die Mittagszeit für meinen Besuch bei der Polizei, wenn die meisten Mitarbeiter den Posten zwecks Nahrungsaufnahme verlassen. Außerdem benutze ich Tarnkleidung: Ich verstecke meine auffälligen Haare unter einer schwarzen Skimütze und ziehe Vaters dunkelblaue Jacke statt meines hellgrünen Anoraks an. Dann fahre ich nach Samedan und mache mich auf in die wunderschöne kopfsteingepflasterte Bügl de la Nina, eine Straße mit urigen, aufwendig renovierten Häusern, wo sich auch der Polizeiposten befindet. Unterwegs treffe ich auf ein paar Klassenkameraden, die ebenfalls auf dem Weg zum heimischen Mittagstisch sind. Aber zum ersten Mal zahlt es sich aus, dass ich ein Außenseiter bin: Obwohl ich heute die Schule geschwänzt habe, beachtet mich niemand.

Wie erwartet ist der Tresen, hinter dem normalerweise Wachtmeister Lüthy wie ein rothaariger Zerberus hockt, verwaist. Ich schlängele mich ohne viel Aufhebens daran vorbei und schlendere ungeniert den Gang runter. Es ist gut, dass ich mich hier von früheren, nicht ganz freiwilligen Besuchen auskenne. Ein Heimvorteil sozusagen. Weshalb es mich zielstrebig in die Richtung des Eckbüros zieht, wo ich die Akte vermute. Doch auf dem Weg dahin muss ich noch an einem anderen Raum vorbei, durch dessen halb geöffnete Tür laute Stimmen dringen. Ich bleibe für einen Moment ir-

ritiert stehen und belausche einen Teil der offenbar hitzig geführten Unterhaltung.

»Es tut mir leid«, sagt eine weibliche Stimme kleinlaut.

»Das war völlig unverantwortlich!«

»Immerhin habe ich es geschafft, ihn gegen seinen Willen hierher zu lotsen, was eine echte kommunikative Glanzleistung war, das kannst du mir glauben!«, verteidigt sich die unsichtbare Frau.

»Hör schon auf, dich damit zu brüsten. Das ganze Unterfangen hätte auch dramatisch in die Hose gehen können. Dann wären wir jetzt um eine Leiche reicher!«

»Was soll eigentlich das ganze Tamtam? Ich bin kein Mörder!«, knurrt eine weitere Stimme.

»Mit Ihnen rede ich doch momentan gar nicht!«

»Ich will auf der Stelle meinen Anwalt sprechen.«

»Ruhe!«

Harter Tobak. Eigentlich würde ich gern weiter zuhören. Aber die Zeit drängt. Ich habe keine Ahnung, wann Wachtmeister Lüthy wiederkommt.

Im Eckbüro brauche ich nicht lange zu suchen. Die Akte des Mordfalls liegt praktischerweise aufgeschlagen auf dem Schreibtisch. Noch während ich mich hinsetze, blättere ich zum Anfang zurück und lege los. Obwohl ich sehr schnell lese – laut eines medizinischen Gutachtens rund achthundert Wörter pro Minute, ohne inhaltliche Verluste –, komme ich nur sehr langsam voran: Viele der Dokumente sind handschriftlich verfasst, und das Entziffern der jeweiligen Schrift dauert deutlich länger als bei einem gedruckten Text, bei dem ich Wortgruppen und ganze Absätze auf einen Blick erfasse. Außerdem bremsen mich die vielen medizinischen Fachbegriffe, gerade im Obduktionsbericht. Trotzdem ist die Vielfalt der zusammengetragenen Informationen be-

eindruckend, und ich bin mir sicher, dass die Polizei gute Arbeit geleistet hat. Das finde ich irgendwie beruhigend.

Ein Punkt springt mir sofort ins Auge: die Lage der Leiche. Als ich das Badezimmer der Turmsuite am Todestag von Frau Frey im Anschluss an meine vergebliche Suche nach ihr betreten hatte, um die Toilette zu benutzen, hatte sich die Journalistin blutüberströmt in der Badewanne befunden. Allerdings nicht, wie im Obduktionsbericht festgehalten, auf dem Rücken mit beiden Armstümpfen rechts und links neben sich, sondern auf der Seite. Einer der Stümpfe, der rechte, hatte auf dem Badewannenrand geruht, während der linke Arm, für mich unsichtbar, unter ihrem Körper gelegen hatte. Die Haare waren ihr wirr ins Gesicht gefallen, und hellrotes Blut war aus der schrecklichen Halswunde getropft. Es hatte wie eine Szene aus einem Horrorfilm gewirkt. Grauenhaft. Allein die Erinnerung daran lässt mich würgen. Aber dann schaltet sich wieder mein Verstand ein ...

Leider geht im nächsten Moment die Tür auf. Jemand betritt den Raum und stellt die altbekannte Frage: »Jonas! Kannst du mir mal bitte erklären, was du hier machst?«

Marc lag auf dem Massagetisch. Sein Rücken war steif wie ein Brett. Die ganze Muskulatur total verkrampft. Sein Physiotherapeut Karl schimpfte, dass er sich vor dem Training am heutigen Morgen nicht genügend aufgewärmt hätte. Doch Marc bezweifelte, dass das der wahre Grund für seinen lädierten Zustand so kurz vor dem wichtigen Rennen war. Bis zu dem Anruf von Andrea vorhin hatte er jedenfalls keine Schmerzen verspürt ...

Andrea hatte seine Vorwürfe über ihr riskantes Treffen

mit einem potenziellen Mörder mit den Worten »Bitte du nicht auch noch! Ich habe bereits eine volle Breitseite von Alberto abbekommen!« im Keim erstickt. Anschließend hatte sie ihm eine Kurzfassung der neusten Ereignisse übermittelt: Der Anrufer war tatsächlich Laras Freund gewesen. Das hatte Marc aufgrund der intimen Details, mit denen nur einer von Laras Bettgefährten vertraut sein konnte, auch schon vermutet. Doch laut Andrea kam Wilhelm nicht als Mörder infrage.

»Bist du dir da ganz sicher?«, hatte er am Telefon nachgehakt. »Der Typ scheint doch nicht ganz richtig zu ticken, und wenn er kein Alibi hat …«

»Fast zu hundert Prozent. Wilhelm ist ein Softie, der hätte sich eher selbst etwas angetan, als Lara beide Hände abzutrennen. Alberto ist übrigens der gleichen Meinung wie ich.«

»Hm«, machte Marc nachdenklich. War das nicht etwas vorschnell? Schließlich gab es keine eindeutigen Beweise für diese Theorie. Aber er wollte sich nicht schon wieder mit Andrea streiten. »Und was passiert jetzt?«

»Alberto beauftragt gerade den diensthabenden Wachtmeister, Frank Wilhelm in die psychiatrische Ambulanz in Sankt Moritz zu bringen. Wilhelm hat damit gedroht, sich aus Trauer die Pulsadern aufzuschneiden, und uns ist beiden wohler, wenn er von einem Facharzt evaluiert wird, bevor wir ihn nach Hause entlassen. Falls er tatsächlich ein Suizidkandidat sein sollte, müssen wir ihn notfalls einsperren und zwangstherapieren lassen. Eine Tote ist definitiv genug.«

»Und du? Kommst du jetzt nach Garmisch? Das Rennen startet morgen früh um neun Uhr dreißig.«

»Nicht sofort. Ich werde zuerst noch Alberto begleiten, der mit ein paar seiner Freunde Mittagessen geht. Das Restaurant gehört dem Wirt, der die Tatwaffe als gestohlen gemeldet hat. Den will ich mir einmal ansehen.«

»Okay, aber fahr bitte nicht die ganze Nacht durch!«

»Nein, mach dir keine Sorgen.«

Danach hatten sie sich verabschiedet und aufgelegt. Eigentlich eine ganz normale Unterhaltung. Und doch hatte ihn irgendetwas gestört. Ihr sachlicher Ton? Die Weigerung, seine gut gemeinte Kritik anzunehmen? Die nüchterne Verabschiedung? Er wusste es nicht. Aber er durfte sich jetzt nicht von solchen Kleinigkeiten beeinflussen lassen. Das Wichtigste war, dass Andrea zum Weltcup-Rennen kam. Und dass die Polizei endlich den wahren Mörder festnahm.

Oder hatte er diese körperlichen Beschwerden nur der Enttäuschung zu verdanken, dass Laras Ex-Freund angeblich als Täter ausschied? Während Klaus ihm schmerzhaft die Finger in die verhärteten Muskeln bohrte, fing Marc an zu grübeln. Ein Satz, den Andrea während des Gesprächs gesagt hatte, war ihm irgendwie eigenartig aufgestoßen. Oder besser gesagt: Ihre Worte hatten in ihm eine vage Assoziation ausgelöst. Etwas Wichtiges. Aber worum ging es?

Plötzlich fiel ihm die betreffende Formulierung wieder ein: »Falls er tatsächlich ein Suizidkandidat sein sollte, müssen wir ihn notfalls einsperren ...« Einsperren! In seinem Unterbewusstsein hatte irgendetwas bei diesem Wort »klick« gemacht. Natürlich bezogen sich Andreas Worte auf Laras Freund, aber Marc beschäftigte eine ganz andere Frage: Warum hatte der Mörder die Tür der Turmsuite offen gelassen? Wäre es nicht bedeutend klüger gewesen, die Tür hinter sich zu verschließen? Dann hätte er Laras Suite niemals betreten, und Lara wäre nicht von ihm selbst, sondern von dem portugiesischen Zimmermädchen entdeckt worden. Diese Zeitverzögerung zwischen Tat und Entdeckung müsste doch gewiss auch im Interesse des Täters gelegen haben. Dann hätte er einen fast hundertprozentig sicheren Zeitrahmen für seine Flucht gehabt. Die geöffnete Tür hätte dagegen nicht nur von ihm, sondern auch von einem von Laras Kollegen aufgestoßen werden können … zu jedem Zeitpunkt. Selbst kurz nach der Tat, als der Mörder noch durch die Gänge des »Hotels Engadin« geirrt war.

Oder hatte der Täter vorausgesehen, dass Marc sich bei Lara entschuldigen wollte, und deshalb früher oder später ihre Leiche entdecken würde? War es jemand, der seinen Streit mit Lara mitangehört hatte und ihm die Tat mit voller Absicht in die Schuhe zu schieben hoffte? Es sah fast danach aus. Aber wer – außer Frank Wilhelm – hegte eine Abneigung gegen ihn? Wer wollte ihm schaden?

14. Kapitel

Selbst nachdem Frank Wilhelm, der inzwischen sichtbar unter seiner Brandverletzung litt und die betroffene Hand eng an seine Brust gepresst trug, von Wachtmeister Lüthy abgeholt worden war, dauerte es noch eine ganze Weile, bis Alberto sich wieder beruhigt hatte. Er war extrem verärgert darüber gewesen, dass Andrea so einen wichtigen Zeugen wie Laras Freund mutterseelenallein »verhört« hatte. »Das könnte man dir glatt als Behinderung der polizeilichen Aufklärung einer Straftat auslegen!«, hatte er mit schneidender Stimme gesagt.

»Ohne mich hättest du doch gar nicht gewusst, dass es diesen Zeugen gibt. Außerdem habe ich fast alles mit dem Handy aufgezeichnet. Das kannst du dir ja später noch anhören«, verteidigte sie sich halbherzig, denn im Grunde genommen hatte er natürlich recht. »Und den Rest habe ich dir ohnehin schon erzählt.«

»Das hoffe ich für dich!«, knurrte er. »Im Übrigen wusste ich nur deshalb nichts von diesem Zeugen, weil du mir die Aussage von Frau Burghardt und den anonymen Anruf bei Marc ebenfalls vorenthalten hast!«

»Okay!« Andrea hob, um Verzeihung bittend, beide Hände nach oben. »Sorry. Aber lass uns jetzt nicht allzu lange auf meinen Fehlern herumreiten, sondern stattdessen nach vorn schauen. Marc steht immer noch fälschlicherweise unter Mordverdacht. Und wir sind immer noch keinen Schritt weiter.«

Alberto musterte sie schweigend. Dann räusperte er sich. »Letzterem würde ich widersprechen. Selbst wenn Frank Wilhelm wahrscheinlich als Täter nicht infrage kommt, wissen wir jetzt zumindest etwas über mögliche andere Motive: Zum einen liebte Lara Frey wohl Sexpraktiken, die etwas außerhalb der Norm liegen und tendenziell gefährlich sind, und zum anderen arbeitete sie an einem Umwelt-Thema, das anscheinend nicht alle Leute in einem Fernsehbeitrag breitgetreten haben wollten. Das ist doch schon mal ein Schritt in die richtige Richtung.«

Andrea nickte. »Das stimmt. Gut, dass du mich daran erinnerst. Ich muss auch noch diesen Öko-Verein ›Rettet die Alpen‹ in Salzburg anrufen und bei der TU in Wien nachforschen, wer dort Laras Ansprechpartner war.«

Alberto Passini runzelte die Stirn. »Hm, bei den verschiedenen Lehrstühlen der Wiener TU kann Lüthy anrufen, er ist ziemlich gut in solchen Fleißarbeiten und trifft auch garantiert den richtigen Ton. Aber ich würde dir empfehlen, persönlich in Salzburg zu erscheinen. Umweltschützer verhalten sich erfahrungsgemäß unkooperativ, wenn es um polizeiliche Erkundigungen geht. Als sympathische Privatperson, deren Freund irrtümlich von der bösen Polizei verdächtig wird, hast du da eine wesentlich größere Chance, etwas rauszubekommen.«

Andrea lächelte. »Meinst du? Heißt das jetzt etwa, dass wir doch zusammenarbeiten?«

Alberto blieb ernst. »Anscheinend. Zumindest in einigen Aspekten.«

»Das ist schön.«

»Hm«, brummte ihr ehemaliger Ausbilder und blickte auf seine Armbanduhr. »Wir müssen los. Das ›Alpenglühen‹ hat zwar von Freitag bis Sonntag durchgehend warme Küche, aber wir werden schon seit einer ganzen Weile erwartet.«

»Okay. Ich habe nur noch zwei andere Fragen: Wo ist das Gepäck des Opfers aus dem Hotel?«

»Das haben wir sichergestellt«, antwortete Alberto. »Darin befand sich aber nichts Verdächtiges. Hauptsächlich Kleidung und ein Kosmetikbeutel.«

»Habt ihr das Buch gefunden, in das Frau Frey etwas reingeschrieben hat?«

»Du meinst das Buch, dass sie angeblich signiert hat, als Frank Wilhelm das Hotelzimmer verlassen hat?«

»Genau das.«

Er dachte kurz nach. »Nein, ich bin mir ziemlich sicher, dass wir es nicht gefunden haben.«

»Schaust du später noch einmal nach?«

»Mach ich, wenn du mir versprichst, dir noch einmal Gedanken über mögliche Passwörter für Frau Freys Apple-ID zu machen.«

Alberto hatte ihr bereits von der fehlenden SIM-Karte und den Problemen berichtet, Laras Dateien zurückzubekommen. Aber sie scheute sich, ihm ihre erste Vermutung zu schildern. »Hast du schon den Namen Frank oder Frank Wilhelm probiert?«, meinte sie stattdessen.

»Ähm, nein. Aber lass es uns am besten gleich in meinem Büro versuchen. Ich habe die entsprechende Seite noch auf meinem Computer offen.«

»Okay«, murmelte Andrea und folgte Alberto auf den Gang und in sein Eckbüro. Als sie durch die Tür trat, bemerkte sie einen hoch aufgeschossenen Teenager, der sich dort – noch in Jacke und Beanie-Mütze – im Schreibtischsessel lümmelte.

»Das ist übrigens mein Sohn Jonas«, stellte Alberto vor.

»Jonas, sag bitte Hallo zu Andrea Brunner, einer meiner früheren Kolleginnen.«

Der Junge stand höflich auf und reichte Andrea die Hand, ohne ihr ins Gesicht zu schauen. »Jonas Passini.«

»Schön, dich kennenzulernen, Jonas. Hast du heute keine Schule?«

Alberto setzte sich an seinen Schreibtisch und drückte auf der Tastatur seines Computers herum. »Für Jonas hat die Schule eine kantonale Sonderregelung erwirkt. Er legt immer am Anfang des Jahres alle notwendigen Prüfungen ab und kann im Gegenzug ein paar Tagen im Monat die Schule schwänzen.«

»Wow!«, lächelte Andrea. »Das hört sich cool an.«

Jonas zuckte mit den Schultern. »Eher lästig. Weshalb muss ich überhaupt in diesen langweiligen Unterricht? Ich hasse übrigens das Wort ›cool‹. Menschen haben normalerweise eine Körpertemperatur zwischen sechsunddreißig Komma drei und siebenunddreißig Komma vier Grad Celsius. Hypothermie setzt bereits ab dreiunddreißig Grad Celsius ein, und bei unter zwanzig Grad Celsius stirbt man. ›Cool‹ zu sein, ist also wirklich nichts Erstrebenswertes.«

»Jonas! Hör sofort auf mit dieser Klugscheißerei!«, sagte Alberto bestimmt, und dann zu Andrea gewandt: »Leider öffnet sich Laras Apple-ID weder mit seinem Vornamen noch mit seinem Nachnamen noch mit beiden zusammen. Hast du noch irgendeine andere Idee?«

Andrea zögerte, schließlich sagte sie: »Probier es mal mit Marcs Namen.«

Alberto zog die Augenbrauen hoch. »Meinst du wirklich?«

Während er tippte, hielt Andrea unwillkürlich die Luft an.

»Nein. Auch nicht richtig.«

Erleichtert atmete sie aus. »Okay, lass uns ins Restaurant gehen. Ich fahre dir hinterher und überlege auf dem Weg dorthin, ob mir noch etwas anderes einfällt.«

»Redet ihr über Marc Gassmann? Und Lara Freys Apple-ID?«, fragte Jonas plötzlich.

»Das geht dich nichts an, Junge. Warum sitzt du hier eigentlich in der warmen Stube mit Mütze und Jacke rum? Zieh das aus, sonst frierst du draußen gleich wieder.«

Andrea war schon wieder auf dem Weg zur Tür, als Albertos Sohn seine Mütze vom Kopf zog und die darunter verborgene, etwas gewöhnungsbedürftige Frisur offenbarte ... einen Zopf ... einen dunkelroten, strubbeligen Zopf! Und im nächsten Moment blieb Andrea der Mund offen stehen: Jonas Passini war kein anderer als der Junge, über den Frank Wilhelm geredet hatte! Und es war kein Wunder, dass er den Polizeiwagen in St. Moritz aus dem Weg ging – wenn sein Vater der Chef der lokalen Kantonspolizei war und er selbst gerade mit Lara Frey an einer geheimen Umweltschutz-Reportage arbeitete!

Tja. Dumm gelaufen. Aber irgendwann hätte es mein Vater ja bestimmt auch noch rausbekommen, dass ich mit Lara Frey und Frank Wilhelm bekannt bin. Mit solchen Sachen lässt es sich schwer hinter dem Berg halten. Selbst wenn man so vorsichtig ist wie ich.

»Warum hast du uns das nicht gesagt?«, prescht diese Brunner voran.

»Weil mich keiner gefragt hat«, antworte ich und schiele auf das ungläubige Gesicht meines Vaters. Es ist mir klar,

dass das ein Riesendonnerwetter geben wird, wenn wir nach Hause kommen. Hoffentlich nimmt er mir diesmal nicht wieder den Computer weg!

»Was für ein Thema behandelt die Reportage, an der Lara Frey gearbeitet hat?« Frau Brunner scheint mich mit ihren Augen förmlich durchbohren zu wollen. Irgendwie fühle ich mich wie ein unter dem Mikroskop festgepinntes Insekt.

»Ich weiß es nicht«, versuche ich mich rauszureden, aber da habe ich die Rechnung ohne meinen Vater gemacht. Er hat einen siebten Sinn dafür entwickelt, wenn ich Halb- oder Unwahrheiten sage.

Und richtig ... Vater baut sich drohend vor mir auf und flüstert: »Jonas, raus mit der Sprache! Und zwar auf der Stelle, sonst wirst du es bereuen!«

»Über Kunstschnee«, murmele ich ebenso leise. Es fühlt sich so an, als ob ich Lara Freys Geheimnis posthum verraten würde.

»Kunstschnee?«, wiederholt Frau Brunner. »Bist du sicher?«

Ich nicke stumm.

»Aber was ist denn an Kunstschnee so besonders?«

»Vielleicht die Art und Weise, wie er gemacht wird?«, sage ich, ohne dass mich jemand unmittelbar gefragt hätte.

»Jonas ist gegen die Nutzung von Kunstschnee, weil man für die Herstellung extrem viel Wasser und Energie aufwenden muss«, erklärt mein Vater. »Das ist für ihn ökologisch nicht vertretbar.«

»Okay«, sagt Frau Brunner nickend. »Aber ich verstehe immer noch nicht, weshalb man deswegen jemanden umbringen sollte.«

Das weiß ich, ehrlich gesagt, auch nicht. Weil all die Fakten darüber, einschließlich der Verwendung von Wondersnow, dem interessierten Zeitungleser bereits bekannt sein sollten. Deshalb zucke ich mit den Achseln. »Keine Ahnung.«

Mein Vater blickt auf die Uhr. »Himmel, sind wir spät dran.«

»Ja, lass uns gehen«, stimmt Frau Brunner zu. »Wir können dann beim Mittagessen weiterreden.«

Willig wie ein Lämmchen folge ich ihnen: auf den Gang, aus dem Polizeiposten hinaus, fast bis in den Wagen meines Vaters – doch dann sage ich: »Tut mir leid, ich muss dringend noch einmal auf die Toilette.«

»Oh Gott, Jonas. Wirklich?«, ruft mein Vater genervt.

Ich nicke, gespielt betreten.

»Dann geh. Mach aber schnell. Ich wende in der Zwischenzeit schon mal den Wagen. Wir treffen uns am Ende der Straße, ja?«

»In Ordnung«, rufe ich über meine Schulter hinweg, während ich im Sauseschritt zurück in das Gebäude eile. Dort suche ich natürlich nicht das Badezimmer auf, sondern erneut das Büro meines Vaters. Das hier ist vielleicht meine einzige Chance, an die Kontaktdaten von Frau Frey zu kommen!

Das Passwort für den Bildschirmschoner meines Vaters habe ich schon vor Jahren herausgefunden. Es ist der Vorname meiner Mutter und das Hochzeitsdatum der beiden. Nicht besonders ausgefuchst. Das Passwort zu meinem eigenen Computer hat dagegen keinerlei Bezug zu meinem Leben, sondern ist eine täglich neue, zufallsgenerierte Reihe aus Buchstaben und Zahlen.

Nachdem ich alles eingetippt habe, wird eine Eingabemaske für Frau Freys Apple-ID sichtbar, die glücklicherweise dauer-entsperrt ist. Normalerweise ist nach drei falschen Eingabeversuchen »game over«, aber vielleicht hat die

Polizei ja einen besonderen Deal mit der Swisscom ausgehandelt.

Da ich nicht viel Zeit habe, probiere ich erst die offensichtlichsten Passwörter aus: »Gletscherschmelze«, »Kunstschnee« und »Wondersnow«. Doch keins davon funktioniert. Am anderen Straßenende höre ich bereits, wie mein Vater ungeduldig hupt.

Mit zittrigen Fingern versuche ich »Alpenrettung« und »Alpenrebell«... aber auch das ist falsch. Verdammt. Gleich würde mich mein Vater höchstpersönlich holen kommen.

In einem Akt der Verzweiflung gebe ich etwas sehr Eigenartiges, leicht Narzisstisches ein ... meinen eigenen Namen ... und wie durch Zauberhand löst sich die Maske vor meinen Augen auf und gibt die Seiten mit den Kontaktdaten frei. Ich bin überwältigt und auch ein bisschen gerührt, Frau Frey hat tatsächlich »Jonas« als Passwort gewählt. Hammer!

So schnell wie möglich krame ich mein Handy hervor und fotografiere die gespeicherten Daten Seiten für Seite ab. Momentan fehlt mir leider die Zeit, um sie genauer anzusehen. Aber nach dem Mittagessen werde ich jeden einzelnen dieser Kontakte durcharbeiten!

Ich höre bereits Schritte im Gang, als ich mich wieder auslogge – schließlich will ich meinen strategischen Vorteil erst einmal allein nutzen. Und dann betritt auch schon mein Vater das Zimmer. »Warum kommst du nicht, Jonas? Wir warten! Was treibst du überhaupt noch in meinem Büro?«

Mit einem schiefen Grinsen halte ich meine Mütze hoch. »Entschuldige! Die hatte ich hier vergessen!«

Das Restaurant »Alpenglühen« war eins der gemütlichsten Restaurants, das Andrea je betreten hatte. Es war wie ein uriges Privatchalet eingerichtet, mit vielen alten Ski- und Wintersport-Objekten an den Wänden. Während sie Alberto und seinem Sohn in eine der hinteren Stuben folgte, schaute sie sich interessiert um.

»Allegra«, grüßten die drei Männer, die bereits an einem großen runden Ecktisch saßen, auf den Alberto zielsicher zusteuerte.

»Allegra. Andrea, darf ich dir meine Gemeinderatskollegen und Freunde vorstellen? Das sind Reto Hauser, dem das ›Hotel Engadin‹ gehört und der im Rat für den Fremdenverkehr zuständig ist, seine rechte Hand Gerhard Schulte, unser Experte für Gemeindeentwicklung, und der Besitzer des Restaurants ›Alpenglühen‹, Max Suter, der sich um die Wirtschaftsförderung kümmert.« Alberto blickte einmal in die Runde. »Und das ist meine ehemalige Kollegin Andrea Brunner.«

»Gruetzi«, sagte Andrea und setzte sich auf den von Alberto höflich angebotenen Stuhl neben den rotwangigen, dickwanstigen Wirt. Das war also der rechtmäßige Besitzer der als gestohlen gemeldeten Tatwaffe? Er sah vollkommen harmlos aus. Aber natürlich konnte das täuschen. Doch warum sollte er die Journalistin ausgerechnet mit seiner eigenen Waffe umbringen? Oder hatte er schlichtweg nicht mit der Tatsache gerechnet, dass der clevere Jonas das Messer als das seinige identifizieren würde? Alberto, der gerade auf ihrer anderen Seite Platz nahm, schien ihn jedenfalls nicht zu verdächtigen. Doch würde er sich in Bezug auf seinen langjährigen Freund wirklich objektiv verhalten? Andererseits gab es zumindest auf den ersten Blick kein schlüssiges Tatmotiv. Andrea nahm sich trotzdem vor, den Wirt als möglichen Verdächtigen nicht aus den Augen zu verlieren.

»Ihr seid ganz schön spät dran«, grinste Suter. »Die erste Flasche Wein haben wir schon ohne euch gekillt.«

»Entschuldige, aber es gab ein paar neue Entwicklungen im Fall der toten Journalistin«, sagte Alberto und besah sich die von einem herbeigeeilten Kellner hochgehaltene Schiefertafel, auf der die aktuellen Spezialitäten standen. »Ich nehme die hausgemachten Caponetti alla Pusc'ciavina.«

»Was ist das?«, fragte Andrea interessiert.

»Spinat-Gnocchi mit Tomatensoße und Bergkäse gratiniert«, antwortete der Kellner zuvorkommend.

»Hört sich gut an. Das nehme ich auch.«

»Und was möchtest du, Jonas? Wir haben bereits alle bestellt«, sagte der Wirt. »Wasser, Cola und Wein für euch sind auch schon unterwegs.«

»Ich nehme die Maluns«, erwiderte Jonas, der zwischen seinem Vater und dem vornehm wirkenden, weißhaarigen Herrn Hauser saß.

Andrea sah Jonas fragend an.

»Das sind knusprig gebratene Kartoffelribeli mit Bergkäse und Apfelmus. Sehr gut!«

»Danke. Da läuft mir ja schon beim Zuhören das Wasser im Munde zusammen«, meinte Andrea mit einem hungrigen Lächeln.

»Und was sind nun die neusten Entwicklungen im Fall Frey?«, erkundigte sich der Mann, den Alberto als Gerhard Schulte vorgestellt hatte. Sein Äußeres passte weder zu einem Luxushotel-Manager noch zu der restlichen Runde. Der akkurate Bürstenhaarschnitt und sein muskulöser Körper, der kaum in den dunklen Anzug reinzupassen schien, ließen ihn eher wie einen älteren Soldaten aussehen. Seine grobschlächtigen Gesichtszüge wirkten hart. Alles an ihm strahlte Entschlossenheit aus. Jemand, der nicht lange fackelte, wenn er einmal zu einer Entscheidung gekommen war.

»Frau Frey hat an einer Reportage über Kunstschnee gearbeitet«, platzte Jonas raus. Er musterte Schulte scheu. Offenbar hatte er großen Respekt vor dem Manager.

»Jonas! Verdammt noch mal«, rief Alberto wütend. »Was soll Andrea denn jetzt denken? Dass wir hier im Engadin alle Amtsgeheimnisse einfach so ausposaunen?«

»Lass es gut sein, Alberto. Wir haben ja gar nichts gehört.« Herr Hauser lächelte milde. »Ich bin trotzdem immer wieder begeistert, wie intelligent der Junge ist. Mit sechzehn Jahren haben mich solch ernste Themen wie Umweltschutz gar nicht interessiert. Da war ich vollauf damit beschäftigt, den Mädchen hinterherzurennen.« Er zwinkerte Andrea zu. »Wussten Sie, dass Jonas einen IQ von über hundertfünfzig hat?«

Sie schüttelte den Kopf. »Nein, das wusste ich nicht. Das ist aber sehr beeindruckend.«

Suter bot ihr eine Scheibe duftenden Weißbrots aus einem handgeflochtenen Korb an. Andrea griff beherzt zu und biss auch gleich rein.

»Ich bin Jonas' Patenonkel und übrigens der Meinung, dass man diesen kriminellen Skifahrer schon längst als Mörder überführt hätte, wenn Jonas die Ermittlung leiten würde! Schließlich haben wir alle den Streit zwischen ihm und der armen Journalistin mit angehört, nicht wahr, Alberto?«

Es war ganz offensichtlich ein Scherz, dass er Albertos Qualitäten als Ermittler anzweifelte, doch der Polizist blieb ernst. »Wollt ihr mich heute alle in ein frühes Grab bringen? Max, Andrea Brunner ist die Lebensgefährtin von Marc Gassmann! Würdest du also bitte deine unqualifizierten Kommentare für dich behalten?«

»Ups.« Suter lächelte charmant. »Nichts für ungut, Frau Brunner. Ich kenn mich ja mit Mord und solchen Sachen gar nicht aus.«

Andrea wischte seine Entschuldigung mit einer gleichgültigen Handbewegung beiseite. Sie interessierte sich für etwas ganz anderes. »Sie haben wirklich den Streit mitbekommen?«

»Ja, genau wie sicherlich hundert andere Menschen auch. Aber das heißt doch noch nichts. Ein Streit muss ja nicht zwangsläufig mit Mord und Totschlag enden.«

»Na ja, es war schon ziemlich heftig, wie er die Frau angegangen ist«, sagte Schulte ungerührt. Ihm schien die Verbindung zwischen Andrea und Marc egal zu sein.

Hauser rang sich ein nachsichtiges, etwas angestrengt wirkendes Lächeln ab. »Ich bitte Sie, Gerhards unbedachte Bemerkung zu entschuldigen, Frau Brunner. Natürlich glauben wir nicht, dass einer unserer ehrenwerten Gäste einen anderen auf so brutale Art und Weise umgebracht hat«, beschwichtigte er. »Trotzdem ist uns an einer möglichst raschen Aufklärung des Mords gelegen. Es ist nicht auszudenken, was das ansonsten für Sankt Moritz als Touristenmagnet und natürlich auch für mein eigenes Hotel bedeuten könnte. Schließlich leben wir hier alle seit über hundertfünfzig Jahren von unserem Ruf als Wintersportmetropole. Und die Konkurrenz schläft auch nicht. Es würde mich nicht wundern, wenn man dort geschickt Artikel über diesen ungelösten Fall in Sankt Moritz lancieren würde ...«

Schulte und Alberto nickten zustimmend.

Wenig später wurden die bestellten Gerichte aufgetischt. Da Andrea außer der Scheibe Brot heute noch nichts gegessen hatte, verspeiste sie die exzellenten Spinat-Gnocchi mit Gusto, während die anderen ein mögliches Datum für die nächste Gemeinderatsitzung besprachen.

»Ist es eigentlich das erste Mal, dass Sie bei uns in Sankt Moritz sind, Frau Brunner?«, fragte Reto Hauser plötzlich und prostete ihr mit seinem Rotweinglas zu.

Andrea, die genau wie Alberto lediglich Wasser trank, schluckte noch den letzten Bissen runter, bevor sie antwortete. »Nein, ich war vor Jahren schon einmal mit meiner Großmutter hier. Damals aber nicht zum Skifahren, sondern um den berühmten Ort zu bewundern. Ich erinnere mich noch gut an unseren Besuch bei der Konditorei Hanselmann. Dort habe ich den besten Kuchen meines Lebens gegessen.«

»Sicherlich kennen Sie dann schon die Geschichte, wie der Wintertourismus in Sankt Moritz angefangen hat?«

Andrea überlegte. Dann schüttelte sie den Kopf. »Nein, ehrlich gesagt nicht.«

Hauser lächelte erfreut. Offenbar gab er diese Anekdote nur zu gern zum Besten. »Das war so: Schon vor 1864 hatten wir Sommergäste in Sankt Moritz. Vor allem Engländer, die die Bergluft genossen und in den Heilquellen badeten. Allerdings reisten sie alle spätestens zum Herbst wieder ab. Doch in diesem besonderen Jahr ging der Sankt Moritzer Hotelier Johannes Badrutt mit seinen Gästen eine Wette ein: Sie sollten dem kalten und nassen Winter in London entfliehen und über den Winter im verschneiten und sonnigen Sankt Moritz bleiben. Falls es ihnen nicht gefiele, würde er ihnen höchstpersönlich die Reisekosten erstatten.«

»Und? Hat es ihnen hier gefallen?«, fragte Andrea mit

einem Lächeln, obwohl sie die Antwort auf ihre Frage schon zu wissen glaubte.

»Die Engländer konnten sich nicht vorstellen, dass die Winter hier angenehmer sein würden, doch sie kamen trotzdem zur Weihnachtszeit ins Oberengadin ... und reisten erst nach Ostern wieder ab. Braun gebrannt, erholt und glücklich!«

»Und das war dann der Startschuss für einen geradezu unbeschreiblichen Boom«, ergänzte Suter und tupfte sich mit seiner Serviette den Mund ab. »Die wohlhabenden Engländer der sogenannten ›Upperclass‹ hatten die Winterferien entdeckt und zogen nun jedes Jahr aufs Neue in Scharen nach Sankt Moritz, wo sie bald Spuren in der Form von Curling- und Cricketturnieren hinterließen und den berühmten Cresta Run erfanden. Den Eiskanal, den man todesmutig und mit dem Kopf zuerst auf einem speziellen Rodelschlitten runterrast, gibt es ja noch heute, nur dass er inzwischen von Sankt Moritz nach Celerina führt und nicht wie früher durch den Ort selbst.«

Hauser nickte. »Etwas später wurde dann die Bobbahn gebaut, und natürlich fanden die ersten offiziellen Olympischen Winterspiele 1928 nicht von ungefähr im Engadin statt. Hier steht nun mal die Wiege des alpinen Wintersports.« Er pausierte kurz und fuhr dann mit stolzgeschwellter Brust fort: »Ach, waren das herrliche Zeiten. Wir, in unserem kleinen Bergdörfchen, waren fortschrittlicher als das ganze restliche Land, haben damals das erste elektrische Licht installiert, die erste Skischule und die erste elektrische Straßenbahn eröffnet. Auch das angereiste Publikum wurde immer illustrer, extravaganter und kosmopolitischer. Mein Onkel hat mir die Bilder der rauschenden Feste aus den Dreißiger- und Fünfzigerjahren gezeigt, als man sich noch vor jeder Mahlzeit aufwendig umzog und das siebengängige Dinner-Menü in Smoking und Abendkleid einnahm, bevor man die Nacht im Ballsaal durchtanzte. Beides natürlich mit Champagner satt.«

»Die ganze Welt hat auf uns geschaut«, sagte Suter mit viel Nostalgie in der Stimme.

»Aber die Zeiten ändern sich«, bemerkte Jonas trocken. »Und jetzt muss sich Sankt Moritz eben neu erfinden. Zum Beispiel als Vorbild für einen umweltfreundlichen, ressourcenschonenden und nachhaltigen Biotourismus.«

Schulte warf ihm einen bösen Blick zu. »So weit kommt es noch. Außerdem setzen wir doch schon überall auf erneuerbare Technologien.«

Aber Alberto klang nachdenklich, als er sagte: »Das stimmt, Gerhard. Aber prinzipiell hat Jonas trotzdem recht. Ein viel tiefer greifender Wandel hat doch in Wahrheit schon begonnen. Die Leute wollen nicht mehr Trüffel und Kaviar. Heute früh habe ich gehört, dass das ›La Marmite‹ auf der Corviglia, das fünfzig Jahre lang das höchst gelegene Gourmet-Restaurant der Welt war, Ende der Saison die Pforten schließen wird, und das ist bestimmt erst der Anfang. Wir können uns nicht dagegen auflehnen. Und vielleicht müssen wir auch die ›Agenda 2025‹ noch einmal überdenken ...«

In das ungemütliche Schweigen, das seinen Worten folgte, sagte Andrea: »Ich würde jetzt gern zahlen. Leider muss ich heute noch nach Garmisch und wollte auf dem Weg dahin noch Marcs Anwalt einen Besuch abstatten.«

»Bitte stecken Sie Ihr Portemonnaie wieder weg. Es ist mir eine Freude, Sie einzuladen.« Suter grinste. »Einmal im Monat haben wir hier einen Gratis-Stammtisch, und außerdem schulde ich Ihnen wohl noch eine Entschuldigung.«

»Überhaupt nicht, aber es war trotzdem ganz köstlich! Herzlichen Dank.«

»Meldest du dich, wenn dir noch ein mögliches Passwort einfällt?«, fragte Alberto leise.

»Natürlich. Wir hören voneinander!« Mit einem letzten Winken stand Andrea auf und verließ eilig das Restaurant.

Das Mittagessen ist aufschlussreich gewesen. Besonders der Kommentar meines Vaters ganz am Ende. Das Heimkommen war dann nicht mehr ganz so schön: Mein Vater hat mich im Beisein meiner Mutter intensiv über meine Kontakte zu Frau Frey und Frank Wilhelm ausgefragt. Ich habe dabei aber nur das Allernötigste zugegeben: Dass wir uns vor einem Jahr kennengelernt haben und ein paarmal zusammen in den Bergen waren. Meinen versehentlichen Abstecher an den Tatort am Todestag und die im Vergleich zum Obduktionsbericht geänderte Positionierung der Leiche habe ich verschwiegen. Genauso wie die Tatsache, dass ich das Passwort für Frau Freys Kontaktdaten geknackt habe …

Glücklicherweise hat mein Vater mir meinen Computer gelassen und stattdessen lediglich eine Standpauke über Vertrauen gehalten: Dass er und meine Mutter mir nämlich nur dann vertrauen könnten, wenn ich dieses Vertrauen durch entsprechendes Verhalten auch verdienen würde … und so weiter. Ich nicke, fühle mich aber trotzdem nicht schuldig. Ich meine, wenn der verdammte Mörder nicht ausgerechnet Frau Frey getötet hätte, dann wäre doch gar nichts dabei gewesen, dass ich einer hübschen SRF-Moderatorin und ihrem tumben Freund behilflich war. Und ich kann schließlich nicht per se davon ausgehen, dass alle meine neuen, ökologisch interessierten Gesprächspartner gleich ermordet werden.

Wegen der verheimlichten Informationen habe ich ein schlechtes Gewissen, aber das legt sich, als ich mir die erbeuteten Kontakte von Frau Frey anschaue. Denn die haben es in sich, wie ich erfahre, nachdem ich einige der mir nicht bekannten Namen googelt habe. Grob gesagt, kann man die dazugehörigen Personen in drei weit gefasste Kategorien einteilen: Fernsehleute und Sportler, Wissenschaftler und Umweltschutzaktivisten, Familie und andere.

Marc Gassmann und die anderen berühmten Skiläufer sowie in- und ausländische Sportmoderatoren fallen dabei eindeutig in die erste Kategorie. Mich selbst zähle ich zur zweiten Gruppe, genauso wie die Ansprechpartner von »Rettet die Alpen« und Professor Weidinger von der TU Wien. Schließlich habe ich Frau Frey diese und mehrere andere Kontakte selbst übermittelt. Interessant wird es allerdings in der dritten Kategorie: Selbstverständlich meine ich damit nicht die Personen, die ebenfalls Frey heißen, sondern diejenigen, die meiner Meinung nach in der Liste gar nichts zu suchen haben ... wie zum Beispiel mein eigener Vater! Was hatte er denn bitte mit Frau Frey zu tun? Warum gibt er vor, sie nicht zu kennen? Und falls er tatsächlich nicht mit ihr bekannt ist: Warum taucht dann seine private Handynummer in ihren Kontakten auf? Das ist verdächtig.

Und dann sind da noch mehrere Personen aufgeführt, die dort definitiv nichts zu suchen haben. Ein Name in Frau Freys Kontakten schockt mich regelrecht. Hat dieser Mensch etwas mit ihrem Ableben zu tun? Denkbar wäre es, auch wenn mir auf die Schnelle kein offensichtliches Motiv einfallen will. Aber dieser Sache muss ich unbedingt nachgehen. Gleich morgen früh werde ich mich auf die Pirsch begeben.

15. Kapitel

Marc lag, mit der noch schlafenden Andrea fest in seine Arme gekuschelt, im Bett. Ein wunderbares Gefühl. Irgendwie trunken vor Glück und völlig entspannt. Nach all dem Streit, den damit einhergehenden Sorgen und seiner Verhaftung war es die reinste Erlösung. Sein Trainer Hans würde wahrscheinlich ausrasten, wenn er wüsste, dass sie beide heute Nacht so gut wie nicht geschlafen hatten. Aber er selbst hielt die wieder aufgefrischte Intimität mit Andrea für die beste Vorbereitung. James Hunt, der Formel-1-Rennfahrer, hatte es einmal so formuliert: »Sex – das Frühstück für Gewinner«. Dem war nichts hinzuzufügen.

Allmählich musste es allerdings Zeit sein, um aufzustehen. Marc drehte seinen Kopf so weit es ging nach rechts, um – ohne Andrea aufzuwecken – die Zeit auf der digitalen Uhr des Fernsehers zu erkennen. Sechs Uhr zehn. In fünf Minuten würde er aufbrechen müssen. Dann wartete die Kandahar-Strecke auf ihn, eine der schwierigsten Abfahrten der Welt. Vielleicht nicht ganz so extrem wie die Streif, aber durch das hohe Tempo und die gefährlichen Sprünge war sie trotzdem furchterregend. Seine Trainingsläufe waren bisher nicht gerade überwältigend gewesen, aber er brauchte immer die totale Nervenanspannung des Rennens, um richtig auf Touren zu kommen.

Die Kandahar war – unter Normalbedingungen – eine

seiner Lieblingsstrecken, auch wenn er hier noch nie hatte gewinnen können. Steil, eisig und unheimlich schnell. Doch diesmal waren die Konditionen, wie schon in Innsbruck, suboptimal. Deshalb kreisten seine Gedanken schon seit Tagen um die Schlüsselstellen der Strecke, die jedes Mal ein paar Opfer forderten. So auch im letzten Jahr, als die Rennleitung nach einige Stürzen beim Kramersprung ernsthaft den Abbruch des gesamten Rennens in Betracht gezogen hatte. So weit war es dann doch nicht gekommen, aber es unterstrich den Nimbus der Gefährlichkeit der Kandahar. Trotzdem durfte er sich hier und heute keine schwache Leistung erlauben. Schließlich ging es für ihn um ganz entscheidende Weltcup-Punkte. Da er beim letzten Rennen nicht angetreten war, führte Peter Winkler erneut mit sechzig Punkten die Weltrangliste an. Aber auch andere Läufer, allen voran der US-Amerikaner Ted Mahre und der Norweger Odd Haker, waren mit einem Rückstand von vierzig und fünfundvierzig Punkten auf Marc noch im Rennen um die große Kristallkugel.

Manchmal wünschte sich Marc die Tage zurück, wo er einfach nur aus Freude an der Geschwindigkeit Ski gefahren war und nicht auf der Jagd nach dämlichen Weltcup-Punkten. Jetzt verkam alles zu einer elendigen Rechnerei. Und Mathematik hatte ihm schon in der Schule keinen Spaß gemacht. Die FIS-Regeln besagten, dass in jedem Wettbewerb den besten dreißig Teilnehmern Punkte zugesprochen wurden, und zwar in einer nicht linearen Abstufung: Der Sieger bekam hundert Punkte, der Zweite achtzig, der Dritte sechzig, der Vierte fünfzig, der Fünfte fünfundvierzig, der Sechste vierzig, der Siebte sechsunddreißig, der Achte zweiunddreißig ... danach ging es in

Dreier-, Zweier- und Einer-Schritten weiter bis zum Letzten, der immerhin noch ein einziges Pünktchen einfuhr.

Keine Frage, heute stand viel für ihn auf dem Spiel. Aber mit Andrea an seiner Seite war er hundertprozentig vorbereitet, um die beste Leistung des Winters abzuliefern. Doch jetzt musste er endgültig los. So vorsichtig wie möglich zog er seinen Arm unter Andreas Rücken hervor, schwang beide Beine zur Seite und stand auf. Er schaltete den Wecker seines Handys aus, dann machte er sich mit einem guten Gefühl auf in Richtung Dusche.

Ich habe die ganze Nacht nicht geschlafen. Weil ich in Gedanken immer wieder den Obduktionsbericht und alle andere Erkenntnisse durchgegangen bin und versucht habe, diese verschiedenen Puzzleteile zu einem schlüssigen Gesamtbild zusammenzusetzen. Gegen vier Uhr morgens ist mir das endlich gelungen, und jetzt bin ich mir hundertprozentig sicher, dass ich weiß, wer Frau Frey umgebracht hat! Es gibt unter diesen Umständen einfach keine andere logische Erklärung. Selbst wenn mich dieses Wissen belastet und mir immer noch kein vernünftiges Motiv in den Sinn kommt, um die Tat zu rechtfertigen.

Außerdem fehlt mir bislang leider eine Bestätigung für meine Hypothese. Wie jeder rechtschaffene Mensch brauche ich aber einen hieb- und stichfesten Beleg für die Schuld des heimtückischen Mörders. In der Schweiz gilt, wie in den meisten anderen Ländern auch, die Unschuldsvermutung, die besagt, dass nicht der Beschuldigte seine Unschuld nachweisen muss, sondern die Strafverfolgung seine Schuld. Weshalb es ein Verbrechen ist, jemanden ohne Beweise bei den Behörden anzuschwärzen. Und genau deshalb werde ich mir jetzt diesen Beweis holen. Wenn ich mit meiner Vermutung richtigliege, weiß ich auch schon genau, wo ich danach suchen muss.

Angespannt bis in die Haarwurzeln betrat Marc mit seinem Bodyguard das Startareal, von dem aus er tief unten im Tal Garmisch erkennen konnte. Auch wenn er der gefährlichen Strecke mit Respekt begegnete, wusste er, dass die technischen Schwierigkeiten genau seine Stärke waren. Dort, wo andere Fahrer die Zügel etwas schleifen lassen mussten, würde er sich mit vollstem Risiko hinunterstürzen und im Bestfall genau die Zehntelsekunden gegenüber seinen Gegnern rausholen, die er für den Sieg brauchte.

Der Startrichter winkte ihn zu sich. Marcs Augen waren starr und konzentriert auf die rückwärts tickende Sekundenangabe gerichtet. Er spannte seinen Körper an ... und los. Marc katapultierte sich aus dem Starthäuschen in den Hang, der ihn in vier Kurven zum technisch sehr anspruchsvollen Tröglhang führte. Hier konnte sich das Rennen entscheiden, wenn man die Ausfahrt in das flachere Waldstück, den Schussanger, vergeigte.

Doch heute erwischte er diese Ausfahrt perfekt und konnte das maximale Tempo ins Flache mitnehmen. Mit hundertvierzig km/h schoss er in tiefster Hocke zum Himmelreich und dem Eishang vor, wo die gefährlichen Sprünge lauerten. Es war schattig und die Piste durch die warme Witterung etwas holprig, so konnte Marc kaum die Linie erkennen, die er sich bei der Besichtigung vor drei Stunden so intensiv eingeprägt hatte ... und der Kramersprung war ohnehin schwer einzuschätzen. Die

Linkskurve vor dem Sprung, die eigentlich das Tempo reduzieren sollte, wies einige beängstigend tiefe Schläge auf. Seine Carvingski waren kaum noch zu bändigen. Aber richtige Rennläufer legten in den Kurven eher noch Geschwindigkeit zu, anstatt langsamer zu werden.

Marc spürte, wie sich sein Tempo auf dem Weg zum Sprung mehr und mehr steigerte. In seinem Kopf pulsierte nur ein Gedanke: Arme nach vorn! Sonst hatte er keine Chance, den enorm weiten Sprung zu überstehen. Rücklage vor Sprüngen bedeutete dagegen den sicheren Tod. So viele Unfälle waren schon passiert, weil man instinktiv aus Abwehr oder Angst das Gewicht zu weit nach hinten auf den Ski verlagerte. Doch das galt nicht für ihn: Selbst nach eineinhalb Minuten Renneinsatz war er noch randvoll mit aggressivem Adrenalin. Da blieb einfach kein Raum für Zaudern. Heute verfügte er über die explosive Kraft, auch die schwierigsten Stellen der Kandahar mit vollem Risiko zu meistern.

Den Kramersprung bewältigte Marc mit einem Riesensatz bis fast vor die Kompression. Doch schon während der harten Landung bereitete er sich auf den Freien Fall vor, den steilsten Streckenabschnitt des ganzen Winters mit zweiundneunzig Prozent Gefälle! Er war selbst überrascht, wie leicht es ihm heute fiel, auch in diesem Horrorabschnitt die Hocke zu halten, um schließlich wie eine Gewehrkugel ins Ziel zu fliegen.

Als Marc die Ziellinie passierte, sah er aus den Augenwinkeln, wie die Zuschauer begeistert aufsprangen und ihre Fahnen schwenkten. Es dauerte noch ein paar Sekunden, bis er im Zielraum abgeschwungen hatte, um die Zeittafel in Augenschein zu nehmen. Doch dann konnte er sich freuen. Bestzeit! Das erste Mal, dass er auf der Kandahar führte! Ein tolles Gefühl, auch wenn einige der härtesten Konkurrenten noch oben warteten. Lachend winkte er Andrea zu, die neben Hans stand und seiner Leistung enthusiastisch applaudierte. In diesem Augenblick vergaß er seine momentanen Sorgen und gab sich voll und ganz diesem perfekten Glücksmoment hin.

Zum ersten Mal seit Tagen schneit es im Engadin. Dichte Flocken umtanzen mich, als ich durch den Wald stapfe. Es ist so kalt, dass mein Atem als kleine Dampfwolke vor mir her weht. Als knapp dreijähriges Kind hat mich das derart fasziniert, dass ich meine Mutter gebeten habe, mir die verschiedenen Aggregatzustände von Wasser zu erklären. Aber heute denke ich an andere Dinge: Würde ich tatsächlich in wenigen Minuten den Beweis für die Täterschaft eines Mannes in Händen halten, den ich, seit ich ein Kind war, kenne? Und wenn ja, wem sollte ich diesen Beweis zukommen lassen? Ich kenne leider keinen vertrauenswürdigen Kantonspolizisten in Chur. Und mein Vater ist eindeutig befangen ...

Oder wäre es nicht überhaupt besser, mein Wissen über den Verbrecher unter Verschluss zu halten? Ich glaube nicht an die hundertprozentige Gerechtigkeit der Justiz. Manchmal ist es tragischer und auch angemessener, einen Mörder an seiner eigenen Tat ersticken zu lassen: an der unumstößlichen Gewissheit, dass er ein verachtenswerter Killer ist und an der permanenten Unsicherheit, ob die Tat nicht doch noch entdeckt wird. Ihn – vorausgesetzt, dass er einen inneren moralischen Kompass besitzt – qualvoll an seiner Schuld zugrunde gehen zu lassen. Ist das nicht befriedigender für die Hinterbliebenen, als den Täter in einer gemütlichen Schweizer Gefängniszelle zu wissen? Ich stelle mir

Letzteres jedenfalls – sofern man dort Zugang zu einem Computer und zu Büchern hat – gar nicht so schlecht vor ...

Da! Ein paar Meter weiter sehe ich die knorrige alte Arve, die der vermeintliche Mörder mir auf einer Wanderung vor ein paar Jahren selbst gezeigt hat. Wahrscheinlich hat er nicht damit gerechnet, dass ich seiner aufregenden Erzählung auf den Grund gehen würde. Aber es hat eben auch durchaus Vorteile, ein ungeliebter Außenseiter zu sein. Man verfügt zum Beispiel über einen schier unbegrenzten Vorrat an Freizeit ... und so bin ich schon vor Jahren hinter der Arve rumgeklettert und habe tatsächlich den geheimen Eingang gefunden, von dem mir der Täter berichtet hatte. Damals war es allerdings Sommer, und schon da hatte ich Schwierigkeiten, die verrostete, in Tarnfarben gestrichene Falltür des Einstiegs aufzubekommen. Wie sollte das erst jetzt im Winter werden, wenn Schnee darauf lag? Sicherheitshalber habe ich Vaters Lawinenschaufel in meinen Rucksack gepackt. Zur Not kann ich den Eingang also freilegen.

Doch zu meiner Überraschung liegen nur knapp fünf Zentimeter pudriger Neuschnee auf der alten Falltür. Ich wische sie mit meinem Handschuh beiseite, ziehe kraftvoll an dem eingelassenen Ring, um die Klappe zu öffnen ... und finde mich im nächsten Moment im Schnee wieder. Jemand musste die verrosteten Scharniere erst kürzlich geölt haben, denn die Klappe fliegt geradezu auf, und durch die überschüssige Energie lande ich rücklinks auf meinem Hosenboden! Hm. Auch wenn ich in dem Neuschnee keine Fußab drücke außer meinen eigenen erkennen kann, wirkt das alles sehr verheißungsvoll. Ich bin ganz offensichtlich auf der richtigen Spur!

Nachdenklich betrachte ich das tiefe, dunkle Loch vor mir. An der vorderen Seite sind im Abstand von fünfzig

Zentimetern Metallsprossen angebracht, an denen man hinunterklettern kann. Damals habe ich keine Veranlassung gesehen, mich weiter vorzuwagen, weil ich im Grunde genommen nicht der Mutigste bin. Aber heute zwingt mich mein Pflichtgefühl dazu, diese alberne Furcht vor der Dunkelheit unter mir zu besiegen. Ich atme einmal tief durch, setze mich mit baumelnden Beinen an den Rand und greife nach der ersten Sprosse …

Der Norweger fuhr auf Sicherheit. So viel war klar. Offenbar rechnete er damit, dass die meisten Läufer auf der schwierigen Strecke Fehler machen würden.

»Zu langsam«, sagte Hans. »Der wird dir nicht gefährlich.«

Marc zuckte mit den Schultern. »Mahre und Winkler sind noch oben. Warten wir es ab. Außerdem liegen ja noch einige Rennen vor uns. Die Saison ist noch lange nicht vorbei.«

Der nächste Läufer schied aus. Dann folgte Mahre, der verdammt schnell unterwegs war … auch wenn er Marc nicht ganz das Wasser reichen konnte. Letztendlich reichte es aber trotzdem für einen guten zweiten Platz. Und achtzig Punkte. Es war die aktuelle Weltcup-Führung.

Dann stand Peter Winkler am Start. Gebannt blickten Marc, Andrea und Hans auf den großen Monitor im Zielraum. Peter kam gut weg. Seine bullige und muskulöse Form beschleunigte unaufhaltsam, und seine erste Zwischenzeit war grün. Er war eindeutig schneller als Marc. Mit unvermindertem Tempo kämpfte er sich durch die Strecke und raste wenig später auf den Kramersprung zu.

Doch er erwischte den Absprung nicht richtig. Noch bevor er zu trudeln anfing und sich in der Luft drehte, wusste Marc, dass das nicht gut enden würde ... Auf gespenstische Art und Weise erinnerte ihn alles an seinen eigenen Unfall.

Ich habe mir mein Handy mit eingeschalteter Taschenlampenfunktion zwischen die Zähne geklemmt und klettere langsam und vorsichtig nach unten. Am Anfang bin ich noch etwas ängstlich. Würden diese baufälligen, vor Jahr und Tag angebrachten Sprossen, mein Gewicht tatsächlich tragen? Aber dann merke ich, dass es sich um Schweizer Wertarbeit handelt. Nichts wackelt, alles hält. Die Sprossen sind dafür konzipiert worden, ausgewachsenen Männern auf ihrem Weg ins Freie zu dienen. Sie erfüllen ihre Funktion auch noch heute, rund siebzig Jahre später. Das würde das Schweizer Militär glücklich machen, aber die Damen und Herren in Olivgrün wissen wahrscheinlich gar nicht mehr, dass es diesen alten Bunker gibt. Obwohl er eine wundersame Besonderheit hat.

Dabei gehören militärische Bunker genauso zur Schweiz wie Schokolade und Uhren. Überall gibt es hier ausgehöhlte Berge. Ich bin deswegen extra mal nach Andermatt gefahren. Dort lag bis zum Ende des Kalten Krieges das Zentrum der Schweizer Landesverteidigung. Das Gotthard-Massiv ist eine einzige Festung. Wenn der Feind uns angegriffen hätte, wären die Soldaten dort untergekommen und hätten ihn in einer Art Guerilla-Krieg bekämpft. Doch inzwischen ist die Armee nach vielen Reformen geschrumpft und braucht keine Alpenfestungen mehr. Viele der Bunker sind deshalb in Vergessenheit geraten.

Nach rund fünf Metern spüre ich Boden unter meinen Füßen. Erleichtert drehe ich mich um und sehe mir im Schein der Taschenlampe die Umgebung an. Ich stehe in einem in den Fels gehauenen und mit Beton ausgekleideten Gang. Kalt und dunkel führt er tiefer in den Berg hinein. Es riecht nach Moder und Verwesung. Mit einem mulmigen Gefühl im Bauch schreite ich voran. Was würde ich auf der anderen Seite finden? Würde mir jemand – vielleicht der Mörder – entgegenkommen?

Dann verwerfe ich diesen Gedanken sofort wieder. Der Täter kann schließlich nicht wissen, dass ich ihm auf der Spur bin. Er wähnt sich bestimmt in absoluter Sicherheit. Schließlich sind seit dem Mord schon ein paar Tage vergangen, und niemand hat ihn verdächtigt. Und zur Not habe ich immer noch die Lawinenschaufel im Rucksack. Damit könnte ich mich im Ernstfall verteidigen!

Vorsichtig gehe ich weiter. Die meisten dieser kleinen Bunker haben schon damals über elektrisches Licht verfügt. Als ich nach oben leuchte, sehe ich, dass auch hier an der Decke unverputzte Kabel verlaufen, doch die alle drei Meter angebrachten Fassungen sind leer. Nach rund fünfzehn Metern kommt auf der linken Seite eine Öffnung, dahinter liegt ein größerer Raum mit verfaulten Holzregalen. Wahrscheinlich war darin das Munitionslager untergebracht. Praktisch. So hätten sich die Soldaten auf ihrem Weg nach draußen noch schnell bis unter die Zähne bewaffnen können.

Einige Meter weiter macht der Gang eine scharfe Biegung nach rechts. Außerdem scheint der Weg in die Tiefe zu führen ... Der Mörder hat damals anscheinend nicht gelogen. Es gibt vielleicht tatsächlich einen zweiten Ausgang – der zu einem ganz bestimmten Gebäude in St. Moritz führt. Die Richtung stimmt jedenfalls ...

Plötzlich stolpere ich über etwas Weiches, das am Boden liegt. Um ein Haar wäre ich hingefallen. Als ich den Schein meiner Taschenlampe über dem Hindernis kreisen lasse, gruselt es mich ein wenig: Es ist eine tote Ratte. Igitt! Ich versuche den Gedanken an weitere Nagetiere – möglicherweise lebendige – zu unterdrücken und kämpfe mich voran. Während der Gang weiter geradeaus führt und leicht ansteigt, sehe ich auf der rechten Seite eine Tür. Sie ist dick und gepanzert wie der Eingang eines nuklearen Schutzraums. Und doch steht sie einen Spalt offen.

Ich überlege kurz. Soll ich reingehen und dort nach Indizien suchen? Oder soll ich besser den Gang bis zum anderen Ende verfolgen? Wo ist es wahrscheinlicher, auf ein paar amputierte Hände zu stoßen? Denn genau danach suche ich. Ich bin mir absolut sicher, dass der Mörder sich ebenfalls an den Bunker erinnert und alle Beweise hier verborgen hat. In St. Moritz gibt es ansonsten erstaunlich wenige Verstecke, die nicht von einem Leichenhund erschnüffelt werden können: Der See ist zugefroren. Im Ort und in den Wäldern wimmelt es von Spaziergängern und Skiwanderern mit neugierigen Hunden. Und das belastende Material einfach in einem roten Müllbeutel in den Abfall zu werfen, geht auch nicht, denn der wird vom Abfallbewirtschaftungsverband Oberengadin sehr zeitnah und umweltgerecht getrennt.

Ich entscheide mich für den Raum. Irgendwie scheint mir das die sichere Alternative zu sein. Die Identität des Mörders schockiert mich immer noch. Und ehrlich gesagt habe ich auch ein wenig Angst vor ihm. Schließlich will ich nicht genauso enden wie Frau Frey ... Was ich allerdings gern wissen würde: Womit hat sie den Täter nur so gereizt? Ihn dermaßen in die Enge getrieben, dass er keine andere Möglichkeit mehr gesehen hat, als sie umzubringen? Meiner Mei-

nung nach kann es dabei nicht um die Kunstschnee-Reportage gegangen sein ... Die Rohfassung des Drehbuchs dazu habe ich gelesen. Es ist gut recherchiert und fachlich korrekt geschrieben. Die zusammengetragenen Fakten sind brisant, keine Frage. Ich bin mir sicher, dass sie die Schweizer Öffentlichkeit aufgerüttelt hätten. Aber eines ist das Drehbuch ganz sicher nicht: eine persönliche Anschuldigung! Deshalb verstehe ich immer noch nicht, wie es überhaupt zu der Tat gekommen ist.

Die Tür knarrt, als ich sie weiter aufschiebe. Dahinter liegt ein Raum, der so groß ist, dass der Strahl meiner Taschenlampe ihn nicht ausleuchten kann. Damit ich nicht versehentlich hängen bleibe, stelle ich meinen Rucksack neben der Tür ab. Dann wage ich mich mit kleinen Schritten vor.

Es scheint sich um die ehemalige Schlafstätte der Soldaten zu handeln. Jedenfalls ist der ganze Raum, rechts und links, mit Stockbetten aus Metall flankiert. Auf einigen der Roste liegen noch immer Matratzen. Aber mehrheitlich stehen nur noch die leeren Gestelle herum. Dazwischen hat man einfache, halbhohe Wandschränke aufgestellt. Je weiter ich in den Raum vordringe, umso mehr Betten sehe ich. Wahrscheinlich haben hier einmal mehr als zweihundert Soldaten gehaust. Es muss fürchterlich gewesen sein, auf derart engem Raum mit so vielen anderen Menschen zu schlafen.

Hm. Wo hätte ich als Mörder die abgetrennten Hände versteckt? In einem der Wandschränke? Während ich mich auf den am nächsten gelegenen Schrank zubewege, überlege ich erneut, warum der Mörder seinem Opfer überhaupt die Hände abgetrennt hat. Für mich ist das unlogisch. Das hat ihm doch ein Riesenproblem beschert: Wohin mit den abgeschnittenen Gliedmaßen? Dass er es getan haben könnte, weil er sich vor möglichem Genmaterial unter Frau Freys

Fingernägeln fürchtete, glaube ich nicht. Er muss ganz offensichtlich Handschuhe getragen haben. Sonst hätte man doch seine Abdrücke sicherlich auch auf dem Messer oder sonst irgendwo am Tatort finden müssen. Außerdem ist der Mörder, so wie ich ihn kenne, nicht dumm.

Ich strecke meine Hand aus, um die Tür des Wandschranks aufzuziehen ... als ich ein Geräusch höre! Es klingt fast wie ein Lichtschalter, der ...

Plötzlich ist der ganze Raum hell erleuchtet! Wie ein Ballsaal. Geblendet durch die jähe Helligkeit blicke ich zur Tür. Ich muss ein paarmal blinzeln, um die Gestalt, die dort steht, in allen Details auszumachen. Aber dann reagiert mein Körper mit akutem Stress, und meine Nebenniere schüttet gewaltige Mengen an Adrenalin aus ... Meine Hände zittern wie verrückt und ich habe plötzlich das Gefühl, nicht mehr genügend Luft zu bekommen ...

Denn es ist keineswegs die Person, mit der ich gerechnet habe! Offenbar habe ich mich in einer ganz entscheidenden Annahme getäuscht. Trotzdem kenne ich auch diesen Mann viel näher, als mir lieb ist. Und auch die Waffe, mit der er schussbereit auf mich zielt, ist mir bekannt ...

Er ist von Kopf bis Fuß schwarz gekleidet. Selbst sein Gesicht ist von einer schwarzen Skimütze verhüllt, in die er für Augen und Mund grobe Schlitze hineingeschnitten hat. Es sieht grotesk aus. Theatralisch. Und ... wen will er damit eigentlich hinters Licht führen? Wir wissen doch beide, wer unter dieser Verkleidung steckt!

»Du hättest die Sache auf sich beruhen lassen sollen, Jonas«, sagt er. Seine dunkle Stimme klingt für die dramatischen Umstände, in denen wir uns gerade befinden, erstaunlich gelassen.

»Das kann ich nicht ... ich war mit Frau Frey befreundet«, stottere ich.

»Trotzdem. Frau Frey war im Unrecht. Sie hat versucht, mich zu erpressen, und dafür den entsprechenden Preis gezahlt. Fertig.«

Für einen kurzen Moment bin ich sprachlos. »Sie hat dich erpresst? Aber womit? Was hat sie gegen dich in der Hand gehabt?«

»Das geht dich nichts an. Komm her«, sagt er gebieterisch.

Für einen kurzen Moment bleibe ich stehen und überlege fieberhaft, ob ich eine Chance habe, jemanden hinter meinem Rücken auf dem Handy anzurufen und um Hilfe zu bitten …

Doch er durchschaut meine Absichten. »Hier unten gibt es keinen Empfang, Jonas. Du brauchst es also gar nicht erst zu versuchen. Komm her!«

Geschlagen trotte ich mit schlotternden Knien in Richtung Eingang.

»Gib mir dein Handy!«

Zögernd strecke ich die Hand hinter dem Rücken hervor und reiche es ihm. Er nimmt es mit seiner freien Hand entgegen, drückt sekundenlang auf den »Aus«-Knopf und schiebt es dann in seine Hosentasche. »Was hast du in dem Rucksack?«

»Nur eine Lawinenschaufel«, antworte ich wahrheitsgemäß.

»Gut. Bleib so vor mir stehen, dass ich dich sehen kann.« Während er umständlich in seine hintere Hosentasche greift, bleiben seine Augen hinter den Schlitzen starr auf mich gerichtet. Aber ich bin sowieso nicht dumm genug, einen Fluchtversuch zu unternehmen. Ich weiß, dass er ein ganz exzellenter Schütze ist.

Schließlich zieht er ein paar silberne Handschellen hervor. »Gib mir dein rechtes Handgelenk«, weist er mich an.

Als ich es zitternd hinhalte, befestigt er eine der Handschelle darum und drückt sie schmerzhaft fest zu. »So weit, so gut«, brummt er und zieht mich hinter sich her, zur rechten Seite des Zimmers. Erst jetzt sehe ich, dass dort hüfthoch ein Ring in die Wand einbetoniert ist, an der eine etwa zwei Meter lange, dickgliedrige Metallkette baumelt. Offenbar will er mich wie einen Hund anleinen!

»Wie du siehst, bin ich auf alle Eventualitäten vorbereitet!«, sagt er und verschließt die Handschelle im letzten Glied der Kette.

Jetzt bin ich tatsächlich gefangen. Dem Mörder auf Gedeih und Verderb ausgeliefert. »Was ... was hast du mit mir vor?«, frage ich und hoffe, dass sich meine Stimme in der Realität nicht ganz so ängstlich anhört wie in meinen eigenen Ohren.

»Das wirst du dann schon sehen«, antwortet er ächzend, während er eine der Matratzen zu mir herüberzieht. »Jetzt gehe ich erst mal wieder und lass dich in aller Ruhe darüber nachdenken, ob sich krankhafte Neugierde auszahlt.«

Er sichert die Pistole und steckt sie sich in den Hosenbund. Dann zieht er zu meinem Entsetzen dünne Silikonhandschuhe hervor und lässt sie sich über die Finger schnappen. Im Anschluss kramt er ein gefährlich aussehendes Klappmesser hervor.

Schlagartig ist mir eiskalt. Ich versuche zu schlucken, doch es gelingt mir nicht. Mein Mund ist zu trocken.

Mit einem einschüchternden Geräusch springt das Messer auf. Die Klinge glitzert brutal im hellen Lampenschein. Der Mörder lächelt. »Zunächst, mein lieber Jonas, müssen wir aber leider noch etwas ziemlich Unangenehmes erledigen.«

16. Kapitel

Der Tag zählte eindeutig zu den schlimmsten, die Andrea in ihrem Leben durchmachen musste. Dabei war schon Marcs gestriger Sieg in Garmisch von dem vorzeitigen Saisonende des Österreichers Peter Winkler überschattet gewesen, der sich bei seinem verunglückten Sprung die Seiten- und Kreuzbänder in beiden Knien gerissen hatte. Kurz nach der Siegerehrung durch die frühere Weltcup- und Goldmedaillen-Gewinnerin Rosi Mittermaier war Marc ins Hotel gefahren und hatte keine der anschließenden Feiern zu Ehren seines Siegs besuchen wollen. Diese noble Geste erwies sich im Nachhinein als Geschenk Gottes, denn in dem lauten Party-Trubel hätte Andrea ansonsten vielleicht Albertos Anruf überhört, in dem er sie über das merkwürdige Verschwinden seines Sohns informierte.

Jonas hatte seinen Eltern gestern Morgen einen Zettel mit den Worten »Bin spazieren. Zurück zum Mittagessen!« hingelegt, was offenbar nichts Ungewöhnliches war. Doch dann war er gegen seine normalen Gewohnheiten nicht heimgekehrt. Weder um dreizehn noch um vierzehn Uhr. Als er am späten Nachmittag immer noch nicht nach Hause gekommen war, hatten sich Alberto und seine Frau ernsthafte Sorgen gemacht und begonnen, nach ihm zu suchen. Gegen Abend hatten sich Verwandte und Freunde an dieser Suche beteiligt. Doch bis auf eine

Bäckerei-Verkäuferin, die gesehen haben wollte, dass Jonas gegen acht Uhr morgens in Richtung Wald gegangen war, blieben alle Bemühungen, ihn wiederzufinden, erfolglos.

Nach Albertos Anruf hatte sich Andrea spontan entschieden, ins Engadin zurückzufahren, um ihrem ehemaligem Ausbilder in dieser schweren Situation beizustehen. Marc hatte es sich – trotz des erbitterten Widerstands seines Trainers – nicht nehmen lassen, sie zu begleiten.

»Hans, schlimmstenfalls komme ich am Donnerstag nach Adelboden. Das reicht. Außerdem kann ich genauso gut in Sankt Moritz trainieren«, hatte Marc entgegnet, seinen Bodyguard fürs Erste entlassen und war zu Andrea in den Wagen gestiegen. Dann war er vor Erschöpfung fast augenblicklich auf dem Beifahrersitz eingeschlafen.

Vier Stunden später waren sie auf Albertos Anraten im noblen »Hotel Engadin« abgestiegen, da der Besitzer allen auswärtigen Helfern aus Solidarität mit seinem Gemeinderatskollegen einen Vorzugspreis angeboten hatte. Kurz darauf hatten sie Alberto und seine völlig aufgelöste Frau Tiziana in ihrem Haus in Samedan getroffen.

»Was können wir tun?«, hatten sie sich erkundigt.

Der Oberstleutnant hatte nur traurig den Kopf geschüttelt. »Momentan leider gar nichts. Am besten geht ihr schlafen. Wir können sowieso erst wieder bei Sonnenaufgang weitermachen. Nachts ist eine Suche viel zu gefährlich, gerade bei dem Neuschnee.«

Als sie dann am heutigen Morgen um Punkt sechs Uhr vor Albertos Chalet vorfuhren, war das Haus bereits randvoll mit Polizisten und freiwilligen Helfern. Da in der Nacht mehrere kleine Lawinen abgegangen waren, würde die Bergwacht, zusätzlich zu den schon gestern eingesetzten, mit Wärmebildkameras ausgestatteten Helikoptern auch mit Lawinenhunden nach Jonas suchen. Nachdem Andrea und Marc sich ins Wohnzimmer vorgekämpft hatten, fanden sie Alberto vor einer auf dem Tisch ausgebreiteten Landkarte. Offenbar hatte er die weitere Suche die ganze Nacht über vorbereitet, denn er wies jedem Team eine genau abgegrenzte Parzelle zu. Als Ortsunkundige waren Marc und Andrea gebeten worden, Kopien eines Fotos von Jonas in St. Moritz zu verteilen. Außer Albertos Telefonnummer stand in roten Buchstaben »Hohe Belohnung für Hinweise zu dem Verbleib von Jonas Passini« auf dem Bild. Momentan war es allerdings zu früh für diese Aufgabe. Alle Geschäfte in St. Moritz waren noch geschlossen. Deshalb machte Andrea sich auf, um für Marc und sich eine Tasse Kaffee zu organisieren.

In der Küche traf sie auf Albertos weinende Frau. Bei Andreas Anblick versuchte Tiziana Passini, von der Jonas seine schönen rostroten Haare geerbt haben musste, ihre feuchten Augen mit einem Papiertaschentuch zu trocknen, doch die Tränen kullerten auch gegen ihren Willen weiter.

»Entschuldigen Sie bitte«, sagte Albertos Frau mit einem gequälten Lächeln. Sie war eine schlanke, hochgewachsene Frau mit sympathischen, aber eher herben Gesichtszügen.

»Ich bitte Sie. Das ist doch vollkommen verständlich. Sie sorgen sich um Ihren Jungen. Wäre es Ihnen lieber, wenn ich die Küche wieder verlasse?«

»Nein. Das ist schon okay. Ich muss mich sowieso zusammenreißen. Tränen machen alles nur noch schlimmer.« Frau Passini tupfte noch ein wenig energischer ihre Augen trocken, und schließlich versiegten die Tränen ganz. »Sie brauchen bestimmt einen Kaffee, richtig?«

Andrea lächelte. »Das wäre nicht schlecht. Aber nur, wenn es Ihnen wirklich nichts ausmacht.«

Statt einer Antwort schaltete Frau Passini die Nespresso-Maschine an, öffnete den länglichen Deckel und steckte eine bunte Aluminiumkapsel hinein. Wenig später erfüllte der köstliche Geruch von Kaffee die kleine Küche. Während Andrea bereits an ihrer Tasse nippte, braute die Hausherrin noch einen zweiten Kaffee für sich selbst.

»War Jonas schon einmal verschwunden?«, fragte Andrea, um die traurige Stille mit Worten zu füllen. Es war eindeutig nicht der richtige Moment, um nach einer weiteren Tasse Kaffee für Marc zu fragen.

Frau Passini schüttelte den Kopf. »Nein. Aber ehrlich gesagt ... ich hatte schon länger Angst, dass er eines Tages einmal abhaut.«

»Sie glauben, dass er absichtlich weggegangen ist?«

Albertos Frau seufzte. »Ich weiß es nicht. Aber das Verhältnis zu seinem Vater war immer etwas schwierig.«

»Weshalb?«, fragte Andrea überrascht. Bei dem späten Mittagessen neulich hatten Vater und Sohn doch ziemlich harmonisch gewirkt.

Statt einer Antwort stellte Frau Passini eine Gegenfrage: »Haben Sie auch Kinder?«

»Leider noch nicht, aber ich liebe Kinder und hoffe, dass wir in nicht allzu ferner Zukunft eins oder zwei haben werden.«

Frau Passini musterte sie aufmerksam. »Dann wünsche ich Ihnen, dass Sie und Ihr Partner Ihr Kind so akzeptieren können, wie es ist.«

»Was meinen Sie damit?«

»Die meisten Menschen glauben, dass Kinder nur durch eine konsequente Erziehung und ihre Umwelt geprägt werden, aber ich behaupte, dass sie bereits mit ihrem ganz eigenen Charakter auf die Welt kommen.«

»Sie sprechen von Jonas?«

Frau Passini nickte. »Ich liebe Jonas. Mein Sohn ist ein wirklich wunderbarer Mensch. Intelligent, humorvoll und hilfsbereit. Er kämpft für seine Ideale. Manchmal bis zur absoluten Selbstaufgabe.« Sie legte eine bedeutsame Pause ein. »Aber er ist eben völlig anders als sein Vater. Und Alberto hat stets damit gehadert, dass ausgerechnet er als pragmatischer und sportlicher Mann einen Sohn bekommen hat, der lieber vor dem Computer sitzt oder ein Buch liest, als auf die Jagd oder zum Skifahren zu gehen.«

»Er hat versucht, ihn zu einer Sportskanone umzuerziehen?«, erkundigte sich Andrea behutsam.

»Mit allen Mitteln. Er hat den armen Jungen deshalb sogar zum Psychologen geschickt. Dort hat man nach diversen Tests festgestellt, dass Jonas lediglich hochbegabt ist, was mir schon vorher klar war.«

»Und wie hat sich diese Diagnose auf das Verhältnis von Vater und Sohn ausgewirkt?«

»Es herrscht so eine Art Waffenstillstand. Der Psychologe hat Alberto verboten, Jonas anzuschreien oder ihn gegen seinen Willen irgendwohin mitzuschleppen. Das war ein großer Fortschritt. Und Jonas sollte seinerseits versuchen, etwas extrovertierter zu werden und sich ein paar gleichaltrige Freunde suchen.«

»Hm«, meinte Andrea kritisch und erinnerte sich an ihre eigene Kindheit. »Das ist wahrscheinlich gar nicht so leicht, wenn man selbst andere Interessen verfolgt. Oder irgendwie anders ist als der Rest.«

»Ja, leider. Und Jonas hat, wie viele Hochbegabte, natürlich auch ein paar spezielle Eigenarten. Zum Beispiel fällt es ihm schwer, Menschen richtig einzuschätzen. Und er hasst es, zu lügen, selbst wenn es dabei um so geläufige soziale Konventionen geht, wie jemandem nicht ins Gesicht zu sagen, dass er zugenommen hat.«

»Aber er ist nicht autistisch veranlagt?«

»Nein. Absolut nicht. Er hat nur ein paar Ecken und Kanten.«

»Wie wir alle«, entgegnete Andrea.

Frau Passini nickte. »Das stimmt.«

»Gab es denn einen Grund oder einen Auslöser, weshalb er ausgerechnet jetzt hätte abhauen sollen?«

»Darüber denke ich auch schon die ganze Zeit nach ... Eigentlich nicht. Obwohl sich Alberto und Jonas erst vor Kurzem über diese ›Agenda 2025‹ gestritten haben.«

»Die ›Agenda 2025‹? Was ist das denn?«

»Das ist ...«, setzte Frau Passini ein, doch in diesem Moment ertönte im Nachbarzimmer ein mehrstimmiger Entsetzensschrei, und sie schlug sich angsterfüllt die Hand vor den Mund. Wortlos nahm Andrea ihre Hand.

Als sie das Wohnzimmer erreichten, waren alle noch anwesenden Helfer um den Tisch herumversammelt und starrten fassungslos auf ein geöffnetes braunes Paket, das mittig auf der Landkarte lag.

»Was ist das?«, fragte Frau Passini mit brüchiger Stimme.

Alberto, käseweiß im Gesicht, drehte sich zu ihr um und flüsterte: »Tiziana ... Jonas ist entführt worden. Wir haben gerade eine Nachricht bekommen.«

In diesem Moment erhaschte Andrea einen Blick auf das offene Paket, das außer einem mit Maschinenschrift beschriebenen Blatt Papier Jonas' dunkelroten Zopf enthielt und etwas, das aussah wie ein ...«

Frau Passini schrie auf. »Ein Ohr? Man hat ihm ein Ohr abgeschnitten?!«

In dem Durcheinander, das Frau Passinis hysterischem Schrei folgte, behielten nur Andrea und der Oberstleutnant einen ruhigen Kopf. Marc bewunderte Passinis Haltung, wahrscheinlich wären andere Väter unter diesem Druck zusammengebrochen.

»Nicole, bitte bring Tiziana ins Schlafzimmer«, wies der Polizeibeamte eine dunkelhaarige junge Frau an, die neben ihm stand. »Der Schock und die schlaflose Nacht sind einfach zu viel für sie. Sie muss sich unbedingt ausruhen.«

Nachdem seine Frau ohne Gegenwehr das Zimmer verlassen hatte, wandte sich Passini an die restlichen Anwesenden, die betreten und zutiefst erschüttert seinen Worten lauschten.

»Vielen Dank, dass ihr eure Hilfe angeboten habt, unseren Sohn wiederzufinden, aber jetzt ist leider eine neue Situation eingetreten. Offenbar wird Jonas von einem oder mehreren Verbrechern gefangen gehalten. Die Entführer verlangen ein Lösegeld. Über zwei Millionen Schweizer Franken.« Er schloss für einen Moment die Augen und murmelte: »Als ob ich solche Reichtümer irgendwo rumliegen hätte«, bevor er laut weitersprach: »Alle anderen Einzelheiten werde ich besser mit den Kollegen in Chur besprechen, die auf solche Fälle spezialisiert sind. Ich würde euch deshalb alle, bis auf Max, Reto, Gerhard, Andrea und vielleicht Marc bitten, nach Hause zu gehen und über das gerade Gehörte Stillschweigen zu bewahren. Habt recht herzlichen Dank!«

Stumm verließen die Einheimischen das Zimmer, bis nur noch der Besitzer des »Hotels Engadin«, den Marc noch von früher kannte, zwei ihm unbekannte Männer, Andrea und er selbst um den Tisch versammelt waren.

»Wo hast du das Paket gefunden, Alberto?«, fragte Andrea ruhig.

Passini zeigte auf einen militärisch aussehenden Mann mit Bürstenhaarschnitt. »Gerhard ist rausgegangen, um eine Zigarette zu rauchen. Anscheinend haben die Entführer das Paket einfach so in den Garten gelegt.«

»Die Sache mit Jonas' Ohr ist eine bodenlose Schweinerei!«, brummte der Dicke, der neben Andrea stand. »Wie kann man einem Kind nur so etwas Entsetzliches antun?!«

»Zudem bin ich mir sicher, dass es sich bei der Entführung um eine tragische Verwechslung handelt«, meinte der weißhaarige Reto Hauser mitfühlend. »In der Schweiz weiß doch ein jeder, dass man als Polizist zwei Millionen Franken nicht aus der Portokasse zahlen kann.«

»Nein«, widersprach Andrea. »Ich glaube nicht, dass das ein Versehen ist. Jonas sieht ja nicht gerade wie der Junge von nebenan aus. Ich meine, wie viele männliche Teenager laufen in St. Moritz mit einem roten Zopf rum?«

»Vielleicht hatten sie es auf das rothaarige Kind eines Touristen abgesehen?«, meinte der Mann, den Passini Gerhard genannt hatte.

»Dann hätten sie das Paket aber nicht achtundvierzig Stunden nach Jonas' Verschwinden ausgerechnet in Albertos Garten geworfen! Nein, ich glaube, dass diese Kriminellen es schon ganz speziell auf Jonas abgesehen hatten.«

»Aber weshalb?«, fragte der Mann mit dem dicken Bauch. »Der liebe Junge hat doch keinem etwas zuleide getan.«

»Ja, das ist die Frage.« Andrea nahm sich einen Kugelschreiber vom Tisch und rückte damit den beschriebenen

Zettel so zurecht, dass sie den gesamten Wortlaut entziffern konnte.

Wir haben Ihren Sohn in unserer Gewalt. Gegen die Zahlung von CHF 2 Millionen lassen wir ihn wieder frei. Wenn Sie den Betrag nicht zahlen oder die Polizei einschalten, werden wir Ihnen Jonas stückchenweise zurückgeben. Als Beweis, dass wir diese Drohung durchaus ernst meinen, haben wir schon mal seinen Zopf und sein linkes Ohr beigefügt.

»Ist das nicht eher ungewöhnlich, dass man der Geisel schon vor der eigentlichen Lösegeldverhandlung Schaden zufügt?«, meinte Marc nachdenklich. »Dann hat man doch jeglichen guten Willen der Angehörigen bereits verspielt.«

Alberto wurde noch eine Schattierung bleicher. »Vielleicht wollten sie ihrer Forderung einen besonderen Nachdruck verleihen.«

»Du meinst, dass sie es eilig haben, die Geldübergabe abzuschließen?«, fragte Gerhard.

»Ja, obwohl ... im Grunde genommen macht das doch alles, der ganze Text, keinen Sinn! Wie, zum Beispiel, kann ich die Polizei *nicht* einschalten, wenn ich selbst die Polizei bin?«, meinte Alberto bitter.

»Das ist wirklich sehr merkwürdig. Auch dass sie keine weiteren Einzelheiten zur Geldübergabe in das Schreiben aufgenommen haben. Oder zumindest wann und wie sie dich wieder kontaktieren wollen!« Andrea betrachtete angeekelt das blutverschmierte Ohr. »Bis auf diese unglaubliche Brutalität, die die Kidnapper an den Tag legen, wirkt die ganze Entführung sehr amateurhaft.«

»Finden Sie?«, erkundigte sich der stoische Gerhard nachdenklich.

»Absolut. Ich würde sogar noch einen Schritt weitergehen: Irgendwie scheint mir das gar keine richtige Entführung zu sein. Also zumindest keine, wo es den Kidnappern ausschließlich um Geld geht. Das Schreiben wirkt mehr wie aus einem billigen Thriller abgekupfert. Deshalb hat man auch den unsinnigen Bezug zur Polizei übernommen, obwohl Alberto für die Kantonspolizei arbeitet. Nein, für mich hat das Ganze eher mit dem Mordfall Frey zu tun. Jonas war mit dem Opfer bekannt. Vielleicht hat er irgendetwas gesehen oder rausgefunden, was dem Mörder zu heiß geworden ist.«

Reto Hauser nickte. »Ja, ich glaube, Sie haben recht. Es macht keinen Sinn, den Sohn eines Oberstleutnants zu entführen. Wenn es den Kidnappern nur um Geld gegangen wäre, gäbe es in Sankt Moritz und Umgebung sicherlich lohnendere Ziele.«

Für ein paar Minuten senkte sich eine grüblerische Stille über alle Anwesenden. Dann fragte Marc: »Und was passiert jetzt?«

Alberto räusperte sich. »Zunächst muss ich der Bergwacht Bescheid geben, dass sie umgehend ihre Suche abbrechen. Jonas ist ganz gewiss nicht unter einer Lawine begraben. Dann werde ich meine Kollegen in Chur anrufen. Dort gibt es eine auf Entführungen spezialisierte Sondereinheit, die umgehend eingeschaltet werden muss. Danach werde ich am Telefon auf die Anweisungen der Entführer warten.«

»Du weißt, dass ich dir das geforderte Geld jederzeit leihe«, betonte Hauser ernst.

»Ich natürlich auch«, echote der Mann mit dem Schmerbauch. »Jonas ist schließlich mein Patenkind.«

»Ja, das weiß ich. Danke!« Ein dankbares Lächeln umspielte Passinis Mund, bevor seine Lippen wieder zu einer vor Anspannung zusammengepressten harten Linie wurden.

Auch Marc war positiv überrascht über dieses Zeichen uneingeschränkter Solidarität. Aber der Besitzer eines Luxushotels hatte wahrscheinlich auch mehr auf der hohen Kante als ein Polizist.

»Wie können wir dich am besten unterstützen?«, fragte Andrea.

Passini dachte für einen Augenblick nach. »Ich glaube, das Beste wäre, wenn du dich weiterhin um die Ermittlungen im Fall Frey kümmern würdest. Marc steht schließlich immer noch unter Verdacht, und ... hattest du nicht für morgen den Termin in Salzburg ausgemacht?«

Andrea nickte. »Ja, ehrlich gesagt halte ich das auch für den richtigen Weg. Falls du mich hier brauchst, kann ich aber jederzeit zurückkommen.«

Der Oberstleutnant nickte. »Übrigens habe ich ganz vergessen, dir zu erzählen, dass Lüthy den Ansprechpartner von Frau Frey bei der TU Wien ausfindig gemacht hat. Es ist ein gewisser Professor Weidinger. Ich schicke dir seine Kontaktdaten später aufs Handy.«

»Danke, aber das war jetzt wirklich deine letzte Amtshandlung. Unter den aktuellen Umständen wirst du dich doch hoffentlich von dem Mordfall entschuldigen lassen?«, erkundigte sich Andrea respektvoll.

Passini klang resigniert, als er antwortete: »Nein, ich glaube nicht. Ich habe die Ermittlungen bisher zentral geleitet, und es wäre ineffizient, einen meiner Kollegen in die verschiedenen Aspekte einzuweisen. Das Risiko, dass bei der Übergabe wertvolle Informationen verloren gehen, ist mir einfach zu groß.«

»Okay. Wie du meinst«, antwortete Andrea. Marc war sich nicht sicher, ob die anderen Anwesenden ebenfalls die Skepsis in ihrer Stimme bemerkten.

Es gibt Momente, da hilft auch das Zählen von Primzahlen nicht mehr gegen eine Panikattacke. Wenn die pochenden, fast unerträglichen Kopfschmerzen und die Angst vor der nächsten Begegnung mit dem Ohrabschneider so übermächtig werden, dass man nur noch von einem Atemzug bis zum nächsten lebt. Zusammengerollt wie ein Fötus, liege ich auf der harten, stinkenden Matratze und weine. Für eine ziemlich lange Weile.

Doch irgendwie geht es immer weiter. In meinem Fall rühren sich sehr menschliche Bedürfnisse. Und so rapple ich mich auf, krabbele auf allen vieren so weit, wie es die Eisenkette zulässt, und erleichtere mich. Der ganze Kopf tut mir weh. Nicht nur die pochende Wunde, wo sich früher der äußere Teil meines Ohrs befunden hat. Der Mörder hat nach der Verstümmelung originalverpacktes Schmerzmittel, Verbandszeug und eine Flasche Wasser an meinem Lager zurückgelassen, aber ich scheue mich, diese Dinge zu benutzen. Sie könnten verunreinigt oder vergiftet sein. Nein, da halte ich lieber die Schmerzen aus. Zumal die Wunde sowieso erstaunlich wenig geblutet hat.

Obwohl mein Kopf mich fast umbringt und auch die sonstigen Bedingungen alles andere als ideal sind, versuche ich durch leises Fingerschnipsen mein Hörvermögen zu testen. Es scheint glücklicherweise trotz des Verlusts der Muschel nicht gelitten zu haben. Dieses Wissen ist tröstlich und gibt mir die Kraft, über andere Sachen nachzudenken. Zeit genug habe ich ja. Auch wenn ich seit dem Verlust meines

Handys nicht mehr weiß, ob es gerade Tag oder Nacht ist, denn das elektrische Licht in meinem Gefängnis bleibt permanent eingeschaltet. Ich meine, gelesen zu haben, dass Guantanamo-Gefangene unter ähnlichen Bedingungen einen längeren Wachzyklus entwickelt und nur alle sechsunddreißig Stunden geschlafen haben. Das ist aber sowieso egal, denn ich nehme nicht an, dass mir überhaupt noch Zeit zum Schlafen bleibt ...

Plötzlich arbeitet mein Gehirn wieder auf Hochtouren, und ich versuche, meine scheinbar ausweglose Situation – trotz der Kopfschmerzen und der mich lähmenden Angst – so akkurat wie möglich zu analysieren. Die Tat des Mörders hat mich vollkommen überrascht ... denn zunächst hatte er nach meinem Zopf gegriffen. Während er meinen Kopf brutal zur Seite gerissen hat, habe ich ihn noch verzweifelt angefleht, mir die langen Haare nicht abzuschneiden, weil sie für mich ein Symbol des ewigen Wachstums der Natur seien.

»Du verdammter Öko-Faschist!«, hat er daraufhin gebrüllt und mir mit zwei schnellen Griffen – sein Klappmesser musste eine rasiermesserscharfe Klinge besitzen – das Ohr abgeschnitten. Es hat wie Feuer gebrannt, und in dem plötzlich einsetzenden Schmerz habe ich gar nicht mitbekommen, dass er mir den Zopf auch noch geraubt hat.

Im Grunde genommen ist es wie beim Schach. Man muss versuchen, den nächsten Zug des Gegners zu erahnen und sich auf sein Endspiel vorzubereiten ... Doch genau hier liegt das Problem. Ich meine, sein »Endspiel« bereits zu kennen: Es ist mein Tod. Er muss sich darüber bewusst sein, dass ich seine Identität durchschaut habe. Trotz der Maske. Seine Statur und seine Stimme verraten ihn. Wenn er mich jemals wieder freiließe, würde ich mich umgehend an die Polizei wenden, um ihn anzuzeigen und verhaften zu lassen. Er kann nicht damit rechnen, dass ich aus Mitleid oder Solidarität meinen Gerechtigkeitssinn unterdrücke. Vielleicht könnte ich ihm meine eigenen Schmerzen und den Freiheitsentzug verzeihen, aber den Tod von Frau Frey? Niemals! Und ich bin mir sicher, dass er die Lage richtig einschätzt. Er ist vielleicht verschlagen und gemein, aber keineswegs dumm. Deshalb ist mein Tod der einzig gangbare Weg für ihn, sonst kommen alle seine Taten heraus. Es gibt keine Alternative. Und diese düsteren Aussichten machen mir zu schaffen.

Eine Sache wundert mich trotzdem: Warum lässt er sich so viel Zeit mit dem Unausweichlichen? Warum hat er mich nicht schon längst getötet? Schiebt er die Tat vor sich her, weil sie ihm unangenehm ist? Oder steckt ein tieferer Sinn dahinter? Eine taktische Abwägung? Erfüllt mein lebendiger Körper noch irgendeinen Zweck für ihn? Erhofft er sich durch meine einigermaßen unversehrte Herausgabe sicheres Geleit für eine mögliche Flucht? Er scheint mir gar nicht der Typ zu sein, der den Rest seines Lebens ein Damoklesschwert über seinem Kopf ertragen könnte.

Plötzlich höre ich, wie sich jemand an der Tür meines Gefängnisses zu schaffen macht! Bedeutet das, dass ich jetzt sterben muss? Oder ist – gegen jede Vermutung – Rettung im Anmarsch? Die Hoffnung stirbt ja bekanntlich immer zuletzt …

17. Kapitel

Andrea warf einen amüsiert-nachdenklichen Blick auf den Beifahrersitz. Marc hatte vorgegeben, sie nach Salzburg begleiten zu müssen, weil sie angeblich zu müde für die fünf Stunden lange Fahrt sei und er sie wachhalten müsse … Jetzt war er keine vierzig Kilometer nach der Abfahrt selbst eingeschlafen. Typisch. Auf der anderen Seite kam ihr die damit einhergehende Ruhe gerade recht. Sie wollte sich noch einmal in aller Genauigkeit den Mordfall durch den Kopf gehen lassen – und eine andere Sache beschäftigte sie ebenfalls seit heute Morgen: Warum wollte Alberto trotz der Entführung seines Sohnes die Zügel der Ermittlungsleitung nicht aus der Hand geben? Hatte er etwas zu verbergen? Der Grund, den er selbst als Begründung anführte, machte nämlich einfach keinen Sinn. Bei der Polizei bestand – gerade für einen solchen Ermittlerwechsel – eine ganz ausführliche Dokumentationspflicht aller wichtigen Erkenntnisse, die sicherstellen sollte, dass eine Tat zur Not auch von einem anderen Beamten aufgeklärt werden konnte. Hatte Alberto also in dieser Beziehung geschlampt? Oder gab es einen anderen Grund für seine Weigerung?

Unwillkürlich musste sie an die Worte von Tiziana Passini denken. War Alberto wirklich nicht gut mit seinem Sohn ausgekommen? Manche Familienkonstellationen waren kompliziert. Ihre Großmutter war auch nicht immer einfach gewesen und hatte oft geschrien, wenn ihr etwas nicht recht gewesen war. Aber eigentlich hatte sie Alberto immer als einen ruhigen und gelassenen Menschen kennengelernt. Doch empfand nicht jeder Mensch unterschiedliche Situationen als stressig? Der eine rastete im Stau aus, der andere, weil sein Lieblingstisch in der Kantine besetzt war. Jeder hatte einen anderen Auslöser, um durchzudrehen. War Alberto an seinem schlauen, aber unsportlichen Sohn verzweifelt? Hatte er deshalb so relativ gefasst auf Jonas' Entführung reagiert?

Augenblicklich hatte Andrea ein schlechtes Gewissen, dass sie Alberto, der sich immer sehr großherzig ihr gegenüber gezeigt hatte, so ein mieses Verhalten unterstellte. Aber er selbst hatte sie in seinen Kursen auf der Polizeischule gelehrt, auf ihr Bauchgefühl zu hören und keinen möglichen Verdächtigen außer Acht zu lassen. Da! Jetzt hatte sie den Gedanken zum ersten Mal zu Ende gedacht: Konnte Alberto etwas mit der Entführung seines eigenen Jungen zu tun haben? Hatte er sie am Ende nur nach Salzburg geschickt, um sie aus dem Weg zu haben?

Andrea ließ noch einmal alle Fakten Revue passieren, die sie bislang gehört hatte, und kam zu dem Schluss, dass Alberto die Entführung seines Sohnes – rein theoretisch – tatsächlich hätte vortäuschen können. Sie hatte schon von mehreren Fällen gehört, bei denen Eltern mit ihrem Kind Streit gehabt hatten und die Tochter oder der Sohn infolgedessen unbeabsichtigt – durch ein Schubsen oder ähnliches – zu Tode gekommen war. Einige dieser Eltern hatten dann versucht, die Tat beziehungsweise den Unfall einem anonymen Kidnapper in die Schuhe zu schieben. Wollte Alberto also mit dem abgeschnittenen Ohr und dem vage formulierten Schreiben von sich selbst ablenken? Frei nach dem Motto: »Ich wäre doch nicht so dumm reinzuschreiben: ›Schalten Sie nicht die Polizei ein‹, wenn ich selbst die Polizei bin!«

Andrea nahm sich vor, die ganzen Ungereimtheiten im Hinterkopf zu behalten und die weiteren Entwicklungen abzuwarten. Aber in der Tiefe ihres Herzens traute sie Alberto so ein schäbiges Verhalten nicht zu.

Nach diesen eher müßigen Überlegungen zu einem Fall, der sie gar nichts anging, kehrte Andrea zu dem Mord an Lara Frey zurück. Doch auch hier gab es mehr als eine Baustelle: Obwohl sie jetzt das Thema der Reportage kannte – Kunstschnee –, war sie noch immer keinen Deut schlauer, was das mögliche Motiv für den Mord anging. Und solange sie keine Ahnung hatte, was das »Weshalb« betraf, fiel es ihr schwer, sich auf einen geeigneten Verdächtigen zu konzentrieren. So einfach war das. Oder war sie völlig auf dem Holzweg? Hatte der Mord am Ende gar nichts mit Umweltschutz zu tun? Hatte sie Frank Wilhelm zu leicht vom Haken gelassen? War er doch ein besserer Schauspieler, als sie ihm zutraute? Irgendwie hatte sie die ganze Zeit über das Gefühl, etwas Wichtiges zu übersehen. Aber was?

Im Geiste ging sie noch einmal alles durch, das ihr merkwürdig vorkamen. Erstens: Warum hatte der Mörder seinem Opfer die Hände abgeschnitten? Wo hatte er die Gliedmaßen entsorgt? Niemand lief doch mit dem blutigen Beweis seiner Schuld durch ein Luxushotel! Außerdem hatte die Polizei bereits unmittelbar nach der Entdeckung der Leiche den Tatort danach abgesucht und nichts gefunden. Am Tag darauf hatten sogar Leichenhunde das ganze Hotel durchstöbert und ebenfalls keine Spur ausfindig gemacht ... Wo also waren diese verdammten Hände?

Zweitens: Warum hatte Frau Frey im Hotel gewohnt, wenn ihr Freund nur zehn Kilometer entfernt ein Chalet besaß? Hatte sie sich ernsthafter mit ihm gestritten, als Wilhelm zugeben wollte? Oder wollte sie sich mit jemandem treffen, der in St. Moritz oder gar im Hotel wohnte? Hatte sie diesem Jemand das signierte Buch mitgebracht, das Wilhelm erwähnt hatte? Alberto war noch einmal durch die Akten gegangen und hatte ihr versichert, dass man kein Buch in Frau Freys Gepäck gefunden hatte.

Und drittens: Wo steckte die verlorene SIM-Karte? Hatte der Mörder oder Frau Frey sie selbst aus dem Telefon entfernt? Wie lautete das Apple-ID-Passwort?

So viele Fragen und nicht eine Antwort! Andrea wollte sich weiter das Gehirn zermartern, da wachte Marc auf. »Sind wir schon das?«, murmelte er verschlafen.

»Nein, du Dornröschen, sind wir noch nicht!«, antwortete sie mit einem Grinsen.

Marc lächelte. »Ich hoffe doch sehr, dass Dornröschen im wahren Leben etwas graziler war als ich. Sonst tut mir der arme Prinz leid.«

»Der hatte doch ein Pferd, um Dornröschen zu transportieren.«

»Es ging mir jetzt eigentlich nicht um den Transport ... aber gut.« Marc dehnte seine Muskeln, so gut es die beengten Raumverhältnisse zuließen. »Soll ich dich ablösen?«

Andrea gähnte. »Keine schlechte Idee! Ehrlich gesagt würde mir ein bisschen Schlaf auch guttun.«

Er ist diesmal ohne seine Maske gekommen. Ich werte das als schlechtes Zeichen. Mein Tod muss unmittelbar bevorstehen. Doch dann reicht er mir lediglich eine Styroporbox und einen Löffel. Offenbar meine Henkersmahlzeit.

»Wie spät ist es?«, frage ich ihn.

»Zeit, deine Klappe zu halten«, antwortet er rau.

Ich verstumme. Doch plötzlich überkommt mich der Mut der Todgeweihten. Weshalb soll ich schweigen, wenn er mich so oder so umbringen wird?

»Warum machst du das alles?«, erkundige ich mich.

»Das geht dich nichts an.«

»Ähm ... irgendwie schon. Wenn ich deswegen sterben muss, kannst du mir doch wenigstens verraten, womit dich Frau Frey erpresst hat.«

Er sieht mich durch wütend zusammengepresste Lider an. »Du kleiner Scheißer hast echt ein Disziplinproblem. Wahrscheinlich sollte ich dir mal eine richtige Lektion erteilen.«

»Glaubst du wirklich, das abgeschnittene Ohr war noch nicht Lektion genug?« Ich bin selbst erstaunt über meine eigene Schlagfertigkeit. Offenbar scheint die akute Todesangst meine Sinne zu schärfen.

Statt einer Antwort zieht er das Klappmesser aus seiner Tasche.

Und genau in diesem Moment erlischt mein draufgängerischer »Hunde, wollt ihr ewig leben«-Mut wieder. Er verlässt mich genauso schnell, wie er gekommen ist.

Der Mörder lässt das Messer aufspringen. Die Klinge glitzert. Er macht einen Schritt auf mich zu und sieht mich dabei abwägend an, so, als würde er überlegen, welches Körperteil er mir als Nächstes abschneiden sollte.

Ich mache mir vor Angst fast in die Hose.

»Dein Glück, dass ich gerade keine Zeit habe«, flüstert er. »Aber aufgeschoben ist in diesem Fall ganz sicher nicht aufgehoben. Wir sehen uns, Jonas!«, droht er und lässt das Messer wieder einschnappen. Dann dreht er sich um und geht mit raschen Schritten zur Tür.

Ich atme erst wieder, als er den Raum verlassen hat. Und

es dauert bestimmt eine weitere Viertelstunde, bis ich die Kraft habe, den Deckel der Styroporbox zu öffnen und reinzuschauen. Es ist kalter Reis. Obwohl ich mir geschworen habe, nichts von dem anzurühren, was er mir gibt, breche ich meinen Vorsatz augenblicklich. Mein Hunger ist stärker. Ich leere die Box bis auf das letzte Reiskorn. Anschließend öffne ich die Wasserflasche und trinke sie zur Hälfte leer. Zu guter Letzt nehme ich zwei Schmerztabletten. Danach geht es mir besser. Außerdem, selbst wenn das Zeug vergiftet ist: Wenn man mir die Wahl lässt, ob ich lieber von einem Messer zerstückelt oder durch Nahrung und Medizin vergiftet werden will, würde ich inzwischen die zweite Option wählen.

Mit halbwegs vollem Bauch lege ich mich auf meine dreckige, nach Moder stinkende Matratze und starre auf die Betondecke über mir. Aus dem Augenwinkel heraus sehe ich den einbetonierten Ring, an dem ich festgekettet bin. Der Beton rund um den Ring ist heller als der an der Decke. Wahrscheinlich wurde der Ring erst kürzlich angebracht, vielleicht sogar schon mit der Absicht, mich oder jemand anderen hier unten festzusetzen.

Plötzlich kommt mir eine Idee. Ich setze mich auf und greife nach dem Metalllöffel, den mir der Mörder zusammen mit dem Reis gebracht hatte. Werde ich damit den frischen Beton so abkratzen können, dass sich der Ring irgendwann lösen lässt? Dann wäre ich frei ... Die schwere Tür zu meinem Gefängnis hat weder ein Schloss noch einen Riegel!

Mit klopfendem Herzen greife ich nach dem Löffel. Meine Lebensgeister sind wieder geweckt, und ich schöpfe gegen jede Vernunft neue Hoffnung ...

Als sie im winterlich verschneiten Salzburg ankamen, überredete Marc Andrea, in einem weiteren Fünfsternehotel abzusteigen. Das »Bristol« lag günstig am Makartplatz in der Altstadt und damit in unmittelbarer Entfernung zu dem Büro von »Rettet die Alpen«. Außerdem versprühte es einen wunderbaren Alte-Welt-Charme und würde sie bestimmt für ein paar Stunden von allen Problemen ablenken. Nachdem sie sich umgezogen hatten, gingen sie im hoteleigenen Restaurant essen. Marc nahm Andrea vorsichtshalber die Speisekarte weg und bestellte für sie beide das »Degustations-Menü«. Die Preise hätten ihr ansonsten wahrscheinlich den Appetit verdorben.

Nach einem vorzüglichen Frühstück und Marcs obligatorischem Meldeanruf bei der Churer Kapo, bei dem er sich diesmal auch – leider vergeblich – nach Neuigkeiten zu Jonas Passini erkundigte, wanderten sie am nächsten Morgen die wenigen Meter zu »Rettet die Alpen«, das in einer etwas runtergekommenen Zweizimmerwohnung untergebracht war und hauptsächlich aus mehreren Schreibtischen, Computern und Telefonen zu bestehen schien. Simon Stadler, mit dem Andrea telefoniert hatte, stellte sich als ein schmaler, dunkelhaariger Jungspund heraus, der eine randlose Brille trug und auf den ersten Blick sehr sympathisch wirkte. Nachdem Andrea ihm die ganze Situation und ihr Anliegen geschildert hatte, lud Stadler sie ein, Platz zu nehmen.

»Natürlich erinnere ich mich noch an Lara Frey. Sie war sehr hübsch und wirklich gut informiert.«

»Warum wollte sie sich mit Ihnen treffen?«

»Wir sind eine Nichtregierungsorganisation, die sich mit allen Umweltschutzbelangen der Alpen befasst. Unsere Aufgabe besteht darin, möglichst viele Menschen über die Gefährdung unserer Bergwelt durch den aktuellen Klimawandel zu informieren und gezielt wissenschaftliche Erkenntnisse an Schlüsselstellen weiterzuleiten. Sofern unsere Mittel reichen – wir werden leider ausschließlich über private Spenden finanziert –, geben wir auch selbst Studien in Auftrag. Soweit ich mich erinnere, hatte Lara um ein Gespräch gebeten, weil sie an einer Reportage arbeitete.«

»Können Sie sich noch an das Thema der Reportage erinnern?«, erkundigte sich Marc.

Stadler nickte. »Ja, klar, es ging um Kunstschnee.«

»Hätte Lara zu diesem Thema nicht auch mit einer anderen Organisation sprechen können?«

»Bestimmt. Aber wir haben einen ziemlich guten Draht zur Presse und werden oft in Artikeln und Fernsehbeiträgen zitiert. Wahrscheinlich ist sie deshalb zu uns gekommen.«

»Und worüber haben Sie da genau gesprochen?«, hakte Andrea mit einem Lächeln nach.

»Ich habe ihr alles Wissenswerte zu diesem Thema vermittelt. Nichts Besonderes. Einfach nur alles, was mir zum Thema Kunstschnee eingefallen ist. Es war eine Art Standard-Vortrag.«

»Wären Sie so freundlich und würden uns bitte das Gleiche erzählen?«

Stadler blinzelte durch seine Brille. »Sicher. Aber glauben Sie wirklich, dass unser Treffen irgendetwas mit Laras Tod zu tun hat?«

»Natürlich verdächtigen wir nicht Sie persönlich, Frau Frey umgebracht zu haben, aber wir können nicht ausschließen, dass das Mordmotiv im weitesten Sinne etwas mit Umweltschutz zu tun hat. Daher würden wir uns gern den Informationsstand aneignen, auf dem Frau Frey damals war.«

»Außerdem wurde vorgestern der Sohn –«, setzte Marc an.

Doch Andrea warf ihm einen bedeutsamen Blick zu. Offenbar wollte sie nicht, dass er Jonas' Entführung erwähnte. Stattdessen lächelte sie Stadler an. »Würden Sie uns dabei behilflich sein?«

»Sicher! Ich helfe Ihnen gern. Ich war ziemlich erschüttert, als ich von Laras Tod gelesen habe ...«

»Vielen Dank. Wir wissen Ihr Bemühen wirklich zu schätzen.«

»Gut, also ...« Stadler schien sich zu sammeln, auf seiner jugendlich-glatten Stirn bildete sich eine Sorgenfalte. Dann fuhr er fort: »Durch die Klimaerwärmung liegen viele Skigebiete – rein klimatisch gesehen – rund dreihundert bis vierhundert Meter tiefer als noch vor einigen Jahrzehnten. Das bedeutet, dass wir nicht mehr weiße Weihnachten haben, sondern in den Winterferien teils frühlingshafte Temperaturen vorherrschen, bei denen es natürlich keinen Schnee gibt. Mittlerweile werden deshalb rund neunundvierzig Prozent der Pisten in der Schweiz technisch beschneit. In Österreich sind es bereits sechsundsechzig Prozent und in den italienischen Alpen müssen einzelne Gebiete sogar zu hundert Prozent von Schneekanonen versorgt werden.«

Andrea nickte beeindruckt.

»Wie gesagt, in den Alpen nehmen die Schneefälle größtenteils seit Jahren ab, das belegen die Aufzeichnungen von Klimatologen ganz deutlich. Ohne Schneekanonen läuft da für den Skisport vielerorts nicht viel. Skiorte, die ihre Existenz bedroht sehen, wollen natürlich den Wintersport vor der Klimaerwärmung retten und investieren wie entfesselt in die ökologisch kritisch zu beurteilende Kunstschneeerzeugung.«

»Hm, aber ist Kunstschnee wirklich so gefährlich? Das ist doch nur ein wenig Wasser, das da auf die Pisten gesprüht wird«, erkundigte sich Marc. »Und im Frühjahr schmilzt dann alles wieder.«

»Ein wenig Wasser? Man braucht ungefähr zweihundertachtzig Milliarden Liter Wasser im Jahr, um alle Beschneiungsanlagen der Alpen zu betreiben. Das ist schon extrem viel Wasser. Und natürlich haben Sie recht, im Frühling schmilzt es wieder – aber das Negative daran sind die vielen Speicherbecken, die allerorts in die unberührte Natur gebaut werden müssen. Und die Rohre, die man unter den Pisten verlegt, um das Wasser zu den Schneekanonen zu transportieren, und der Stromaufwand, mit dem das Wasser nach oben gebracht werden muss.«

»Das verstehe ich. Aber der Kunstschnee selbst hat doch keine unmittelbar negativen Auswirkungen auf die Natur. Oder doch?«

Stadler presste nachdenklich seine Fingerspitzen aneinander. »Es kommt darauf an, wie Sie ›negativ‹ definieren. Das Davoser Institut für Schnee- und Lawinenforschung führte von 1999 bis 2001 ein Forschungsprojekt durch, um die Auswirkungen von Kunstschnee und Schneezusätzen auf die Vegetation zu analysieren. Dabei hat man festgestellt, dass die Schneedecke auf Kunstschneepisten wesentlich dicker ist und zweimal so viel Wasser enthält wie Naturschneepisten. Das Kunstschneeschmelzwasser weist auch viermal mehr Mineralien und Nährstoffe auf. Dadurch kann sich die Vegetationszusammensetzung ändert. Etwas direkter ausgedrückt: Auf einmal verdrängt gewöhnlicher Löwenzahn die herkömmliche alpine Vegetation. Als Umweltschützer, der auf Artenvielfalt bedacht ist, würde ich das als sehr negativ bewerten.«

»Okay, das kann ich nachvollziehen«, brummte Marc.

»Und damit kommen wir zum eigentlichen Problem, also zumindest aus ökologischer Sicht.« Stadler rückte sich in einer dramatischen Pause die Brille zurecht. »Für einen einzigen Hektar Kunstschnee mit einer Mindestschneehöhe von dreißig oder vierzig Zentimeter werden ungefähr zwanzigtausend Kilowattstunden Energie verbraucht. Im Vergleich: Ein durchschnittlicher Vierpersonenhaushalt benötigt in einem Jahr nur circa viertausend Kilowattstunden. Der Energieverbrauch ist also riesig. Und es handelt sich dabei um ein Fass ohne Boden, denn die Situation wird ja durch die stetige Erderwärmung immer schlimmer. Wir rechnen damit, dass die Kunstschneeproduktion in den kommenden fünfzehn Jahren mindestens um ein Drittel erhöht werden muss, um den nicht mehr vorhandenen normalen Schnee zu ersetzen.«

»Das ist ja Wahnsinn«, kommentierte Marc geschockt. Diese Zahlen waren ihm bislang nicht bekannt gewesen. »Sind denn alle Verfahren, die man zur Kunstschneeherstellung verwendet, gleich schlecht?«

»Nein«, erwidert Stadler. »Statisch fassen wir der Einfachheit halber alle technischen Verfahren unter dem Begriff ›Schneekanone‹ zusammen, obwohl es eigentlich verschiedene Modelle gibt: Zum einen ist es da die Propellerkanone, das europaweit am häufigsten eingesetzte Verfahren, das leider auch das energieintensivste ist. Und dann sind da noch die Schneilanzen, die das Wasser am geräuschärmsten zu Schnee zerstäuben. Und um Ihre Frage zu beantworten: Die Verfahren verbrauchen alle zu viel Wasser und Energie. Aber in Bezug auf die Größe des Problems gesehen, tragen sie nicht mehr oder weniger dazu bei. Auch wenn es seit Kurzem ehrenvolle Bemühungen gibt, diesen Konsum einzuschränken, wie zum

Beispiel durch den in der Schweiz entwickelten Prototypen ›Nessy Zero E‹, der statt Strom den natürlichen Wasserdruck eines Stausees verwendet.«

»Gibt es denn keine ökologisch verträgliche Methode, um den Skisport zu retten?«

»Am besten wäre es, weltweit auf erneuerbare Energien umzusteigen, um so den Klimawandel zu verlangsamen. Aber um ihre Frage zu beantworten: Wenn man den Skisport nicht ganz aufgeben will, wird man zukünftig nicht ohne Kunstschnee auskommen, doch man sollte in die Erforschung von möglichst strom- und wasserverbrauchsarmen Technologien investieren. Außerdem könnte man über ein Öko-Siegel für Wintersportorte nachdenken, die sich für eine bessere Umweltverträglichkeit des Wintersports einsetzen.«

»Und aktuell gibt es keine alternative Methode?«, hakte Marc nach.

Stadler verzog das Gesicht. »Es gibt auch noch das Snowfarming. Dabei wird an kalten Wintertagen bei optimalen Bedingungen Schnee für eine schneeärmere Zeit konserviert.«

»Wie funktioniert das denn bitte?«, fragte Andrea perplex.

Der junge Umweltschützer lächelte. »Man häuft den Schnee zehn Meter hoch an und bedeckt ihn dann mit einer rund ein Meter dicken Schicht aus Hackschnitzel, Vlies und Folie. So hält sich der Naturschnee das ganze Jahr über und kann später zu seinem Einsatzgebiet befördert werden. Aber auch das ist nicht besonders gut für die Natur. Man verbraucht sehr viel Diesel für den Transport des Schnees. Snowfarming-Schnee ist auch teurer als technischer Schnee auf den Pisten. Außerdem kommt es unter diesen Depots zu einer Überwässerung des Bodens.

Es ist also mehr ein Mittel, um für den Touristenansturm gewappnet zu sein.«

»Irre.«

»Eigentlich nicht«, meinte Stadler. »Wir haben doch früher unsere Speisen auch ohne Kühl- und Eisschränke frisch gehalten. Etwas gewöhnungsbedürftiger, aber durchaus umweltfreundlicher ist eine australische Erfindung. Auf den Skipisten rund um Mount Buller im Bundesstaat Victoria stammt das Wasser für die Schneekanonen aus der Kläranlage, also genau aus der Flüssigkeit, die Tausende von Touristen und Einheimischen in die Toilette spülen.«

»Igitt!«, entfuhr es Andrea. »Und wenn Kinder an diesem Schnee lecken, kommen sie gleich ins Krankenhaus, oder was?«

»Nein, keine Sorge. Laut der Betreiber ist das versprühte Wasser absolut keimfrei. Dann gibt es noch eine vielversprechende österreichische Erfindung, die momentan allerdings noch in der Testphase ist. Bei dem Verfahren ›Neuschnee‹ ahmt man den Prozess der natürlichen Schneebildung in den Wolken nach.«

»Das hört sich interessant an. Wer in Österreich arbeitet denn an dieser neuen Technologie?«

»Wissenschaftler in Salzburg und die TU in Wien.«

»Ah, okay«, sagte Andrea und Marc sah ihr an, dass sie gerne nach ihrem nächsten Gesprächspartner Professor Weidinger von der TU gefragt hätte. Aber offensichtlich wollte sie nicht alle Trümpfe aus der Hand geben.

»Jetzt kommen wir aber zu einem anderen Problem der Kunstschneeherstellung.« Stadler musterte sie intensiv, wie um sich ihrer uneingeschränkten Aufmerksamkeit zu versichern. »Selbst für die braucht man Minusgrade! Am besten minus drei Grad Celsius oder kälter. Gewisse

Technologien schaffen es noch mit Müh und Not Kunstschnee bei null Grad Celsius zu produzieren. Aber bei Plusgraden hört der Spaß dann definitiv auf.«

»Und was passiert dann mit den teuren Schneekanonen? In vielen Wintersportorten herrschen doch gerade Temperaturen um die fünf bis sieben Grad«, warf Marc ein.

Der junge »Rettet die Alpen«-Mitarbeiter nickte. »Richtig. Damit das Wasser aus den Schneekanonen auch bei Plusgraden zur weißen Pracht wird, werden sogenannte Kristallisationskeime zugesetzt. Und das mit den Keimen ist wörtlich zu verstehen. Zwei Unternehmen haben Verfahren entwickelt, bei denen dem Wasser in den Beschneiungsanlagen ein Pulver aus Bakterienproteinen beigemengt wird. Diese Mikroben wirken als Kristallisationskeime, indem sie für eine höhere Nukleationstemperatur sorgen, also machen, dass es schneller gefriert und so die Bildung von Eiskügelchen auslösen.«

»Bakterien?«, fragte Andrea ungläubig.

»Ja. Die Unternehmen züchten Bakterien. Deren Proteine werden abgetrennt und mit speziellen Filtern zu einer Suspension verarbeitet, die anschließend gefriergetrocknet wird. Natürlich sollen laut der beiden Hersteller – Snowperfect und Wondersnow – keine lebenden Bakterien in dieses Pulver gelangen und über die Schneekanonen in die Umwelt versprüht werden.«

»Aber ist das nicht trotzdem schädlich?« Andrea strich sich aufgebracht eine Haarsträhne hinter ihr Ohr.

»Tatsächlich stufte das Schweizer Bundesamt für Umwelt die Produkte als unschädlich ein. Trotzdem empfiehlt das Institut für Schnee- und Lawinenforschung in Davos keinen leichtfertigen Einsatz. Denn was solche Zusätze – es handelt sich bei diesen Mikroben um die Erreger des Bakterienbrands in verschiedenen Obstsorten – auf lange Sicht anrichten, wenn sie nach dem Tauen des Schnees in den Boden, die Flüsse und ins Trinkwasser der Menschen gelangen, ist weitestgehend unerforscht.«

»Hat man denn keine Untersuchungen zu diesem Thema durchgeführt?«, fragte Marc.

»Doch. Allerdings ergaben diese bislang keine Befunde über Schäden, die durch Snowperfect oder Wondersnow hervorgerufen werden. Trotzdem ist die Verwendung des Pulvers in Deutschland und in Österreich verboten. In Nordamerika und der Schweiz ist es erlaubt – selbst wenn es zurzeit nur sehr begrenzt verwendet wird, weil es angeblich die Düsen der Beschneiungsanlagen verstopft.«

»Das Zeug wird in der Schweiz verwendet?«, fragte Marc nachdenklich. »Und in Deutschland und Österreich nicht?«

»Genau so ist es«, bestätigte Stadler.

»Dann ist es also kein Wunder, dass die Piste in Sankt Moritz perfekt präpariert war und in Garmisch und Innsbruck nicht?«

»Nein, gerade in Sankt Moritz werden meines Wissens bislang keine Zusätze verwendet. Und auch generell muss es nicht unbedingt damit etwas zu tun haben. Die Schneequalität ist sehr vom Wetter abhängig, und so gibt es in jedem Winter durchaus lokale Unterschiede. Aber natürlich sind unerforschte Technologien immer besorgniserregend.«

Marc schaute Andrea fragend von der Seite an. »Ob das, was Lara Frey rausgefunden hat, damit zu tun hatte?«

Andrea wandte sich an Simon Stadler. »Wird die Existenz dieses Pulvers irgendwie geheim gehalten?«

Stadler schüttelte den Kopf. »Nein, absolut nicht. Darüber kann man selbst auf Wikipedia alles Wissenswerte herausfinden. Aber anscheinend machen sich mehr und mehr Leute Sorgen über den Einsatz dieser Kristallisationskeime. Erst am Freitag hat mich jemand angerufen und gefragt, ob es stimmen würde, dass Wondersnow bei direktem Kontakt die Haut verätzt.«

»Und?«, fragte Andrea interessiert. »Kann das tatsächlich passieren?«

»Nein, natürlich nicht.«

»Hm. Dann scheint mir das als Thema doch nicht brisant genug zu sein, um einen Mord zu rechtfertigen.«

»Da bin ich ganz ihrer Meinung«, bekräftigte Stadler.

»Gibt es sonst noch irgendetwas, das Sie uns zu diesem Thema mitteilen können?«, erkundigte sich Marc.

»Sie meinen, außer der Tatsache, dass in Zeiten des Klimawandels künstliche Beschneiung schlichtweg absurd ist? Und das Geld, das man in neue Schneekanonen steckt, lieber in andere Projekte investiert werden sollte?« Er lächelte spöttisch durch seine Brillengläser. »Nein.«

Kurz darauf verabschiedeten sie sich und gingen zurück zum Hotel. Marc war froh, dass er mitgekommen war. Es war äußerst lehrreich gewesen. Viele Informationen waren neu für ihn gewesen und würden ihn in der kommenden Zeit zum Nachdenken anregen. Natürlich würde er jetzt seine Ski nicht an den Nagel hängen, selbst nach seiner Profikarriere nicht, dazu liebte er diesen Sport einfach zu sehr. Er fuhr schließlich auch ein CO_2-produzierendes Auto ... wenn auch ein besonders schadstoffarmes. Aber vielleicht würde er sich zukünftig bewusster mit dem Thema »Skifahren und Umweltschutz« auseinandersetzen und sich für Projekte engagieren, die seinen Sport weniger invasiv für die Natur und umweltfreundlicher gestalten würden.

Nachdem sie ausgecheckt hatten, musste sich Marc schweren Herzens von Andrea verabschieden. Sein Trainer hatte davon Wind bekommen, dass er anstatt in St. Moritz zu trainieren nach Salzburg gefahren war, und ihn umgehend nach Adelboden beordert – weshalb sich Marc auf den Weg zum Flughafen machen musste und Andrea nicht nach Wien begleiten konnte, wo sie sich mit Professor Weidinger treffen würde.

»Fahr vorsichtig und pass gut auf dich auf«, sagte er und küsste sie sanft auf die Stirn.

»Das Gleiche wollte ich auch gerade sagen«, lächelte Andrea. »Wir sehen uns dann am Renn-Samstag in Adelboden. Das sind ja nur noch vier Tage!«

18. Kapitel

Andrea fuhr gerade an Linz vorbei, als sich die Freisprechanlage einschaltete und Alberto sie auf dem Handy anrief.

»Kannst du sprechen?«, fragte er zögerlich.

»Ja, schieß los! Haben sich die Entführer von Jonas endlich gemeldet?«

»Leider nein«, antwortet er gepresst. »Ist Marc bei dir?«

»Nein, der ist schon unterwegs nach Adelboden. Wir haben heute früh das Gespräch mit ›Rettet die Alpen‹ gehabt, und jetzt bin ich auf dem Weg nach Wien.«

»Und? Habt ihr etwas Wichtiges rausgefunden?«

»Nichts, was irgendwie den Mord an Lara Frey erklären könnte. Trotzdem war es interessant. Ich berichte dir davon, wenn ich nach Sankt Moritz zurückkomme. Okay?«

»Sicher. Ähm ... hier bei uns gibt es auch eine neue Entwicklung.«

»Ja?«

»Man hat die Hände des Opfers gefunden.«

Andrea stockte der Atem. »Was?«

»Heute früh hat ein Spaziergänger die abgetrennten und halb verwesten Hände von Lara Frey in der Nähe des Restaurants ›Alpenglühen‹ entdeckt. Wir nehmen jedenfalls an, es sind die Hände des Opfers, denn ich gehe nicht davon aus, dass es ein weiteres Paar herrenloser Hände im Engadin gibt. Inzwischen sind die Fundstücke in Chur und werden von einem Pathologen untersucht.«

Wie war das möglich? Hatte Alberto ihr nicht versichert, dass man den ganzen Ort mit Leichenspürhunden abgegangen war? Aber sie wollte ihre Frage nicht als Kritik an seiner Arbeit verstanden wissen, und so sagte sie lediglich: »Gibst du mir bitte sofort Bescheid, wenn du seinen Bericht erhältst?«

»Natürlich mache ich das.« Andrea konnte hören, dass ihr ehemaliger Ausbilder tief durchatmete, bevor er weitersprach. »Und dann ... muss ich dir leider noch etwas Trauriges mitteilen.«

»Ja?«, krächzte sie, plötzlich heiser. Ihre Finger krampften sich um das Lenkrad.

»Frank Wilhelm hat offenbar einen Selbstmordversuch unternommen.«

Trotz der schlimmen Nachricht fiel Andrea ein Stein vom Herzen. Marc war okay. Ihr Herzschlag normalisierte sich. »Ich dachte, der psychiatrische Notdienst hätte ihn als stabil eingestuft?«

»Ja, aber es ist sehr schwierig, die seelische Verfassung eines Menschen in einem zweistündigen Gespräch zu ergründen. Besonders, wenn dieser Mensch hundertmal versichert, dass er nicht labil ist und darauf drängt, nach Hause gehen zu dürfen.«

»Einen Selbstmord*versuch*, sagst du? Dann wird er durchkommen?«

»Anscheinend hat Wilhelm sich nur minimal verletzt. Ein gebrochenes Bein, sonst nichts.«

»Was hat er sich angetan?«

»Er ist im Vollrausch mit seinem Wagen gegen einen Baum gefahren.«

»Kann das nicht ein Unfall sein?«

»Leider nein. Er hatte zuvor einen Abschiedsbrief geschrieben ...« Im Hintergrund raschelte Papier. »... darin steht: ›Adieu, Welt. Ich kann ohne Lara nicht weiterleben. Ohne mich seid ihr besser dran!‹«

»Meinst du, dass die Staatsanwaltschaft diesen Schrieb als Schuldeingeständnis werten wird?«

»Nein, ich habe schon mit Mariela gesprochen. Aber ich bleibe am Ball und werde Wilhelm heute im Krankenhaus besuchen.«

»Alberto, bitte komm zur Vernunft! Du hast doch wirklich Wichtigeres zu tun, als diesen Kerl zu treffen! Wie geht es deiner Frau? Ich bin mir sicher, dass sie dich in dieser fürchterlichen Situation mehr braucht als die Kapo!«

Für einen Moment herrschte Stille auf der anderen Seite der Leitung. Dann flüsterte Alberto: »Andrea, verstehst du nicht? Ich werde wahnsinnig, wenn ich hier rumsitze und nichts tue!«

Plötzlich erinnerte sie sich: Sie hatte fast die gleichen Worte benutzt, als sie Alberto um einen Job bei den Ermittlungsarbeiten in Marcs Fall angefleht hatte. Andrea seufzte. »Doch, Alberto, ich verstehe dich.«

Er legte auf, ohne sich zu verabschieden. Aber das war okay. Sie ahnte, dass er gerade mit den Tränen kämpfte.

Während Andrea ihren Weg auf der überfüllten Autobahn fortsetzte, versuchte sie zu ergründen, was der Fund der Gliedmaßen von Lara Frey für den Mordfall bedeutete. Würden diese Beweise Marc entlasten? Doch so sehr sie sich auch konzentrierte, ihre Gedanken glitten immer wieder zu Frank Wilhelms Selbstmordversuch. Wie verzweifelt musste man sein, um mit seinem Wagen gegen einen Baum zu fahren?

Unwillkürlich musste sie an ihre Mutter denken, die keinen Abschiedsbrief hinterlassen hatte. Als Andrea zwölf war, hatte sie sich aus Liebeskummer umgebracht, weil die Beziehung von ihrem damaligen Freund beendet worden war. Zu starke Gefühle waren gefährlich. Das hatte Andrea ab diesem Moment gewusst. Sie selbst hatte ihre Mutter gefunden, als sie aus der Schule gekommen war. Hinter dem Haus. Im Garten.

Noch Jahre danach war sie von Albträumen heimgesucht worden, in denen sie immer wieder die sanft hin- und herschwingenden Beine erblickte und ihr Blick erst ganz langsam, wie in Zeitlupe, nach oben wanderte ... zu dem grotesk angeschwollenen Gesicht, der heraushängenden, dunkelblau verfärbten Zunge und dem Strick um den Hals ihrer Mutter. Jedes Mal war sie laut schreiend und schweißgebadet aufgewacht.

Ihre Großmutter hatte nach der Beerdigung darüber lamentiert, dass sich nur schwache, wehleidige Menschen das Leben nahmen. Man müsse sich in jeder Lebenslage zusammenreißen. Das Leben wäre nun mal kein Zuckerschlecken. Gott würde uns nur Prüfungen auferlegen, die wir meistern könnten. Aber schon damals hatte Andrea geahnt, dass Menschen unterschiedliche Charaktere haben konnten, dass manche einfach leidenschaftlicher veranlagt waren und Rückschläge im Leben und in der Liebe schwerer verkrafteten. Es schien reine Glückssache zu sein, ob man als lebensbejahender Optimist geboren wurde – oder eben nicht.

Marc stand auf der Sonnenseite des Lebens. Und sie selbst im Schatten. Er war ein Gewinnertyp, sie die geborene Verliererin. Wie sollte das zusammenpassen? Ihre Gefühle für Marc waren zu stark, zu intensiv. Keine Frage. Sie wusste nicht, wie sie damit umgehen sollte.

Wie brachte man sich selbst bei, weniger zu empfinden? Das Leben leichter zu nehmen? Sie hatte sich ihr ganzes Leben nach bedingungsloser Liebe gesehnt. Danach, sie zu geben und zu empfangen. Doch jetzt raubte ihr diese Liebe die Luft zum Atmen, die innere Ruhe. Selbst Marc von dem auf ihm lastenden Mordverdacht zu befreien, schien für sie wichtiger zu sein als für ihn ... Ja, sie hatte einen Job zu erledigen. Aber wenn der wahre Mörder von Lara Frey erst gefunden war, würde sie sich um ihr eigenes Leben kümmern müssen. Sie wollte unabhängig bleiben, sonst würde es ihr eines Tages genauso ergehen wie ihrer Mutter oder Frank Wilhelm. Diese Art von Liebe war Selbstmord auf Raten.

Gefühlte vierundzwanzig Stunden habe ich wie besessen an dem verdammten Beton geschabt, zuletzt sogar mit meinen blutenden Fingernägeln, weil der Löffel abgebrochen ist. Ich bin völlig geschafft. Todmüde. Hungrig. Auch die Wasserflasche ist längst leer und mein Hals so trocken, dass ich es kaum schaffe, die letzten verbleibenden Schmerztabletten runterzuwürgen. Das Ergebnis meiner Anstrengungen ist lachhaft: vier Kratzer, von denen einer etwas tiefer ist. Der Ring hält bombenfest. Mein Schicksal scheint besiegelt. Es ist nur eine Frage der Zeit, wann der Mörder wiederkommt, um mein Leben endgültig zu beenden. Dann ist alles vorbei. Ich brauche keine Angst mehr zu haben. Und auch keine Schmerzen. Trotzdem treibt mir der Gedanke an meinen eigenen Tod die Tränen in die Augen ...

Dabei wissen wir alle, dass wir eines Tages sterben müssen. Das unterscheidet uns von den Tieren. Und es gibt auch keinen Lotteriegewinn, der einige Glückliche vor dem Tod bewahrt und ihnen das ewige Leben schenkt. Wir alle müssen einst gehen. Ausnahmslos. Reiche und Arme. Gesunde und Kranke. Intelligenzbestien und Deppen. Nur der Zeitpunkt unseres Todes ist unbekannt. Aber das rechtfertigt nicht, dass wir dieses unabwendbare Ende ignorieren. Trotzdem tun die meisten Menschen genau das. Sie verhalten sich, als ob sie unsterblich wären. Und ich bin – zumindest bis jetzt – keine rühmliche Ausnahme gewesen.

Früher waren die Menschen fast täglich mit dem Tod in Kontakt. Sie mussten eigenhändig Tiere schlachten, in den Krieg ziehen, sich um sterbende Familienmitglieder kümmern und sie anschließend begraben. Heute haben wir das meiste, wenn nicht gar alles davon, ausgegliedert: Wir kaufen abgepacktes Fleisch im Supermarkt, haben in unserem direkten Umfeld seit mehr als siebzig Jahren keinen Krieg erlebt, unsere Angehörigen sterben in Krankenhäusern oder Pflegeheimen und werden von Bestattungsunternehmen begraben. Ist es deshalb so leicht, den Gedanken an unser eigenes Ende zu verdrängen? Selbst wenn wir täglich in den Nachrichten weltweit über Konflikte informiert werden, in denen gestorben wird: Wir lassen es nicht an uns heran. Es ist fast so, als ob das Sterben anderer Völker uns nichts anginge.

Jetzt, wo ich dem Gedanken nicht mehr ausweichen kann, dass mein Tod unmittelbar bevorsteht, frage ich mich, wovor ich mehr Angst habe: vor dem Sterben oder vor dem Zustand des Tot-Seins. In dem Zusammenhang fällt mir ein Zitat von Sokrates ein, der gesagt haben soll: »Niemand kennt den Tod, es weiß auch keiner, ob er nicht das größte Geschenk für den Menschen ist. Dennoch wird er gefürchtet, als wäre gewiss, dass er das schlimmste aller Übel sei.« Demzufolge würde es also mehr Sinn machen, sich vor dem Sterben zu ängstigen? Oder?

Nein ... alle Versuche, mich durch rationale Gedanken abzulenken, nützen nichts. Vielleicht ist es eher eine Glaubenssache. Vielleicht haben gläubige Menschen weniger Angst als Atheisten wie ich. Mein Körper lässt sich nicht betrügen: Selbst bei den relativ kühlen Temperaturen – es hat bestimmt nicht mehr als acht Grad Celsius hier unten – schwitze ich wie ein Schwein. Mein Herz rast, meine Hände flattern ... und obwohl mich sowieso niemand hören kann, wimmere ich: ICH WILL NICHT STERBEN!

Andrea beendete das Gespräch, lehnte sich in ihrem Bett zurück und betrachtete abwesend die karge Einrichtung ihres Einzelzimmers. Diesmal war sie, direkt nach ihrer Ankunft in Wien, in einer einfachen Pension im ersten Bezirk untergekommen. Alles andere wäre Geldverschwendung für die paar Stunden Schlaf. Statt eines Abendessens hatte sie sich eine Dose Chips aus der Minibar geöffnet und diese mit einer Flasche Cola runtergespült.

Marc war gut in Adelboden eingetroffen. Sie hatte ihm absichtlich nichts von den gefundenen Beweisstücken und Wilhelms Selbstmordversuch gesagt. Solange es nicht absehbar war, wie diese Entwicklungen die Chancen beeinflussten, seine Unschuld zu beweisen: Wozu sollte es gut sein? Marc hatte ihr auf der Fahrt nach Salzburg erklärt, dass schon das nächste Rennen die Entscheidung bringen konnte: Nur wenn er in Adelboden einen der vorderen Plätze belegte, durfte er sich auch weiterhin Hoffnungen auf den fünften Gesamtweltcup-Sieg machen. Momentan lag er auf dem zweiten Platz. Ted Mahre führte, Odd Haker war kurz hinter ihm im Ranking. Doch beide konnten noch viele zusätzliche Punkte im Slalom ergattern, einer Disziplin, die für Marc aufgrund seiner früheren Verletzungen kaum noch infrage kam. Abfahrtsrennen gab es nach diesem Wochenende jedoch nur noch zwei. Einen Patzer oder gar einen Sturz konnte er sich unter diesen Umständen nicht leisten. Das war schon ein enormer Druck, da wollte sie ihn nicht noch zusätzlich mit unausgegorenen Informationen belasten.

Bevor sie das Licht ausmachte, checkte Andrea noch ihre E-Mails: Die Stadtpolizei Zürich hatte sie zu einem Bewerbungsgespräch eingeladen. Schon für die nächste Woche. Eigentlich sollte sie erleichtert sein, dass ihr diese Einladung erneut Hoffnung auf einen Job gab, der sie finanziell unabhängig stellen würde. Aber irgendwie stimmte sie diese Aussicht auch traurig. Wenn sie den Job annahm, wäre es gleichzeitig auch das Ende der Zeit, in der sie mehr oder weniger ständig mit Marc zusammen sein konnte. Und das würde ihr schon jetzt manchmal kompliziertes Liebesleben nicht gerade erleichtern.

Am nächsten Morgen, nach einer unruhigen Nacht, machte sie sich auf den Weg zu Professor Weidinger an der TU Wien. Er leitete den Forschungsbereich für Ingenieurgeologie, der zurzeit wegen Umbauarbeiten am Karlsplatz in die Resselgasse ausgegliedert war. Professor Thomas Weidinger stellte sich als sportlicher Mittfünfziger mit vollem grauem Haar heraus, der in seinem blauen Anzug und mit der roten Krawatte sehr dynamisch wirkte.

»Frau Brunner, schön, Sie persönlich kennenzulernen«, begrüßte er sie in wunderbar melodischem Wienerisch. »Darf ich Ihnen meine wissenschaftliche Mitarbeiterin

Frau Haas vorstellen? Sie wird ebenfalls an unserem Gespräch teilnehmen.«

Frau Haas, eher unscheinbar und zierlich, reichte ihr die Hand. »Hallo.«

Andrea nickte. »Danke, dass Sie sich für mich Zeit nehmen.«

»Gern. Setzen Sie sich doch, bitte.« Der Wissenschaftler zeigte auf einen Konferenztisch mit sechs Stühlen und nahm – nachdem Andrea und Frau Haas sich gesetzt hatten – am Kopfende Platz. »Also, womit können wir dienen?«

Andrea erläuterte kurz den Hintergrund und fuhr dann fort: »Ich würde gern herausfinden, worüber Sie mit Frau Frey gesprochen haben.«

»Deshalb haben Sie die lange Reise auf sich genommen?«, fragte Weidinger perplex. »Aber das hätte ich Ihnen doch genauso gut am Telefon sagen können!«

»Der zuständige Oberstleutnant von der Graubündner Kantonspolizei fand ein Gespräch von Angesicht zu Angesicht passender«, verteidigte sich Andrea. Offenbar stahl sie dem Wissenschaftler kostbare Zeit.

Frau Haas wirkte bestürzt. »Man hat Frau Frey umgebracht? Das ist ja entsetzlich!«

»Ja«, meinte Andrea, »wir vermuten natürlich nicht, dass der Mord etwas mit Ihrem Gespräch zu tun hat, sondern wollen lediglich auf dem gleichen Wissensstand wie Frau Frey sein. Sie haben mit ihr über Kunstschnee gesprochen?«

»Das stimmt«, bestätigte der Professor. »Wir haben ihr das Verfahren erklärt, an dem wir gerade mit einem jungen Mann in Salzburg arbeiten.«

»Heißt es ›Neuschnee‹?«

»Ja, genau.« Weidinger musterte sie interessiert. »Woher wissen Sie das?«

»Ich habe mich gestern mit Herrn Stadler aus Salzburg unterhalten.«

»Aha, mit Simon. Ja, die Welt der Interessierten und Forschenden, die sich mit Umweltschutz beschäftigen, ist klein. Da kennt jeder jeden.«

»Wären Sie so lieb und würden auch mir das Verfahren ›Neuschnee‹ erläutern?«, fragte Andrea, während sie verwundert Frau Haas betrachtete, die völlig geistesabwesend aus dem Fenster starrte. Sollten wissenschaftliche Mitarbeiterinnen nicht eigentlich mehr an den Lippen ihrer Professoren hängen? Entschied Weidinger nicht darüber, wie viele Jahre ihres Lebens Frau Haas mit ihrer Dissertation verplempern musste, bevor sie in der freien Wirtschaft das große Geld verdienen konnte?

Der Professor räusperte sich. »Gern. Aber es ist nicht besonders kompliziert. ›Neuschnee‹ ahmt ganz einfach den Prozess der natürlichen Schneebildung nach. In eine geschlossene ›Wolkenkammer‹ werden Wassertropfen eingesprüht, so wird eine künstliche Wolke erzeugt. Dann wird dieser Nebel auf fünf Grad runtergekühlt und kleine gefrorene Eisplättchen als Kristallisationskeime in die Wolke eingeschlossen, die mit einem Ventilator verwirbelt werden. Diese wirken wie Magneten, die Wasserdampf anziehen. Sie wachsen und fallen schließlich als Schnee nach unten. Allerdings muss die Wolke zehnmal dichter sein als in der Natur, um eine ausreichende Menge an Kunstschnee zu produzieren, der dann allerdings dem echten Schnee in seiner Beschaffenheit sehr ähnlich ist. Das ist bei dem anderen normal produzierten Kunstschnee nicht der Fall. Der ist wesentlich kompakter und härter. Kleine Kügelchen statt bauschige Flocken.«

»Interessant. Gibt es schon einen Prototypen?«, erkundigte sich Andrea, weil ihr keine bessere Frage einfiel.

»Allerdings. Wir befinden uns gerade in einer Testphase. Letztendlich wird alles davon abhängen, ob der Apparat in der Lage ist, genügend Leistung zu bringen, also genauso viel Schnee produzieren kann wie herkömmliche Schneekanonen. Wir haben Frau Frey dann noch einige technische Daten dazu gegeben und ihr einen animierten Film gezeigt, der demonstriert, wie ›Neuschnee‹ arbeitet.«

»Hm. Und wie hat Frau Frey auf Ihre Informationen reagiert?«

Der Professor lächelte. »Sie hat in etwa so gelangweilt ausgesehen wie Sie gerade.«

Andrea erwiderte sein Lächeln, obwohl sie sich ertappt fühlte. »Tut mir leid, aber an mir ist definitiv kein Technik-Freak verloren gegangen.«

»Kein Thema. Haben Sie sonst noch eine Frage?«

»Eigentlich nur eine: Haben Sie noch über andere Dinge gesprochen?«

Der Professor überlegte. »Nein, ich kann mich an nichts anderes erinn-«

»Doch«, unterbrach ihn Frau Haas plötzlich engagiert. Ihre blassen Wangen färbten sich rot. »Wir haben noch kurz über Wondersnow gesprochen.«

Andrea wurde hellhörig. »Über die Kristallisationskeime, die aus Bakterien hergestellt werden und in Österreich und Deutschland verboten sind? Das Alternativprodukt zu Snowperfect?

»Ja, genau!«, bestätigte Frau Haas.

Professor Weidinger nickte. »Stimmt. Du hast ein gutes Gedächtnis, Diana.«

»Was hat Frau Frey dazu wissen wollen?«

»Ob Wondersnow tatsächlich die Düsen von Beschneiungsanlagen verstopft«, erwiderte Frau Haas, wie aus der Pistole geschossen.

»Und? Tut es das?«

Diesmal antwortete der Professor. »Wir wissen es nicht. Hier an der TU haben wir damit keine Versuche unternommen.«

»Wie hat Frau Frey auf Ihre Antwort reagiert?«

»Sie schien enttäuscht. Aber vielleicht interpretiere ich da auch zu viel hinein.« Der Professor strich sich die rote Krawatte glatt. »Jedenfalls ist sie kurz darauf gegangen.«

»Aber sie hat nach Wondersnow gefragt, nicht nach Snowperfect?«

»Richtig, obwohl es sich dabei mehr oder weniger um das gleiche Wirkungsprinzip handelt. Nur der Produktname und der Hersteller unterscheiden sich.«

»Tja, schade«, meinte Andrea und stand auf. »Das hätten wir wirklich auch am Telefon besprechen können. Aber trotzdem herzlichen Dank für Ihre Zeit!«

Sie reichte Professor Weidinger und seiner wissenschaftlichen Mitarbeiterin die Hand. Dann verließ Andrea das Büro und ging langsam die Treppe hinunter. Als sie vor dem Gebäude kurz stehen blieb, wurde plötzlich die Tür hinter ihr aufgerissen und die schmale Gestalt von Frau Haas trat eilig in den grauen, kalten Nebelmorgen. »Frau Brunner«, sagte sie atemlos. »Wissen Sie schon, weshalb man Frau Frey ermordet hat?«

Andrea schüttelte den Kopf. »Nein, leider nicht. Sie hat an einer Reportage über Kunstschnee gearbeitet, die angeblich hochbrisant gewesen sein soll. Aber alle Informationen, die sie gemäß unseren Ermittlungen recherchiert hat, scheinen nichts Aufregendes oder Neues zu beinhalten. Nicht explosiv genug zu sein, um ihren Tod zu rechtfertigen. Außerdem hatte sie wohl niemand Speziellen im Visier.«

Frau Haas wirkte niedergeschlagen. So, als hätte sie auf eine andere Antwort gehofft. »Ich ...«, stammelte sie. »Ich muss Ihnen etwas sagen.«

»Ja?« Andrea betrachtete das blasse Häufchen Elend vor ihr. Was für ein Problem hatte die wissenschaftliche Mitarbeiterin auf einmal? Warum wirkte sie so unsicher und irgendwie ... schuldbewusst?

»Damals, als Frau Frey hier war, habe ich sie nach unserem Gespräch noch zu ihrem Auto gebracht und ...« Frau Haas unterbrach sich selbst, um tief Luft zu holen.

Andrea hätte vor Ungeduld am liebsten mit den Fingern geschnipst. Warum sagte sie nicht einfach, was sie auf dem Herzen hatte?

»Wir haben über Wondersnow gesprochen und ...«

Jetzt riss Andrea der Geduldsfaden. »Und was? Bitte sagen Sie mir doch, was sie so bedrückt.«

Die ungeschminkte Unterlippe von Frau Haas bebte. »Sie müssen wissen ... mein Vater arbeitet bei den Bergbahnen in Sölden. Er hat mir etwas im Vertrauen erzählt, das er von einem Schweizer Kollegen gehört hatte, und ... ich habe es an Frau Frey weitergegeben.«

Das war ja zäh wie Kaugummi! Andrea verzog ärgerlich das Gesicht. »Könnten Sie mir nicht bitte die ganze Geschichte erzählen? Ich verstehe kein Wort! Was genau haben Sie Frau Frey weitererzählt?«

»Die neue Marketingstrategie von Wondersnow.«

»Und warum sollte das so prekär sein?«

»Weil es Frau Frey auf eine Idee gebracht hat«, schluchzte Frau Haas. »Eine ganz schreckliche Idee, die sie möglicherweise mit dem Leben bezahlt hat.«

19. Kapitel

In Adelboden herrschte Königswetter, blauer Himmel und Sonnenschein, doch der Schnee war genau so, wie er sein sollte: eisig und hart. Das Schweizer Team trainierte seit rund einer Stunde auf dem Chuenisbärgli, und in diesem Augenblick, als er den Zielraum nach einem erfolgreichen Lauf erreichte, war es Marc herzlich egal, wie genau diese perfekten Verhältnisse zustande gekommen waren. Er fühlte sich großartig, obwohl er vielleicht ein schlechtes Gewissen haben sollte: Seit ihm der verletzte Peter Winkler nicht mehr im Nacken hockte, fuhr Marc wie ein junger Gott. Selbst das anstrengende Riesenslalom-Training hatte er in herausragender Manier absolviert. Sein Trainer war begeistert – obwohl er die falschen Schlüsse aus seiner Bestzeit zog: »Vielleicht hätte man dich schon früher mal unbegründeterweise eines Mordes verdächtigen sollen. Das scheint dich zu beflügeln.«

»Ganz schön pietätlos, Hans!«, schimpfte Marc, aber er konnte sich ein erleichtertes Lächeln nicht verkneifen. Er war definitiv auf dem richtigen Weg, um sich die fünfte große Kristallkugel zu angeln. Eventuell würden sich alle körperlichen und persönlichen Opfer, die er in dieser Saison erbracht hatte, tatsächlich lohnen.

»Ich kann mich irren, aber es kommt mir so vor, dass auch das übersteigerte Interesse an deiner Person wieder etwas nachlässt.«

»Kann sein«, murmelte Marc und scannte das anwesende Publikum. Natürlich waren auch jetzt ein paar Kameras auf ihn gerichtet. Aber es schienen tatsächlich weniger zu sein als letzte Woche. Sein Bodyguard Stefan hatte nicht viel zu tun. Breitbeinig stand er am Rand der Zieleinfahrt und sah mit seiner blau verspiegelten Sonnenbrille ziemlich lässig und relaxed aus.

»Hast du noch einen Tipp für mich?«, fragte Marc, bevor er wieder in Richtung Sessellift abzog.

Hans überlegte kurz. »Nein ... technisch bist du perfekt gefahren. Riskiere nur nicht zu viel auf dem Zielhang. Der ist verdammt steil, und das Wichtigste ist, dass du nicht ausscheidest! Sonst kannst du dein Ranking vergessen!«

In genau diesem Moment kam es zu einem kleinen Gerangel im Zuschauerraum. Offenbar wollten vier Männer die Barriere durchdringen und den Zielraum betreten. Obwohl das Sicherheitspersonal sofort zur Stelle war und mit den Eindringlingen verhandelte, gesellte sich Stefan, einen Meter neunzig groß und geschätzte hundertzwanzig Kilo schwer, umgehend zu seinem Arbeitgeber. Kurz darauf schimpfte er los und stellte sich schützend vor ihn. Marc erkannte, dass das Sicherheitspersonal die Barriere freiwillig öffnete und die vier Personen durchließ.

»Wollen die etwa zu dir?«, fragte Hans verblüfft, als die kleine Truppe schnurstracks auf Marc zusteuerte.

Er zuckte mit den Schultern. »Keine Ahnung.«

Schließlich standen die vier Männer, die identische dunkelblaue Skianzüge trugen, unmittelbar vor Stefan. Der Älteste, offenbar der Anführer, räusperte sich und sagte mit gepresster Stimme: »Wir müssen mit Herrn Gassmann sprechen.«

»In welcher Angelegenheit?«, fragte Stefan drohend.

Statt einer Antwort zog der Anführer einen Ausweis

aus seiner Tasche. »Mein Name ist Spöri, Berner Kantonspolizei. Wir sind hier, um Herrn Gassmann festzunehmen.«

Marc trat hinter Stefans Rücken hervor. »Weshalb? Ich habe keinen der Meldeanrufe verpasst. Der Richter hat mich in der Mordsache Frey gegen Zahlung einer Kaution auf freien Fuß gesetzt. Ich glaube, da muss ein Missverständnis vorliegen.«

Spöri schüttelte den Kopf. »Leider nein. Wir sind vor gut einer Stunde informiert worden, dass die Staatsanwaltschaft aufgrund neuer Beweise einen Antrag auf Aussetzung der Haftverschonung gestellt und der Richter dieser Eingabe umgehend stattgegeben hat. Wir haben Anweisung, Sie festzunehmen und an die Kollegen in Graubünden zu überstellen. Ihr Anwalt ist bereits informiert.«

Marc vernahm die Worte, die der Polizist sagte, aber er verstand deren Bedeutung nicht. »Sie wollen mich jetzt sofort mitnehmen? Aber das geht nicht. Ich habe in drei Tagen ein wichtiges Rennen!«

»Ich würde Sie bitten, ohne Gegenwehr mit uns zu kommen, da wir Ihnen ansonsten Handschellen anlegen müssten«, sagte Spöri, und wie auf Kommando traten seine drei Kollegen einen Schritt näher.

Plötzlich hatte Marc einen Eisklumpen im Magen. Das konnte doch einfach nicht wahr sein! »Welche neuen Beweise?«

»Es steht mir nicht zu, solche Informationen weiterzuleiten. Zu gegebener Zeit wird man das mit Ihnen besprechen. Bitte folgen Sie mir.«

Während Marc fieberhaft nachdachte, wie er dieser Verhaftung entgehen konnte, warf er einen Blick auf Hans, dessen Mund vor Schreck offen stand. Stefan schien dagegen seine Chancen einzuschätzen, Marc erfolgreich gegen die vier Polizisten zu verteidigen. Offenbar kam er zu dem Urteil, dass sich eine direkte Konfrontation nicht gut auf seine körperliche Unversehrtheit auswirken würde, denn er senkte den Blick und trat einen Schritt zur Seite.

»Ich darf noch nicht einmal meinen Anwalt anrufen?«, fragte Marc angespannt.

»Wenn Sie bei den Graubündner Kollegen eingetroffen sind, wird das kein Problem sein«, antwortete Spöri. »Je früher wir gehen, desto schneller werden Sie also mit ihm sprechen können. Kommen Sie jetzt!«

Das war eindeutig ein Befehl. Das Ende der Fahnenstange. Es war klar, dass Marc – falls er sich weiterhin weigerte – im nächsten Moment überwältigt und in Handschellen gelegt werden würde.

Marc reichte dem immer noch fassungslosen Hans Ski und Stöcke. Dann führte man ihn ab – ohne Handschellen, aber trotzdem wie einen Schwerverbrecher. Zwei Beamte gingen vor ihm, zwei hinter ihm. Ein Spießrutenlauf sondergleichen, direkt an der gaffenden Menge und den fotografierenden und filmenden Paparazzi vorbei. Im Polizeiwagen musste er, von zwei Gesetzeshütern flankiert, auf der Mitte der Rückbank Platz nehmen. Und als der Wagen – ohne das Tempolimit zu beachten – losraste, überwältigte Marc zum ersten Mal seit Laras Tod ein beklemmendes Gefühl der Panik. Was, wenn die Wahrheit nie ans Licht kommen würde und er jahrelang für ein Verbrechen büßen müsste, das er nicht begangen hatte?

Korruption? Konnte Lara Frey wirklich ermordet worden sein, weil sie jemanden der Korruption bezichtigt hatte?

Aber wen? Nachdem Frau Haas ihr die ganze Geschichte erzählt hatte, konnte Andrea an nichts anderes mehr denken. Während sie – immer hart am Tempolimit – auf der Autobahn zurück in Richtung Schweiz jagte, ließ sie in Gedanken das Gespräch mit der wissenschaftlichen Mitarbeiterin noch einmal Revue passieren.

»Bitte erzählen Sie mir alles der Reihe nach«, hatte sie Frau Haas gebeten. »Was besagt diese neue Marketingstrategie von Wondersnow?«

Ihr Gegenüber hatte sich daraufhin gesammelt und noch einmal von vorn angefangen: »Wondersnow hatte in den letzten Jahren immer mehr Marktanteile an Snowperfect verloren, weil die kanadische Firma im Gegensatz zu ihrem amerikanischen Konkurrenten keine sinnvolle Expansions- und Marketingstrategie verfolgte. Vor zwei Jahren ist Wondersnow an eine ziemlich undurchsichtige Investorengruppe verkauft worden, und seitdem gewinnt das vormals angeschlagene Unternehmen rasant an Umsatz und Marktanteil hinzu.«

»Aha. Und wie machen die das?«

»Angeblich mit viel krimineller Energie. Anstatt die Gemeinden durch Präsentationen oder mithilfe von wissenschaftlichen Studien vom Gebrauch ihres Produkts zu überzeugen, picken Sie sich jeweils einen oder zwei Insider in den Entscheidungsgremien heraus und bestechen sie mit horrenden Summen, um das Votum zugunsten von Wondersnow zu beeinflussen.«

»Und das funktioniert?«

»Offenbar sehr gut. Das Unternehmen hat letztes Jahr einen Nettogewinn von mehreren Millionen erzielt.«

»Und wieso unternimmt niemand etwas gegen diese illegalen Praktiken?«

»Dazu bräuchte man Beweise, und die gibt es lediglich,

wenn Wondersnow auf frischer Tat dabei ertappt oder einer der Bestochenen auspacken würde.«

»Und was hat das alles mit Frau Frey zu tun?«

»Frau Frey hatte eine konkrete Vermutung, wer im Gemeinderat von Sankt Moritz die Hand aufgehalten haben könnte. Sie wollte diesem Individuum wohl auf den Zahn fühlen und Druck auf ihn ausüben, indem sie behauptete, dass der Gebrauch von Wondersnow zu Schäden beim Menschen führen könnte und man ihn später dafür zur Verantwortung ziehen würde. Vermutlich wollte sie ihn überreden, gegen das Unternehmen auszusagen, das Wondersnow produziert.«

»Aber Wondersnow verursacht gar keine Schäden. Oder etwa doch?«

»Soweit ich informiert bin, hat man bislang in wissenschaftlichen Untersuchungen nichts nachweisen können.«

»Hat Frau Frey einen Namen genannt?«

»Nein. Leider nicht.«

»Und Sie vermuten, dass Frau Frey umgebracht worden sein könnte, weil sie diese Person unter Druck gesetzt hat?«

»Um auf so eine Bestechung überhaupt einzugehen, muss man doch entweder finanziell mit dem Rücken zur Wand stehen oder von vornherein kriminell veranlagt sein. Meinen Sie nicht?«

Andrea hatte ihr da nur beipflichten können. Dieser Plan von Frau Frey, der ja letztendlich zu einer Art Enthüllungsreportage verbraten werden sollte, war ausgesprochen naiv, ja fast dumm gewesen. Falls sie ihn tatsächlich durchgeführt haben sollte, hätte der Bestochene, dem die Pistole auf die Brust gesetzt worden war, tatsächlich ein sehr starkes Mordmotiv gehabt.

Nach dem Gespräch mit Frau Haas hatte sich Andrea verabschiedet und war mithilfe ihres Navi-Systems zurück zur Autobahn gefahren.

Mit wem hatte sich Lara Frey da nur angelegt? Alles, was Andrea dem Profil des Täters aufgrund der Aussage von Frau Haas zuschreiben konnte, war, dass er vermutlich im Gemeinderat von St. Moritz saß und finanzielle Probleme hatte. Hm, allein bei dem Mittagessen im »Alpenglühen« hatte sie drei Gemeinderäte kennengelernt: den Wirt Max Suter, den Hotelier Reto Hauser und den soldatenhaften Hotelmanager Gerhard Schulte. Aber keiner dieser drei schien unter finanziellen Problemen zu leiden. Zwei, Suter und Hauser, hatten Alberto doch sogar angeboten, das Lösegeld für seinen Sohn vorzustrecken. Das machte man doch nicht, wenn man selbst in finanzieller Hinsicht den Kopf unter Wasser hatte. Und Schulte hatte einen gut bezahlten Job und wirkte generell so, als ob er sein Leben im Griff hätte. Unter diesen drei Männern war lediglich Max Suter verdächtig, weil es einen Zusammenhang zwischen ihm und der Tatwaffe gab. Oder wollte der eigentliche Täter ihm lediglich den Mord in die Schuhe schieben? Jedenfalls reichte selbst das nicht, um den Verdacht gegen den Wirt zweifelsfrei zu erhärten. Aber was war mit Alberto? Der saß ebenfalls in diesem Gremium, war mit Sicherheit kein Krösus und hätte als Polizist fast noch mehr als die anderen zu verlieren, wenn herauskäme, dass er sich von Wondersnow hatte bestechen lassen.

Außer diesen vier Männern gab es jedoch noch acht andere Gemeinderäte, die Andrea nicht kannte. Wie sollte sie all diese Menschen überprüfen, ohne Teil des richtigen Ermittlerteams zu sein? Besonders, wenn der aktuelle Leiter dieses Teams nicht nur ihr ehemaliger Ausbilder, sondern auch noch selbst irgendwie verdächtig war und außerdem alle Hände mit der Entführung seines einzigen Sohns zu tun hatte.

Sobald Andrea an Jonas' Entführung dachte, bekam sie ein schlechtes Gewissen. Sie hatte sich heute noch gar nicht bei Alberto nach dem Stand der Dinge erkundigt. Hatten die Entführer sich endlich wegen der Lösegeldübergabe gemeldet? Jeder im Polizeidienst wusste, dass die ersten achtundvierzig Stunden nach einer Entführung die kritischsten waren. Danach stieg die Wahrscheinlichkeit, dass das Opfer diese Tortur nicht überlebte, überproportional an. Sie wollte gerade nach ihrem Handy greifen, um Albertos Nummer zu wählen, als es klingelte und sich die Freisprechanlage einschaltete.

»Hallo?«, sagte Andrea.

»Frau Brunner, hier ist Robert Sentis.« Marcs Anwalt klang ernst. Zu ernst für gute Nachrichten. »Der Zwangsmaßnahmen-Richter in Chur hat heute früh Marcs Haftverschonung aufgehoben. Man hat ihn festgenommen. Er ist bereits auf dem Weg nach Sankt Moritz. Sind Sie auch dort?«

Andrea war wie vor den Kopf gestoßen. Marc verhaftet? »Nein ... ich bin auf dem Rückweg von Wien, aber ich ...«, sie blickte auf das Navi, »... werde in etwa sieben Stunden dort eintreffen. Weshalb hat man ihn erneut festgenommen?«

»Man hat die Hände der Toten gefunden –«

»Das weiß ich bereits«, unterbrach Andrea. »Oberstleutnant Passini hat es mir gesagt.«

»Ja, aber Sie wissen bestimmt noch nicht, was man unter den Fingernägeln des Opfers gefunden hat, richtig?«

Andreas Stimme klang unnatürlich hoch, als sie fragte: »Nein! Was hat man dort gefunden?«

»Hautpartikel. Und nach der DNA-Analyse steht fest, dass sie von Marc stammen.«

»Nein. Das ist nicht möglich. Marc hat sie doch nicht umgebracht!«

Sentis seufzte am anderen Ende der Leitung. »Dieser Beweis spricht jedenfalls eine andere Sprache. Und das ist noch nicht alles: Die Polizei ist aufgrund der Selbstmordnotiz von Frank Wilhelm stutzig geworden und hat einen Schreibtest mit ihm gemacht. Dabei haben sie festgestellt, dass der Freund des Opfers tatsächlich Linkshänder ist!«

Unwillkürlich erinnerte sich Andrea daran, wie ungeschickt Wilhelm neulich die Kaffeetasse mit der rechten Hand entgegengenommen hatte! Logisch! Er war Linkshänder! Und damit ohne jeden Zweifel unschuldig. Der Kehlschnitt war eindeutig von einem Rechtshänder ausgeführt worden. Mist, jetzt machte es auch Sinn, dass er mit links geraucht und sich die brennende Glut in der rechten Hand ausgedrückt hatte!

»Sie wissen genauso gut wie ich, dass damit der einzige sonstige Verdächtige rausfällt. Ehrlich gesagt wird es nun für Marc verdammt schwer werden, seinen Kopf noch aus dieser Schlinge zu ziehen. Richter messen nachgewiesenen DNA-Spuren eine besonders große Bedeutung bei. Und momentan fällt mir nicht ein einziges Entlastungsargument ein.«

»Kann nicht jemand anderes Marcs DNA unter die Fingernägel von Lara Frey gegeben haben, um ihn zu belasten?«

»Frau Brunner, wir müssen der Realität verhaftet bleiben. Wer sollte den gleichzeitig Zugang zu den abgeschnittenen Gliedmaßen und Marcs DNA gehabt haben?«

»Der Mörder, Herr Sentis! Der Mörder! Und ich bin gerade über ein sehr plausibles Motiv informiert worden.«

Andrea schilderte Marcs Anwalt die Unterhaltung mit Frau Haas.

Doch Sentis blieb skeptisch. »Ich weiß nicht«, murmelte er unschlüssig. »Das ist mir doch alles zu abgehoben. Hätte sich Frau Frey nur wegen einer Reportage wirklich auf so ein heikles Unterfangen eingelassen?«

»Sie wollte den Job wechseln.«

»Ich glaube, wir sollten uns jetzt eher auf entlastende Momente für die Verteidigung von Marc konzentrieren, als irgendwelchen Hirngespinsten nachzurennen.«

Andrea wollte ihm vehement widersprechen, aber dann besann sie sich eines Besseren. Es würde Marc nichts nützen, wenn sie eine Auseinandersetzung mit seinem Verteidiger anfinge. »Dann hat Marc also keine Chance, diesen Samstag beim Rennen in Adelboden anzutreten? Das wird ihn den Weltcup kosten.«

»Ich glaube, Sie verkennen den Ernst der Lage, Frau Brunner. Wenn nicht noch ein Wunder geschieht, dann wird Marc für mindestens zwanzig Jahre ins Gefängnis wandern.«

Andrea schluckte. »Für wann sollen wir ein Treffen ansetzen?«

»Ich werde Marc gleich kurz sehen. Aber es würde bestimmt Sinn machen, morgen früh die weitere Vorgehensweise zu besprechen. Um zehn?«

»Okay. Ich habe noch kein Hotel für heute Nacht, aber Sie können mich jederzeit auf meinem Handy erreichen.«

»Gut. Sichere Fahrt noch!«

»Danke.« Als Andrea auflegte, fiel ihr ein, dass sie vorhin gerade im Begriff gewesen war, Alberto anzurufen. Doch jetzt hätte sie ihm am liebsten den Hals umgedreht! Entführung hin oder her, er hatte ihr hoch und heilig versprochen, sie sofort zu informieren, wenn der Bericht des

Pathologen vorlag. Stattdessen hatte er ihn ohne ein Wort an die Staatsanwaltschaft weitergeleitet! Außerdem hatte er ihr die Neuigkeiten über Frank Wilhelm vorenthalten! Was für ein Mistkerl!

Oberstleutnant Passini, der bleich, ausgezehrt und übernächtigt aussah, nahm Marc in Empfang, nachdem Lüthy den Papierkram erledigt hatte, und informierte ihn, dass die Staatsanwaltschaft darauf bestand, dass er seine Untersuchungshaft nicht in Chur antrat, sondern in Samedan. Frau Carmassi wolle ihn in ihrer Nähe wissen, falls eine erneute Befragung notwendig wäre. Nachdem er den vollkommen perplexen Marc über den Grund seiner Festnahme informiert hatte, sagte Passini mit müder Stimme: »Alles Weitere wird Ihnen gleich Ihr Anwalt erklären.« Dann führte er Marc an dem Zimmer vorbei, in dem man ihn zuvor verhört hatte, und stattdessen in sein Büro.

»Bleiben Sie bei dem Gespräch mit meinem Anwalt dabei?«, fragte Marc.

»Nein, aber in dem Verhörzimmer hat sich die Sondereinheit einquartiert, die sich um die Entführung meines Sohnes kümmert. Ich werde gleich kurz nach Hause fahren, um nach meiner Frau zu sehen.«

»Haben sich die Entführer endlich gemeldet?«

Passini schüttelte den Kopf. Seine Hände zitterten. »Nein. Und die Sondereinheit sagt, dass wir inzwischen vom Schlimmsten ausgehen müssen. Sie vermuten, dass die Entführer Panik bekommen haben könnten …«

»Das ist furchtbar. Aber man darf die Hoffnung nie aufgeben. Nicht, bevor man mit Sicherheit weiß, was passiert ist.«

»Natürlich nicht«, sagte Passini. Doch sein Ton strafte seine Worte Lügen. Er ging wie selbstverständlich davon aus, dass Jonas bereits tot war. Sonst hätte er nicht so gebeugt und zehn Jahre älter als noch vor einer Woche gewirkt.

Im selben Moment, in dem Sentis mit seiner Aktentasche unter dem Arm das Büro betrat, verabschiedete sich der Oberstleutnant und verließ mit schleppenden Schritten den Raum. Ein gebrochener Mann.

Marcs Anwalt nahm ohne Umschweife an Passinis Schreibtisch Platz und zeigte auf den Besucherstuhl. Marc setzte sich.

»Ich glaube, es ist an der Zeit, dass Sie mir endlich die Wahrheit sagen«, begann der Jurist und fixierte seinen Mandanten mit einem ernsten Blick.

»Was meinen Sie damit? Ich habe Ihnen immer die Wahrheit gesagt.« Marcs Gesicht verfinsterte sich.

Doch Sentis ließ sich nicht beeindrucken. »Es wäre wesentlich leichter für mich, Sie zu verteidigen, wenn Sie zugeben würden, Frau Frey umgebracht zu haben. Dann könnte Ihnen ein Psychiater für den Tatzeitpunkt eine psychische Ausnahmesituation attestieren, ausgelöst durch den Druck der Rennen oder durch schmerzlindernde Medikamente, die Sie eingenommen haben, oder etwas Ähnliches. So hätten wir vielleicht noch eine Chance, der Höchststrafe zu entgehen.«

»Ich glaube, Sie verstehen mich nicht, ich bin unschuldig!«, beteuerte Marc und versuchte trotz der aufsteigenden Panik, ruhig zu bleiben.

»Ich bitte Sie, das ist doch kindisch. Das Spiel ist aus, man hat Ihre DNA unter den Fingernägeln des Opfers gefunden.«

»Das ist unmöglich!« Marcs Kopfhaut kribbelte. Irgendjemand wollte ihm diesen Mord mit aller Macht in die Schuhe schieben. Aber wer?

»Das ist nicht nur möglich, sondern eine amtlich festgestellte Tatsache. Bitte kommen Sie zur Vernunft und gestehen Sie!«

Für einen Moment war Marc zu perplex, um seinem Anwalt zu antworten. Erschüttert und den Kopf in die Hände gestützt, versuchte er zu entschlüsseln, was das für sein weiteres Leben bedeutete. Dann blickte er auf. »Ich weiß, dass Sie mir vermutlich nicht glauben werden, aber ich bin wirklich und wahrhaftig unschuldig. Die Sache mit Lara Frey war lange vorbei. Ich wollte mich nur bei ihr für den Streit entschuldigen –«

»Und dabei hat Frau Frey Sie provoziert und Sie haben sie umgebracht.«

»Nein!«, sagte Marc mit fester Stimme. »So war es nicht. Ich habe sie lediglich gefunden. Bitte legen Sie mir nicht Worte in den Mund, die ich nie gesagt habe.«

Plötzlich hieb der Anwalt aggressiv mit der Faust auf den Tisch. »Schluss jetzt! Reden Sie doch nicht so einen Blödsinn! Wenn Sie Frau Frey nicht umgebracht haben, wie sollte dann ausgerechnet Ihre DNA unter die Fingernägel der Toten gelangen?«

»Ich weiß es nicht. Vielleicht hat das Labor einen Fehler gemacht. Aber ich kann keinen Mord zugeben, den ich nicht begangen habe, nur damit die Fakten besser zusammenpassen.«

»So kommen wir jedenfalls auch nicht weiter«, sagte Sentis frustriert. »Ich kann Sie nicht verteidigen, wenn Sie die ermittelten Fakten anzweifeln und den Kopf in den Sand stecken.«

Die beiden Männer starrten sich aufgebracht an. Minutenlang. Keiner wollte den Blickkontakt als Erster lösen.

Schließlich packte Sentis seine Aktentasche und stand auf.

»Vielleicht wird Sie ja eine Nacht in der Zelle zur Vernunft bringen. Ich sage Wachtmeister Lüthy Bescheid, dass er Sie jetzt einsperren kann. Bitte nutzen Sie die Zeit, um sich darüber klar zu werden, was Sie wollen: zwanzig Jahre hinter Gittern oder eine reelle Chance, diese Zeit auf fünf bis sieben Jahre zu verkürzen. Wir reden dann morgen!«

Kurz darauf fand sich Marc in einer spartanisch eingerichteten U-Haft-Zelle wieder. Bis auf ein Bett, eine Toilette und ein Waschbecken – alles aus rostfreiem Stahl – war der Raum leer. Die Tür hatte ein Sichtfenster, durch das der wachhabende Polizist alle zwei Stunden kontrollieren konnte, dass er sich nicht umgebracht hatte. Offenbar war das eine Option, die die Polizei in Betracht zog, denn man hatte ihn gezwungen, seinen Gürtel und seine Schnürsenkel abzugeben.

Unglücklich legte sich Marc auf die harte Matratze des Betts. Wie hatte es nur so weit kommen können? Warum hatte er bloß diese verdammte Tür zu Laras Zimmer aufgestoßen? Wieso hatte er sie nicht einfach in Ruhe lassen können? Auf einmal stockte sein Gedankenfluss. Die offene Tür! Warum hatte der Mörder die Tür nicht hinter sich zugezogen? Marcs Gehirn arbeitete auf Hochtouren. Langsam und methodisch ging er noch einmal alle Fakten durch ...

Und plötzlich ahnte er, warum die Tür offen gestanden hatte. Und er hatte auch eine starke Vermutung, wie seine DNA unter Laras Fingernägel gekommen war. Was für ein teuflischer Plan!

Marc sprang vom Bett auf, ging mit zwei Schritten zur

Zellentür und rüttelte daran. »Hallo?«, schrie er laut durch den Sehschlitz. »Hallo, ist da jemand? Bitte verständigen Sie sofort Oberstleutnant Passini! Ich muss unbedingt mit ihm sprechen!«

20. Kapitel

Ihr Nacken war völlig verspannt. Die Hände fest ans Lenkrad gepresst, rollte Andrea ihren Kopf von rechts nach links, um die Muskulatur zu lockern. Sie war hundemüde. Bis auf einen Tankstopp war sie von Wien nach St. Moritz durchgefahren. Mit Verkehr fast acht Stunden. Eine verdammt lange Zeit, um sich Sorgen zu machen. Wie es Marc wohl gerade ging? Sie hatte versucht, ihn auf seinem Handy zu erreichen, aber niemand war drangegangen. Wahrscheinlich hatte ihm die Polizei wieder alle seine Besitztümer abgenommen. Eigentlich hatte sie Alberto noch anrufen wollen, um ihn nach Marcs Gemütszustand zu fragen. Aber die erste Zeit nach dem Gespräch mit Sentis war sie zu sauer auf ihren ehemaligen Ausbilder gewesen, und danach hatte sie an den entführten Jonas denken müssen. Sentis hatte ihr versichert, dass sie Marc morgen sehen würde – diese Aussicht musste fürs Erste reichen.

Gerade fuhr Andrea an Samedan vorbei. Ohne darüber nachzudenken, trat sie auf die Bremse und bog am Kreisverkehr nach der Unterführung in den Ort ab. Ob man Marc inzwischen hierhin auf die Polizeiwache gebracht hatte? Doch um diese Zeit – es war nach neunzehn Uhr – würde man sie garantiert nicht zu ihm vorlassen. Oder doch? Unschlüssig kurvte sie durch den hübschen Ort. Dann fuhr sie an einem Schild vorbei, auf dem »Spital

Oberengadin – Ospidel Engadin'Ota« stand. Das Krankenhaus, in dem Frank Wilhelm mit einem gebrochenen Bein und einem gebrochenen Herzen lag.

Der Mörder von Lara Frey hatte so viel Unheil über so viele Menschen gebracht ... Warum? Hatte er das beabsichtigt? Wollte er diesen Leuten gezielt wehtun, oder war das alles nur ein Kollateralschaden von Lara Freys fehlgeschlagenem Plan?

Die Entführung von Jonas musste doch auch etwas mit dem Mord zu tun haben. Sonst hätte der oder die Entführer sich doch bestimmt ein betuchteres Opfer ausgesucht. Garantiert hatte der clevere Junge eine Entdeckung gemacht, die ihm zum Verhängnis geworden war. Ob er noch lebte? Wo hielt man ihn versteckt, dass selbst Alberto, der das Oberengadin wie seine eigene Westentasche kannte, keine Ahnung hatte, wo er nach seinem Kind suchen sollte? Oder steckte doch Alberto selbst dahinter? Niemand vermochte sich vorzustellen, dass ein Vater oder eine Mutter das eigene Kind töten konnten, und doch geschahen solche Gräueltaten jeden Tag auf der Welt. War Albertos Trauer und Verzweiflung wirklich ein Zeichen seiner Liebe zu Jonas – oder entstammten diese Gefühle vielmehr der Schuld, die er durch seine Tat auf sich geladen hatte? Vielleicht würde sie es nie erfahren. Ihre Gedanken wanderten erneut zu Marc. Wie entsetzlich musste es sein, unschuldig zu sein und doch hinter Gittern zu sitzen!

Während Andrea weiter durch die engen Sträßchen manövrierte, überlegte sie unwillkürlich, wo die Verbindung von Jonas zu dem Mord an Lara Frey liegen könnte. Was hatte der Junge entdeckt? Er kannte die Journalistin doch kaum, hatte sich lediglich ein paarmal mit ihr unterhalten. Ach ja, und dann war er noch einige Male mit

Lara und ihrem Freund Frank in den Bergen herumgeklettert. Aus diesen Wandertouren war sogar ein Buch entstanden!

Plötzlich hielt Andrea den Wagen an. Im Leerlauf ließ sie den Motor aufheulen. Das Buch! Das Buch mit der Widmung! Wie hatte sie das nur vergessen können. Irgendwo musste es doch abgeblieben sein ... Frank Wilhelm hatte gesehen, wie seine Freundin eine Widmung reingeschrieben hatte, aber in Laras Gepäck war das Buch nicht zu finden gewesen. Hatte sie es dem Mörder gegeben? Wollte sie das eventuell geplante Enthüllungstreffen damit beginnen, ihm zu erzählen, wie sehr die Alpen durch den Klimawandel litten – und dann überschwenken zu Wondersnow und der Bestechung? Und das Buch sollte ihre Argumentation untermauern? Möglich wäre es. Oder reimte sie sich da völligen Schwachsinn zusammen? Lara hätte das Buch am nächsten Morgen auch einem x-beliebigen Menschen geben können. Hm. Aber warum hätte sie das Buch zu ihrer Arbeit mitnehmen sollen? Schließlich hatte sie sich lediglich das Training angeschaut, bei dem es zu dem unschönen Streit mit Marc gekommen war ...

Hinter Andrea hupte jemand laut, und sie lenkte den Wagen noch etwas näher an den Straßenrand. Aber falls es tatsächlich so gewesen sein sollte, wie sie annahm: Was hatte der Mörder dann mit dem Buch gemacht? Hatte er es mitgenommen? Unwahrscheinlich. Er musste schon die abgetrennten Hände wegschaffen. Oder war es gar nicht mehr zur Buchübergabe gekommen? Hatte der Mörder an der Tür geklopft und Lara schon auf dem Weg ins Wohnzimmer der Suite erwürgt? Wo war das Buch dann abgeblieben?

Plötzlich kam ihr eine Idee. Sie gab Gas und lenkte den

Wagen zurück zum Kreisverkehr. Hoffentlich lag sie diesmal nicht daneben!

Ich bin so hungrig und mir ist so kalt, dass ich mir den Mörder fast herbeisehne. Irgendwie unglaublich, wie schnell man auf die menschlichen Grundbedürfnisse – essen, trinken, schlafen – reduziert wird. Mein gesamter Vorrat an Adrenalin scheint verbraucht zu sein, und ich würde ein Königreich für eine Brotkruste oder einen Schlafsack geben. Um mich in der Kälte möglichst warm zu halten, liege ich zitternd und zusammengerollt wie ein Igel auf der Matratze. Und warte.

Keine Ahnung, wie lange er mich hier schon gefangen hält. Es fühlt sich an wie eine Ewigkeit. Und ich wünsche mir, dass endlich alles vorbei wäre. Worauf wartet er noch?

Plötzlich spitze ich die Ohren. Das Geräusch von Schritten dringt an mein Ohr. Aber ich habe mir schon so oft eingebildet, dass er endlich kommt, dass ich versuche, ruhig abzuwarten. Ich kann keine weitere Energie auf eine neuerliche Sinnestäuschung verwenden. Doch dann öffnet sich plötzlich die Tür …

Er sieht müde aus. Abgekämpft. Es ist bestimmt verdammt hart, anderthalb Menschen auf dem Gewissen zu haben. Irgendwo tief in seinem Inneren muss er schließlich auch noch menschliche Gefühle haben. Ein Schuldbewusstsein.

»Na, Jonas? Hast du mich schon vermisst?«, fragt er und stellt einen schwer wirkenden Rucksack neben der Tür ab. Könnte da etwas zu essen drin sein?

»Ja«, antworte ich wahrheitsgemäß und starre auf den Rucksack.

»Pfui Teufel, stinkt es hier!«, beschwert er sich. »Wie in einem Saustall!«

Natürlich riecht es nicht gut, wenn man seine Notdurft schon seit Tagen in eine Ecke machen muss. Aber ich verkneife mir diesen Kommentar. Vielleicht hat er etwas zu essen dabei. »Tut mir leid«, antworte ich leise.

»Schau an. Auf deine alten Tage wirst du ja doch noch höflich!« Er grinst und öffnet den Rucksack. Er steckt seine Hand rein und ...

Mein Magen knurrt wie bei einer Pawlow'schen Versuchsreihe. Hoffentlich ist es etwas zu essen, bete ich. Oder eine Flasche Wasser, das wäre auch gut.

Doch dann zieht er – ganz langsam – einen völlig anderen Gegenstand hervor. Eine Axt.

»So, bevor wir jetzt ein wenig Spaß miteinander haben ...« Er nimmt die Axt und schwingt sie langsam hin und her. Drohend. Mein sowieso schon kaltes Blut gefriert bei diesem Anblick. »... will ich erst noch etwas erfahren. Woher wusstest du, dass ich Frau Frey ermordet habe?«

Ich überlege kurz, ob ich ihm die Wahrheit sagen sollte, oder ob es strategisch günstiger wäre, zu lügen.

Er lächelt süffisant. »An deiner Stelle würde ich mich gegen dumme Lügen entscheiden. Sterben wirst du so oder so. Aber wenn ich dir auf die Schliche komme, dass du mich angelogen hast, wird es etwas länger dauern ... Es gibt erstaunlich viele Teile des menschlichen Körpers, derer man sich entledigen kann, ohne dass man unmittelbar draufgeht. Und für meine geplante Scharade brauche ich nur deine Hände.«

»Was für eine Scharade?«, krächze ich rau. Es ist schwer, mit einer trockenen Zunge zu sprechen.

»Ich habe mir überlegt, einen Serienkiller ins Leben zu ru-

fen, der regelmäßig Leute abmurkst, weil er auf Hände abfährt. Du weißt schon, ›Schweigen der Lämmer‹-mäßig.«

Ich weiß nicht, welcher Teufel mich reitet, aber bevor ich mich selbst stoppen kann, brumme ich: »Man wird dir trotzdem auf die Schliche kommen. Es ist nur eine Frage der Zeit, bis jemand richtig nachdenkt.«

Sein Blick verfinstert sich. »Schade nur, dass es für dich dann schon zu spät sein wird! Also, raus mit der Sprache, wie bist du auf mich gekommen?«

Jetzt ist sowieso alles egal. Also kann ich genauso gut die Wahrheit sagen. »Ich bin am Anfang gar nicht auf dich gekommen. Ich hatte jemand anderen in Verdacht, weil ich eure beiden Namen in den Kontakten von Frau Freys Telefon gefunden habe und …«

»Das ist eine verdammte Lüge!«, brüllt er und hebt die Axt. »Ich habe die SIM-Karte rausgemacht, zerschnitten und weggeschmissen, du kannst also die Kontakte dieser Schlampe gar nicht gesehen haben!«

»Doch«, widerspreche ich ihm und wundere mich, dass er so wenig Ahnung von moderner Technik hat. Aber vielleicht ist er zu alt dafür. Oder auch einfach zu arrogant und desinteressiert. »Die Telefongesellschaft verfügt natürlich über ein Back-up der Daten. Ich habe Frau Freys Passwort geknackt und die Namen gesehen … Aber ich habe einen großen Fehler gemacht. Ich war unter Zeitdruck und habe nicht überprüft, mit wem sie als Letztes telefoniert hat – denn das musst du gewesen sein. Deshalb dachte ich, dass es stattdessen Onkel –«

»Halt die Klappe!«, sagte er grob. »Dein Geschwafel interessiert mich nicht! Niemand außer dir wird dieses dämliche Passwort erraten und deshalb –«

»Vielleicht wird Swisscom das Passwort auch so rausrücken. Aber im Grunde genommen kann man durch reines

Nachdenken und ein wenig Recherche auch so auf deine Spur kommen! So schwer ist das nicht.«

»Ach, was weißt du schon. Man hat gerade die Hände der werten Dame gefunden – an denen DNA-Spuren von Marc Gassmann kleben! Es ist also ein glasklarer Fall. Niemand wird mich verdächtigen!«

Ich denke kurz nach. »Meines Erachtens war das ein großer Fehler. Nun werden die Ermittler erst recht auf dich kommen.«

»Blödsinn!« Er macht wütend einen Schritt auf mich zu. »Jetzt werde ich dir erst einmal dein dummes Maul stopfen, damit du nicht weiter diesen absoluten Schwachsinn verzapfen kannst ...«

Je mehr er sich nähert, desto mehr presse ich mich gegen die Wand. Ich bin feige, habe Angst vor den Schmerzen, die mir so gut wie sicher sind. Das wird kein leichter Tod, kein sanftes Hinübergleiten.

Schließlich steht er vor mir. In unmittelbarer Reichweite. Doch er reißt die Axt dermaßen brutal und unkontrolliert nach oben, dass mir der nachfolgende Schlag vielleicht doch ein schnelles Ende bereiten wird. Einen zertrümmerten Schädel überlebt man nicht. Der Mörder holt noch etwas weiter aus ... und ich kneife in Todesangst beide Augen zu.

Dann klingelt plötzlich ein Telefon.

Zaghaft öffne ich ein Auge und sehe zu meinem Erstaunen, dass er die Axt auf seiner Schulter abgestützt hat und in seiner Hosentasche kramt.

»Ja?«, sagt er ungehalten, als er das Handy hervorgezogen und auf den Annahmeknopf gedrückt hat. Er lauscht dem Anrufer für etwa zwanzig Sekunden. Danach brummt er: »Okay. Ich komme!«, und legt auf.

»Hast du nicht gesagt, dass es hier unten keinen Empfang gibt?«, frage ich.

Er grinst, während er die Axt gegen die Wand lehnt. »Tja, offenbar bist du eben doch nicht so schlau, wie du immer denkst. Und nur damit du dir keine falschen Hoffnungen machst: Ich muss nur schnell etwas erledigen. Dann komme ich wieder und beende, was ich gerade anfangen wollte!«

Marc hatte Schritte gehört und blickte durch den Sehschlitz. Es war tatsächlich Passini. Er sah zum Fürchten aus. Eingefallene Wangen, dunkle Ringe unter den Augen. Was war geschehen, dass der Oberstleutnant noch fertiger als vor wenigen Stunden aussah?

»Was wollen Sie, Gassmann?«, fragte er ihn mit schleppender Stimme.

»Mein eigener Anwalt denkt, dass ich Lara umgebracht habe und –«, setzte Marc an, doch Passini unterbrach ihn.

»Wenn sogar Ihr eigener Anwalt das denkt, wird wohl etwas dran sein. Und wenn Sie mich von meiner trauernden Frau weggeholt haben, um mir ihr selbst verschuldetes Leid zu klagen, werde ich umgehend wieder gehen.«

»Nein, das will ich nicht.«

»Sondern?«

»Ich muss selbst die Initiative ergreifen, sonst wird der Mörder vielleicht nie gefunden werden!«

»Blödsinn!« Passini wandte sich ab.

»Und was, wenn ich Ihnen sage, dass Laras Mörder auch hinter der Entführung Ihres Sohnes steckt? Ist das dann immer noch Blödsinn?«

Passinis Augen brannten wie zwei Kohlestücke in seinem bleichen Gesicht. »Und wo ist der Beweis für Ihre wilden Behauptungen?«

»Lassen Sie mich hier raus und fahren Sie mit mir in

das ›Hotel Engadin‹, dann gebe ich Ihnen meinen Beweis.« Marc war sich bewusst, dass dies im Grunde genommen eine Lüge war. Aber um die Ermittlungen in die richtige Richtung anzustoßen, war ihm momentan jedes Mittel recht.

»Sie spinnen doch. Glauben Sie wirklich, dass ich Ihnen so einfach zur Flucht verhelfe?«

»Ich habe nicht vor zu flüchten. Aber wenn Ihnen das Leben Ihres Jungen lieb ist, dann tun Sie besser, was ich sage.«

»Ach, hören Sie doch auf mit diesem grausamen Spiel. Jonas ist tot.«

»Und was, wenn er noch lebt? Wollen Sie dann wirklich lieber hier rumsitzen und Trübsal blasen, als mir zu helfen, ihn zu retten?«

»Sagen Sie mir sofort, wo Sie Jonas vermuten!«

»Ich weiß nicht, wo man ihn genau versteckt hat. Aber ich bin mir sicher, dass der Täter es uns verraten wird, wenn wir ihn in die Mangel nehmen!«

Passini überlegte, sichtlich angestrengt. Er schien geistig nicht ganz auf der Höhe zu sein. Das mussten der Schlafmangel und die tiefe Angst um den Jungen sein.

»Was für Beweise haben Sie? Wie sind Sie dem Täter auf die Spur gekommen?«, fragte er zögerlich.

»Überlegen Sie doch mal selbst: Wieso hatte der Mörder die Tür von Laras Suite aufgelassen, damit ich reingehen konnte? Jeder normale Mensch, der gerade jemanden umgebracht hat, hätte doch die Tür hinter sich geschlossen.«

Dem Oberstleutnant war seine Verwirrtheit anzusehen. Er schien die Bedeutung von Marcs Aussage nicht zu begreifen.

»Der Mörder hatte meinen Streit mit Lara mitverfolgt

und ahnte, dass ich mich dafür bei ihr, einer der bekanntesten Reporterinnen des Schweizer Fernsehens, entschuldigen würde. Allein schon, weil ich in allen restlichen Rennen wieder auf sie treffen würde und weil wir in der Vergangenheit eine aller Welt bekannte Affäre gehabt hatten. Da lag diese Entschuldigung in der Luft. Und der Täter hat nicht lange gefackelt. Er hat mich kurzerhand als Sündenbock auserkoren – und deshalb auch Spuren meiner DNA, die nur er haben konnte, unter Laras Fingernägel gegeben!«

Plötzlich schien es bei Passini »klick« zu machen. Wilde Entschlossenheit stand in seinen Zügen. »Sie meinen also, dass –«

»Ja, genau.« Marc hätte vor Erleichterung losheulen können, aber er hatte noch einen Job zu erledigen. »Lassen Sie mich raus. Ich begleite Sie!«, forderte er Passini auf.

»Das geht nicht. Ich muss Lüthy mitnehmen«, erwiderte der Polizist.

»Ich bin wesentlich fitter. Außerdem ist Lüthy nicht hier – und wahrscheinlich zählt gerade jede Sekunde. Falls der Mörder Jonas bisher nicht getötet hat, dann nur, um zu sehen, ob ihm jemand etwas anhängen kann. Jetzt, wo er meint, mit seinem Plan durchzukommen, ist das Leben des Jungen – mit dem er sich vielleicht anderenfalls die Freiheit hätte erkaufen wollen – für ihn nichts mehr wert. Bitte denken Sie an Jonas, und LASSEN SIE MICH RAUS!«

Passini schien mit sich zu kämpfen, aber dann zog er einen Schlüssel hervor und öffnete Marcs Zelle. Er nahm seine Dienstwaffe und richtete sie auf Marc. »Wenn Sie auch nur eine Bewegung machen, die nach Flucht aussieht, werde ich auf Sie schießen! Haben Sie das verstanden?«

Marc schluckte. Dann nickte er und ging an Passini vorbei. »Kommen Sie! Wir haben nicht eine Sekunde zu verlieren!«

Andrea parkte das Auto vor dem »Hotel Engadin« und reichte dem livrierten Diener, den sie noch von ihrem früheren Aufenthalt her kannte, den Schlüssel, damit er es in die Garage fahren konnte.

»Werden Sie heute wieder unser Gast sein?«, fragte der junge Mann wohlerzogen.

»Ich weiß es noch nicht«, sagte Andrea ehrlich. »Vielleicht.«

Auf dem Weg zur Rezeption hoffte sie, dass sie auf Gerhard Schulte oder sogar Reto Hauser treffen würde. Die beiden kannten sie bereits, und sie würden für ihre etwas unorthodoxe Bitte wahrscheinlich eher Verständnis aufbringen als ein anderer Hotelangestellter.

Und tatsächlich hatte sie Glück. Gerhard Schulte war in ein Gespräch mit dem Concierge verwickelt. Als er sie erblickte, huschte der Anflug eines Lächelns über sein hartes Gesicht.

»Hallo, Herr Schulte!«, sagte Andrea ruhig, obwohl sie innerlich zum Bersten gespannt war.

»Hallo, Frau Brunner! Wie geht es Ihnen? Benötigen Sie ein Zimmer für die Nacht?«

Andrea überlegte. Wahrscheinlich würde es ihm leichter fallen, ihrer Bitte zu entsprechen, wenn sie vorab ein Zimmer buchte. Und irgendwo musste sie ja sowieso übernachten. Auch wenn das hier bestimmt die teuerste

Option war. »Ja. Hätten Sie noch ein Einzelzimmer für mich frei?«

»Aber sicher. Georg, gibst du Frau Brunner bitte ein schönes Einzelzimmer?«, wies er den Angestellten neben sich an.

»Mit dem allergrößten Vergnügen.« Der Mann blickte in den Computer und tippte einige Daten ein.

»Und dann hätte ich noch eine Bitte, Herr Schulte. Alberto hat mich gebeten, für ihn noch ein Detail in der Turmsuite zu überprüfen. Dürfte ich sie mir deshalb einmal kurz anschauen?«

»Um was geht es denn? Wir haben den Tatort doch schon längst gereinigt.« Schulte wirkte überrascht, aber nicht ärgerlich.

»Er will noch ein Foto des Eingangsbereichs für seine Akten – offenbar haben da die Kollegen geschlampt«, log Andrea mit einem Lächeln.

»Sollte er da nicht besser seinen Wachtmeister schicken? Die Turmsuite ist nicht belegt, aber ...«

»Ich fasse auch garantiert nichts an«, beeilte sich Andrea zu sagen. »Sie haben keine Scherereien mit mir. Ich flitze nur zwei Minuten hoch, mach das Foto und komme dann gleich wieder runter.«

Schulte schien sich einen Stoß zu geben. »Also gut.« Er griff hinter sich und nahm einen altmodischen Schlüssel von der Wand. »Ich begleite Sie.«

»Das ist doch nicht notwendig. Sie sind doch garantiert sehr beschäftigt. Geben Sie mir einfach den Schlüssel, und ich bin gleich wieder da.«

Der Hotelmanager lächelte. »Na gut. Wir bereiten so lange Ihre Anmeldung vor.«

»Vielen Dank!« Andrea griff beglückt nach dem Schlüssel, den er ihr hinhielt. Das war wesentlich einfacher gewesen, als sie angenommen hatte! Hastig machte sie sich auf den Weg zum Fahrstuhl.

Als sich wenig später die goldverspiegelten Türen des Lifts öffneten, stieg sie ein und drückte auf den obersten Knopf. Aufgeregt warf sie noch einen letzten Blick auf die Rezeption, bevor der Fahrstuhl sich in Bewegung setzte. Schulte telefonierte. Aber er schien kein angenehmes Gespräch zu führen. Sein Gesicht wirkte ernst.

21. Kapitel

Als ich endlich wieder richtig Luft bekomme, fällt mir etwas auf: Er hat die Axt nicht mitgenommen, sondern sie lediglich an die Wand gelehnt. Natürlich außerhalb der Reichweite meiner Hände ... Aber wenn ich meine Jacke auszöge und sie so über die Axt werfen würde, dass ich die tödliche Waffe zu mir ziehen könnte? Dann könnte ich mich eventuell selbst befreien. Einfach die Kette durchhacken und aus der immer noch unverschlossenen Tür fliehen ... Einen Versuch ist es definitiv wert.

Mit steifen, kalten Fingern ziehe ich den Reißverschluss auf. Danach versuche ich die Jacke über meine Schultern zu ziehen. Ich bin so schwach, dass selbst diese einfachen Handgriffe viel länger dauern als sonst. Das Wissen, dass er jederzeit durch die Tür treten und – wie angekündigt – sein Werk vollenden könnte, macht mich noch ungeschickter, als ich es sowieso schon bin. Doch dann schaffe ich es, erst den linken Arm und dann die rechte Schulter aus der Jacke zu zwängen. Und genau in diesem Moment fällt mir mein Denkfehler auf! Wie soll ich den rechten Ärmel über mein angekettetes Handgelenk ziehen? Das ist unmöglich!

Ich weiß nicht, was mich mehr erschreckt, meine nun ausweglose Situation oder die Tatsache, dass mein Gehirn nicht mehr richtig arbeitet. Offenbar schwächt der Schlaf- und Essensentzug nicht nur meinen Körper! Nachdem ich mich mühevoll wieder angezogen habe, zwinge ich mich, weiter über eine Möglichkeit nachzudenken, um doch noch an die Axt zu gelangen. Die Antwort liegt auf der Hand: die Matratze! Ich bin mir zwar nicht sicher, ob ich noch über genügend Kraftreserven verfüge, um das unhandliche und schwere Teil zu bewegen, aber es ist meine letzte Chance.

Mit aller Entschlossenheit, zu der ich in meinem ermatteten Zustand noch fähig bin, rolle ich mich nach rechts und versuche, mit meinem Fuß und der rechten Hand, die Matratze so von der Wand wegzuschieben, dass ein Hohlraum entsteht ... Es verlangt mir alles ab. Mein Puls schnellt in die Höhe. Doch dann rutscht die Matratze Zentimeter um Zentimeter nach vorn.

Geschafft. Mit schweißnasser Stirn klemme ich mich – mit dem Rücken zur Wand – in die Lücke und versuche, mit beiden Beinen meine Schlafstätte Richtung Axt zu drücken. Langsam kommt die Matratze in Bewegung ...

Mit klopfendem Herzen steckte Andrea den Schlüssel ins Schloss und öffnete die Tür. Der scharfe Geruch von Desinfektionsmitteln schlug ihr entgegen, vermischt, aber nur teilweise überdeckt von dem wohlriechenden Raumspray, das auch in den restlichen Hotelräumen verwendet wurde. Natürlich hatte man die Turmsuite nach der schrecklichen Tat von Grund auf reinigen müssen. Aber so richtig bewohnbar schien sie immer noch nicht zu sein. Das hatte wahrscheinlich auch bei Schultes Entscheidung, ihrer Bitte stattzugeben, eine wichtige Rolle gespielt. Er wusste, dass die Turmsuite auf längere Zeit »nicht belegt« sein würde ... Alle Zeitungen hatten über den Mord an Lara Frey berichtet und dabei auch die Turmsuite nicht unerwähnt gelassen. Mal abgesehen von dem widerlichen

Gestank in diesen Räumen: Wer wollte schon für mehrere tausend Franken die Nacht in einem Zimmer schlafen, das an Mord und Tod erinnerte?

Wie unter Zwang öffnete Andrea zunächst die Badezimmertür, um den eigentlichen Tatort zu betrachten. Auch hier erinnerte äußerlich nichts mehr an die blutige Amputation, die darin stattgefunden hatte. Die Badewanne war strahlend weiß geschrubbt und auch auf dem altmodischen Duschvorhang konnte sie keinen Blutspritzer ausmachen. Trotzdem hatte der Raum eine ungute Aura. Andrea schüttelte sich. Gleich würde sie Gewissheit haben. Mit wenigen Schritten durchquerte sie den Gang und betrat das Wohnzimmer.

Erst in Samedan war ihr der Gedanke gekommen, dass sich das Buch mit Lara Freys Widmung möglicherweise noch im Hotelzimmer befinden könnte. Angenommen, die Übergabe des Buches hätte nicht mehr stattgefunden, was wäre dann wohl damit passiert? Wahrscheinlich wäre es auf dem Schreibtisch oder sonst irgendwo im Zimmer liegen geblieben. Doch hätte man es wirklich als das Eigentum der Toten identifiziert? Es war schließlich ein Buch über Berge und Gletscher. Mit einem klassischen Umschlag. Hätten die ermittelnden Beamten es unter diesen Umständen nicht eher als zum Hotelinventar zugehörig eingeordnet? In den meisten gehobenen Hotels stand den Gästen doch heutzutage ein entsprechendes Angebot zur Verfügung: Magazine und Bücher über die Region, CDs mit Smooth-Jazz, manchmal sogar DVDs über die verschiedenen Sehenswürdigkeiten der Region ...

Vielleicht hatten die Kollegen von der Polizei das Buch ja sogar auf Fingerabdrücke getestet und Lara Freys gefunden. Aber was besagte das schon? Die Tote hat den Band über die Berge in der Hand gehabt ... Keine große

Sache. Aber hatten die Beamten das Buch tatsächlich auch von vorn bis hinten durchgeblättert? Mehr als unwahrscheinlich.

Dann stand Andrea mitten in dem geschmackvoll eingerichteten Raum. Durch die unverhüllten Fenster hätte sie die angeblich so wunderbare Aussicht betrachten können. Doch sie verschwendete keinen Blick darauf, stattdessen ließ sie ihre Augen über die einzelnen Möbelstücke gleiten. Wo wäre der geeignetste Ort, um eine kleine Bibliothek unterzubringen? Im Raum standen ein Schreibtisch, eine Klubgarnitur, ein Couchtisch mit einer Glasplatte ... und durch die Glasplatte hindurch konnte sie ein paar ordentlich aufeinandergestapelte Magazine erkennen. Lagen darunter vielleicht auch Bücher?

Sie kniete sich neben den kleinen Tisch auf den weichen Teppichboden und wühlte sich durch den kleinen Stapel. Darunter bekam ihr Finger plötzlich etwas Festes zu spüren ... ein Einband?

Als Andrea das längliche Buch hervorzog, fiel ihr Blick auf den Autor ... Frank Wilhelm! Tatsächlich! Das Buch war hier! Mit zittrigen Fingern schlug sie es auf. Ihr Blick fiel auf eine handgeschriebene Widmung. Doch bevor sie die schräge, schlecht leserliche Schrift entziffern konnte, hörte sie, wie im Nebenzimmer die Tür geöffnet wurde.

Mit plötzlich klopfendem Herzen rief sie: »Hallo? Ist da wer?«

Passini und Marc waren in angespannter Stille von Samedan zum »Hotel Engadin« gefahren. Für die Fahrt hatte der Oberstleutnant seine Waffe wieder in seinem Holster verstaut, doch jetzt – als sie in der Nähe des Hotels ausstiegen – zog er sie erneut.

»Sie gehen vor mir«, wies Passini Marc an.

Mit dem merkwürdigen Gefühl, dass eine geladene Waffe auf seinen Rücken gerichtet war, kam Marc dem Befehl des Polizisten nach. Langsam und so vorsichtig wie möglich schritt er auf den Hoteleingang zu.

»Alberto?«, fragte plötzlich eine Stimme hinter ihnen.

Wie auf Kommando drehten sich Marc und Passini um. Hinter ihnen stand der dicke Mann, von dem Andrea gesagt hatte, dass es sich dabei um Jonas' Patenonkel und den Wirt des »Alpenglühen« namens Max Suter handelte.

»Was machst du denn hier, Alberto?«, fragte Suter überrascht. »Ich habe gerade bei euch zu Hause angerufen, um zu erfahren, ob es Neuigkeiten von Jonas gibt, und deine arme Frau vermutet dich auf der Polizeiwache.«

»Da war ich auch«, knurrte Passini. Der Stress und die Sorge hatten aus dem sonst so freundlichen Mann einen mürrischen Griesgram gemacht.

»Wollt ihr zu Reto?«

»Das geht dich nichts an, Max!«

Der Wirt schaute ihn perplex an. Dann fiel ihm offenbar auf, dass Marc eigentlich im Gefängnis sitzen sollte, und er pfiff durch die Zähne. »Meinst du, der Kerl da ...«, er zeigte auf Marc, »... ist auch der Entführer von Jonas?«

»Max! Halt jetzt die Klappe und geh deines Weges!«, schrie Passini und fuchtelte mit der Waffe vor dem Gesicht seines Freundes herum. »Ich bin hier im Dienst!«

Das rotwangige Gesicht von Suter wurde kalkweiß. »Okay, Alberto. Ganz ruhig. Eigentlich wollte ich Reto etwas erzählen, aber dann mache ich das später und gehe jetzt nach Hause. Nichts für ungut.« Er sprach im gleichen Ton, mit dem man versuchen würde, einen hysterischen Selbstmörder, der bereits schwankend auf dem Dach stand, von seiner Tat abzubringen. Dann drehte er sich um und ging – erst langsam, dann immer schneller – in die entgegengesetzte Richtung.

»Scheiße«, murmelte Passini und sagte dann, an Marc gewandt: »Ich hoffe, dass Sie mir wirklich Beweise für Ihre absurde These liefern können, sonst sind Sie geliefert!« Statt einer verbalen Aufforderung, weiterzugehen, bohrte er Marc die Pistole in den Rücken.

Als sie den Hoteleingang passierten, erwiderte der Oberstleutnant grummelnd den Gruß der livrierten Diener und folgte anschließend Marc zur Rezeption, hinter der ein erstaunt aussehender Gerhard Schulte und ein Concierge saßen.

»Ich dachte, man hätte diesen Skifahrer nun endgültig des Mordes überführt«, stieß Schulte überrascht aus. »Was macht der hier?«

Doch Passini ging nicht auf seine Frage ein. »Weißt du, wo Reto steckt?«

Schulte schüttelte den Kopf. »Ich habe ihn gerade auf seinem Handy angerufen, um ihm –«

»Mich interessiert nur sein Aufenthaltsort«, schnitt der Polizist ihm das Wort ab.

»Soweit ich weiß, ist er in der Nähe. Aber ich habe keine Ahnung, wo genau. Soll ich es mal im Büro probieren?« Er griff zum Hörer.

»Nein!«, sagte Passini rau. »Wir finden ihn schon selbst.«

»Ähm ...« Marc hustete einmal, um seinen trockenen Rachen zu klären. »Ich hätte da noch eine andere Frage.« Er sah zu Passini. Der nickte kurz. »Gibt es hier im Hotel eine Art Geheimraum?«, fragte Marc bestimmt.

»Wie meinen Sie das?«

»Vielleicht einen versteckten nuklearen Schutzraum oder etwas anderes, das im Verborgenen liegt und von dem die meisten Angestellten nichts wissen?«

Schulte warf ihm einen merkwürdigen Blick zu, seine ohnehin schon brutalen Züge wurden noch ein wenig härter. »Nein.«

»Sind Sie sicher?« Marc starrte den Hotelmanager so intensiv an, als ob er die Antwort hinter seiner Stirn erspähen wollte.

»Ja.«

Verdammt. Alles, was er sich so schön zurechtgereimt hatte, schien sich gerade in Luft aufzulösen. Marc fühlte sich wie ein angepikster Luftballon. Nur dass nicht Luft, sondern sämtliche Hoffnung aus ihm entwich. Er hörte, wie Passini neben ihm fluchte.

Schulte räusperte sich. »Es sei denn, Sie meinen den halb verschütteten Zugang zu dem alten Bunker.«

Es hat tatsächlich geklappt. Ich habe die Matratze genau so schräg gegen die Axt manövriert, wie ich es mir vorstellt habe, und sie dann mit beiden Füßen – einer oben, einer unten – ganz vorsichtig wieder zurückgezogen. Folgerichtig ist die Axt umgekippt – glücklicherweise in meine Richtung – und durch den Druck der Matratze langsam näher gerutscht. Jetzt habe ich zwar einen Krampf in beiden Waden, aber der Stiel der Axt ist fast in Reichweite. Noch ein letztes Ruckeln ... und ich umschließe mit einem nie gekannten Glücksgefühl den hölzernen Griff!

Einen Moment lang liege ich völlig ausgepumpt und schwer atmend auf dem kalten, harten Boden. Dann reiße ich mich zusammen. Der Mörder kann jeden Augenblick zurückkommen. Schwer atmend ziehe ich die Axt näher an meinen Körper und krabbele auf allen vieren zu dem in die Wand eingelassenen Ring, an dem die Kette befestigt ist. Werde ich es schaffen, mit der Axt einzelne Glieder zu zertrümmern? Und zwar mit der linken Hand? Oder würde ich mir stattdessen selbst die rechte Hand abhacken und somit dem Mörder einen Teil seiner Arbeit ersparen?

Panisch mache ich einige Probeschläge. Doch in letzter Minute ziehe ich immer wieder meine Hand und damit die Kette weg. Ich meine, wie treffsicher ist man schon mit der linken Hand, zumal im geschwächten Zustand? Doch plötzlich höre ich ein Geräusch. Es klingt so, als ob in weiter Ferne eine Tür zugeknallt würde, und auf einmal läuft mir die Zeit davon ... Wenn er jetzt tatsächlich kommt, kann ich ihn nur mit einem gewissen Überraschungsmoment überwältigen, und dazu muss ich frei sein.

Also los! Mit Todesverachtung platziere ich die Kette genau unterhalb des Rings und versuche, meine rechte Hand so weit wie möglich aus der Gefahrenzone zu bringen. Dann packe ich die Axt mit festem Griff, ziele, hole aus ... und treffe weder Kette noch Hand. Mist!

Auf ein Neues. Vielleicht ist das wirklich der letzte Versuch, denn ich höre Schritte. Wieder fixiere ich die Kette unter dem Ring, hebe die Axt an ... und endlich: Das Endstück der Kette, die noch immer an meinem Handgelenk befestigt ist, fällt zu Boden! Ich bin frei, und Tränen der Erleichterung schießen mir in die Augen. Ich habe es wirklich geschafft!

Mit letzter Kraft stehe ich auf und stelle mich neben die Tür. Wenn er sie jetzt aufdrückt und hineinkommt ... fällt sein erster Blick auf die leere Matratze, und während er sich noch verwundert umblickt, kann ich ihm mit dem stumpfen Ende der Axt eins über den Kopf geben!

Die Schritte kommen immer näher. Ich hole aus … gerade in dem Moment, in dem die Tür geöffnet wird!

Eine Person tritt ein, und ich schlage zu, so fest ich kann! Mit der rechten und der linken Hand umklammere ich den Griff der Axt, und diesmal verfehle ich nicht mein Ziel!

Wie ein nasser Sack geht der Mann vor mir zu Boden und bleibt regungslos liegen.

Völlig entgeistert starre ich auf seinen Hinterkopf. Verdammt, da stimmt etwas nicht. Die Haare, die Kopfform. Er trägt auch völlig andere Kleidung!

Habe ich etwa einen Unschuldigen niedergemetzelt? Wo in Dreiteufelsnamen steckt der Mörder?

Und in genau diesem Moment vernehme ich eine sehr vertraute Stimme hinter mir. Ich drehe mich um, und sehe meinen Vater auf mich zukommen!

Andrea hörte Schritte, und einen Augenblick später betrat der weißhaarige Besitzer des Hotels, Reto Hauser, das Wohnzimmer der Suite. Erleichtert lächelte sie dem etwas erschöpft aussehenden Mann zu. »Hallo, Herr Hauser! Hat Herr Schulte Ihnen gesagt, dass ich mich für Alberto hier kurz umsehen sollte?«

»Ja, das hat er. Allerdings erwähnte er, dass sie lediglich ein Foto des Entrees schießen wollten.« Er blickte bezeichnend auf das Buch in ihren Händen. »Aber jetzt sieht es eher so aus, als ob sie hier oben nach einer guten Lektüre gesucht hätten.«

Sie überlegte kurz, ob sie es wagen konnte, Hauser die Wahrheit anzuvertrauen. Aber Andrea entschied sich dagegen. Erst wollte sie in aller Ruhe die Widmung entziffern. Und so sagte sie abwiegelnd: »Ja, nachdem ich das Foto gemacht und die wirklich wundervolle Aussicht genossen hatte, ist mir dieses Buch über die Gletscher aufgefallen. Es lag auf dem Couchtisch.«

»Interessieren Sie sich für Umweltschutz?«, fragte Hauser und trat noch einen Schritt näher. Er stand nun unmittelbar vor Andrea.

Sie nickte. »Ja, seit ich Alberto bei seinen Ermittlungen helfe, habe ich viel über dieses Thema gelernt.«

Der Hotelbesitzer machte ein bestürztes Gesicht. »Aber Ihre Ermittlungen scheinen ja nicht so gut zu laufen. Ich war vorhin auf der Polizeiwache und habe gehört, dass man Ihren Freund erneut verhaftet hat. Das tut mir leid.«

»Wir werden ihn da schon noch rausboxen. Ich bin da sehr zuversichtlich.« Instinktiv presste Andrea das Buch noch ein wenig fester an ihre Brust. Sie hätte zu gern die Widmung gelesen.

Hauser beobachtete sie intensiv. »Meinen Sie? Obwohl man die entsprechende DNA unter den Fingernägeln des Opfers gefunden hat?«

»Woher wissen Sie das?«, antwortete Andrea überrascht. »Ich dachte, Alberto hält solche Informationen gut unter Verschluss.«

Ihr Gegenüber lächelte. »Bevor ich das Hotel von meinem Onkel übernommen habe, war ich selbst bei der Kantonspolizei. Daher habe ich so meine Quellen.«

Plötzlich erinnerte sich Andrea. »Stimmt, Alberto hat Sie einmal einen Ex-Kollegen genannt. Dann hat Wachtmeister Lüthy also gequatscht?«

Hauser lächelte. »Ich werde doch nicht meine Quellen verraten. Aber ich bin froh, wenn der Fall endlich abgeschlossen ist. Es ist nicht gut fürs Geschäft, wenn in meinem schönen Hotel ein Mord verübt wird.«

»Ja, das glaube ich gern«, erwiderte sie leichthin. »Aber das Hotel scheint mir ohnehin nicht ganz ausgebucht zu sein, oder? Ist es in der Hauptsaison nicht eher ungewöhnlich, dass Sie noch Zimmer freihaben?«

Hauser zuckte mit den Schultern. »Jeder hat mal eine schlechte Saison. Das kommt vor, aber uns wird es als Traditionshaus auch bald wieder besser gehen. Nur eine Frage der Zeit.«

»Kannten Sie eigentlich Frau Frey persönlich?«

Der Hotelbesitzer verzog minimal die Mundwinkel nach unten. »Leider nein.«

»Wer hat ihr denn dann eigentlich diese traumhafte Unterkunft besorgt? Das Schweizer Fernsehen bringt doch seine Moderatorinnen sicher nicht in Luxussuiten unter.«

»Keine Ahnung. Für solche Details ist Gerhard zuständig.«

»Dann hat also Herr Schulte die Reporterin in die oberste Etage verfrachtet? Ganz schön praktisch für den Mörder, dass es hier oben nur zwei Suiten gibt und keine anderen neugierigen Zuschauer ...«

»Wie meinen Sie das?« Hausers Ton war eine Spur schärfer geworden.

»Nun, ich würde wetten, dass die andere Suite nicht belegt war und der Mörder sich ganz ungeniert hier oben bewegen konnte. Mit oder ohne die amputierten Hände.«

»Sie halten Gerhard für den Mörder? Das sind aber ganz schön schwere Anschuldigungen! Vor allem von der Lebensgefährtin des eigentlichen Täters!«

Andrea ignorierte seine sarkastische Bemerkung. Sie war blind gewesen, hatte einfach nicht richtig nachgedacht ... doch plötzlich wurde ihr klar, wie alles zusammenpasste.

»Der Täter, also Herr Schulte, hatte selbst arrangiert, dass hier oben niemand anderes sein würde ... und das Zimmermädchen war ebenfalls schon fertig mit dem Saubermachen. Da hatte der Mörder freie Bahn.« Sie dachte für einen Moment über alles nach, während Hauser sie skeptisch musterte. »Und deshalb stand auch die Tür nach dem Mord auf ... Herr Schulte wollte den Verdacht gezielt auf Marc lenken, er hatte schließlich den Streit mit angehört und deshalb sein Treffen mit Frau Frey so gelegt, dass Marc nach dem Training noch unter der Dusche stand – und er die Leiche zu einem späteren Zeitpunkt entdecken würde, wenn er käme, um sich zu entschuldigen! Denn das war ja abzusehen ... Wirklich raffiniert!«

Hauser wirkte nachdenklich. »Also wenn Gerhard tatsächlich der Mörder sein sollte, dann will ich ihn nicht schützen. Aber lassen Sie uns erst mit Alberto sprechen, um zu sehen, was er von Ihren Anschuldigungen hält. Das alles erklärt nämlich immer noch nicht die DNA Ihres Lebensgefährten an den Händen ...«

»Oh, doch. Das tut es!«, meinte Andrea plötzlich. »Marc hat hier im Hotel gewohnt und geschlafen. Wie einfach war es da, DNA-fähiges Material aus seinem Zimmer zu schmuggeln ...«

»Nun, es hätte sich doch auch um Hautschuppen oder Haare von früheren Gästen handeln können.«

»Auf einem frisch gewaschenen Kopfkissen? Wohl kaum.«

»Das klingt plausibel. Und was soll Gerhards Motiv gewesen sein?«

»Das ist eine lange Geschichte. Er ist wahrscheinlich von einer Firma namens Wondersnow bestochen worden, und Lara Frey wollte darüber eine Reportage machen. Sie hat ihn quasi erpresst. Aber der Beweis dafür ist hier drin und, ich brauche ...« Andrea hob das Buch hoch, als sie in Hausers eiskalte, entschlossene Augen sah.

Plötzlich ging ihr ein Licht auf. Hauser war doch der für den Fremdenverkehr zuständige Gemeinderat, nicht Schulte. Ob sich die Firma Wondersnow unter diesen Umständen nicht zuerst an ihn gewandt hätte? Er war als ehemaliger Polizist auch mit DNA-Spuren vertraut und ... war der Besitzer eines unprofitablen Hotels!

»Was ist, meine Liebe? Warum sprechen Sie nicht weiter?«, fragte Hauser. »Wenn Ihnen der Bildband so gut gefällt, dürfen Sie ihn ruhig mitnehmen.«

Andrea öffnete das Buch. Sie blätterte zur richtigen Seite und versuchte, die krakelige Schrift zu entziffern ...

Sehr geehrter Herr Hauser, ich wünschte, Sie würden sich nicht dafür bezahlen lassen, die Bergwelt mit Wondersnow zu zerstören. Herzliche Grüße, Lara Frey.

Andrea fühlte, wie sich ihr instinktiv die Nackenhaare sträubten. Mit purer Panik blickte sie auf ... direkt in die erstaunlich ruhigen Züge eines Mörders.

»*Sie* haben Lara umgebracht«, flüsterte sie.

Er lächelte, oberflächlich sanft, und streckte seine Hand nach ihr aus. »Ein Geheimnis, das Sie leider in Ihr vorzeitiges Grab mitnehmen müssen.«

Panisch wich Andrea einen Schritt zur Seite. »Mein Tod wird Ihnen nichts nützen. Alberto wird auch so dahinter kommen, was Sie getan haben.«

»Das sehe ich anders.« Hauser wirkte selbstsicher und völlig ruhig. »Wenn er erst den entsprechend zugerichteten Leichnam seines unnützen Sohns findet, wird er seinen Job ganz sicher an den Nagel hängen. Davon erholt er sich nicht mehr. Und jeder neue Ermittler wird wie alle anderen glauben, dass Ihr berühmter Freund den Mord begangen hat. Keiner wird also auch nur eine Nacht Schlaf darüber verlieren, wenn unser Champion-Skifahrer seine zwanzig Jahre absitzt.«

»Aber genau wie Sie sagen: Marc ist doch schon im Gefängnis! Wenn er der Mörder wäre, wie könnte er mich dann um die Ecke bringen?« Mit klopfendem Herzen analysierte Andrea ihre Lage. Sollte sie mit Hauser kämpfen oder versuchen ihm zu entkommen, um Alberto zu verständigen? Kraft versus Geschwindigkeit – was würde ihr einen größeren Vorteil verschaffen?

»Der unbekannte Entführer natürlich, der danach flüchtet, weil ihm die Geschichte zu heiß geworden ist!« Hauser kam erneut einen Schritt näher. Seine Augen glitzerten gefährlich, sein bulliger Körper schien kampferprobt. Wahrscheinlich hatte er das gleiche Training durchlaufen wie sie. Nur dass er rund zwanzig Zentimeter größer und vierzig Kilo schwerer war. Selbst bei seinem fortgeschrittenen Alter standen ihre Chancen nicht gut, den Kampf Frau gegen Mann zu gewinnen. Ein schneller Sprint war ihre einzige Möglichkeit, ihm heil zu entkommen.

Geschickt täuschte Andrea einen Fluchtversuch nach rechts an und rannte dann, als Hauser sich zu dieser Seite warf, so schnell wie möglich links an ihm vorbei Richtung Ausgang.

Doch sie hatte ihren Gegner unterschätzt. Für seine massige Gestalt schien er äußerst agil zu sein. Seine fleischige Hand erwischte in der allerletzten Sekunde noch den Ärmel ihres Pullovers und hielt ihn eisern fest.

Mit all ihrer Kraft riss Andrea sich los und sprintete zur

Tür. Dort sah sie zu ihrem Entsetzen, dass Hauser vorgesorgt hatte: Die silberne Türkette war vorgelegt!

Während sie mit fahrigen Fingern versuchte, den diffizilen Mechanismus zu öffnen, hörte Andrea, wie Hauser sich aufrappelte und hinter ihr her hastete.

Dann spürte sie seinen japsenden Atem im Nacken. Brutal riss Hauser sie an den Haaren nach hinten. Andrea stolperte zurück und blickte in das vor Wut verzerrte Gesicht ihres Gegners.

»Du kleine Schlampe glaubst wirklich, dass du mir entkommen kannst?«, keuchte Hauser und zog sie – immer noch ihren Haarschopf umklammernd – zurück in die Suite.

Mit zusammengebissenen Zähnen versetzte Andrea ihm einen gezielten Schlag gegen seine Halsschlagader, der jedoch an Hausers bulligem Hals keinerlei Wirkung zeigte.

»Das wirst du büßen!«, schrie der Hoteldirektor aufgebracht und verpasste ihr einen mächtigen Hieb in den Magen. Angeschlagen torkelte Andrea nach hinten und stolperte rückwärts über den niedrigen Couchtisch. Schwer atmend landete sie auf der bruchsicheren Glasplatte.

Im nächsten Moment hatte Hauser seine Hände um ihren Hals gelegt und drückte erbarmungslos zu.

Verzweifelt versuche sie, seine Finger zu lösen ... aber er hatte einfach zu viel Kraft! Sie konnte noch nicht einmal schreien, so fest umschloss er ihren Hals!

Langsam fühlte Andrea, wie ihre Sinne schwanden.

»Vater«, schreie ich und werfe mich in seine Arme wie ein kleines Kind. Unter Tränen murmele ich: »Wie bist du darauf gekommen, dass ich hier sein könnte?«

»Mein Sohn! Großer Gott, du lebst!« Er drückt mich für eine ganze Minute so fest an sich, dass ich keine Luft mehr bekomme. Dann blickt er zu Boden. »Wir sollten uns um Gerhard kümmern, anscheinend hast du ihn ziemlich böse mit der Axt erwischt!«

Nur widerwillig lasse ich ihn los, auch wenn er recht hat. Während sich mein Vater über den Hotelmanager beugt und seinen Puls fühlt, frage ich erneut: »Wie hast du mich gefunden? Woher wusstest du, dass Onkel Reto Frau Frey umgebracht hat und mich gefangen hält?«

»Gerhard ist glücklicherweise nur bewusstlos.« Mein Vater richtet sich auf und blickt mir ins Gesicht. »Ach Kind, wenn ich das doch nur gewusst hätte! Ich bin immer davon ausgegangen, dass Gassmann der Täter ist. Ich hatte gehofft, dass ich ihm vielleicht ein Geständnis abringen könnte ... nur deshalb bin ich mit ihm überhaupt hergefahren!«

Ich blicke mich um. »Wo ist Gassmann?«

Mein Vater sieht plötzlich verlegen aus. »Auf dem Weg zum Bunker hat Gerhard uns erzählt, dass sich Andrea Brunner, Gassmanns Lebensgefährtin, gerade in der Turmsuite befindet ... Und als wir die schwere Metalltür zum Eingang endlich geöffnet hatten, hat mir Gassmann meine Waffe entrissen und uns gezwungen, allein in den Bunker zu steigen. Ja, er hat sogar die Tür hinter uns verschlossen!«

»Und wo ist Onkel Reto?«, frage ich, und unwillkürlich läuft ein eiskalter Schauder durch meinen Körper.

»Ich weiß es nicht, aber wenn der mir zwischen die Finger gerät, kann er von Glück sagen, wenn ich keine Lynchjustiz an ihm verübe! Wie geht es dir, mein Junge? Was macht

das Ohr?« Er dreht mich so, dass er die Wunde sehen kann … und stößt einen wilden Fluch aus.

»Mir geht es gut. Aber ich will jetzt so schnell wie möglich von hier weg.« Irgendwie habe ich immer noch Angst, dass der Mörder zurückkehren könnte.

»Momentan scheinen wir hier leider festzuhängen …«, meint mein Vater unglücklich.

»Wieso?«, frage ich. »Es gibt noch einen zweiten Ausgang, den hat mir Onkel Gerhard mal gezeigt. Oder du rufst deine Kollegen an! Ich will jetzt einfach nur nach Hause, Vater! Ich sterbe fast vor Hunger!«

So fühlte es sich also an, wenn man starb. Andrea röchelte schwach. Aber sie hatte keine Schmerzen mehr. Alles war gut. Ihre Mutter musste das Gleiche empfunden haben. Sie war auch erstickt und nicht – wie andere, die sich erhängt haben – durch einen Genickbruch ums Leben gekommen.

Andrea spürte, wie Hausers Finger langsam den letzten Rest von Leben aus ihr herauspressten. Sie wehrte sich nicht … es hatte keinen Sinn mehr. Ihr Schicksal war besiegelt. Merkwürdigerweise musste sie in diesen letzten Millisekunden, die ihr blieben, an Frank Wilhelm denken. Vielleicht wäre er neidisch, wenn er von ihrem Tod erfahren würde, eventuell sogar ein bisschen traurig. Um Marc brauchte sie sich keine Sorgen zu machen, der würde das alles überstehen … Er war auf der Sonnenseite, auf der Gewinnerseite des Lebens. Für immer und ewig.

Sie sah bereits das weiße Licht, von dem sie gelesen hatte, als sie nach dem Tod ihrer Mutter über Nahtoderlebnisse recherchiert hatte. Auf einmal fühlte Andrea sich ganz leicht. Sie musste ihn einfach zulassen, den Tod. In das weiße Licht gehen. Es war nicht schwer. Das Licht war hell und warm, es schien bereits auf sie zu warten …

Plötzlich peitschte ein Schuss durch das Zimmer … Realität oder reine Einbildung?

Der Druck um ihren Hals, den sie gar nicht mehr wahrgenommen hatte, war auf einmal weg. Dafür lastete ein neues Gewicht auf ihrem Oberkörper. Das helle Licht schien sich von ihr zu entfernen, schwächer zu werden. Nein! Sie wollte es nicht ziehen lassen … es war so beruhigend, so …

»Andrea!«, sagte jemand entschlossen. Marc? Das konnte doch nicht sein … Plötzlich hob dieser Jemand das Gewicht von ihrer Brust und schüttelte sie sanft. »Andrea! Bitte, bitte atme! So atme doch!«

Es war tatsächlich Marcs Stimme, die wie aus einem anderen Universum zu ihr durchdrang. Plötzlich setzte der fast übermächtige Schmerz wieder ein. Ihr Hals! Er schien in Flammen zu stehen. Kam das vom Würgen? Verzweifelt schnappte sie nach Luft, doch ein pulsierender Druck lastete auf ihrer Lunge und hinderte sie am Atmen … Direkt neben ihrem Ohr brüllte Marc wie ein Verrückter ihren Namen.

Mit letzter Kraft schlug sie die Augen auf.

Epilog

Die ganze Kirche war mit Blumen geschmückt. Das Schweizer Fernsehen hatte einen wunderschönen Kranz geschickt, mit einer schwarzen Schleife, auf der in Weiß *Ein letzter Gruß von deinen Kollegen* stand. Sehr geschmackvoll. Das größte Gesteck stammte aber natürlich von Frank Wilhelm, der blass und dünn neben Andrea saß. Die Klinik, in der er gerade eine Therapie machte, hatte ihn nur mit einem verantwortungsvollen »Paten« rauslassen wollen, und Andrea hatte freiwillig angeboten, sich um ihn zu kümmern. Marc, der für die Beerdigung das Training vor dem letzten Rennen der Saison ausfallen gelassen hatte, saß auf ihrer anderen Seite. Wie ein Beschützer. Dabei war sie okay. Sie wollte stark und unabhängig sein – oder zumindest so wirken.

Der weiße Sarg von Lara Frey stand vorn neben dem Priester. Der Geistliche hatte eine schöne Rede gehalten. Trotzdem waren Andreas Gedanken immer wieder abgeschweift. Als einziges äußerliches Zeichen an den Kampf mit dem von Marc erschossenen Hauser trug sie einen Schal, der ihre blasser werdenden Würgemale verdeckte. Aber innerlich beschäftigte sie sich immer noch unentwegt mit der ganzen Sache: Warum war sie nicht schon früher auf Hauser als Täter gekommen? Weshalb hatte er es geschafft, eine im Nahkampf ausgebildete Polizistin zu überwältigen und bis an den Rand einer Ohnmacht zu würgen? Sie machte sich Tag und Nacht Vorwürfe deswegen.

Nach und nach waren immer mehr Details über den Fall Hauser ans Tageslicht gekommen. Offenbar hatte der Mörder dem Opfer ursprünglich die Hände amputiert, weil er geglaubt hatte, dass sich Spuren von Wondersnow daran befinden könnten. Wahrscheinlich hatte Lara Frey behauptet, dass ihre Fingerspitzen bei der Berührung mit dem Produkt mikroskopisch – also für das bloße Auge unsichtbar – verätzt worden wären. Jedenfalls hatte Gerhard Schulte ausgesagt, dass ihn Hauser mehrfach gefragt hätte, ob das möglich wäre. Erst als die beiden – für Schulte vordergründig wegen der »Agenda 2025« – recherchiert hatten, dass dies nicht der Fall sein konnte, hatte sich Hauser offenbar getraut, die abgeschnittenen Hände mit Marcs DNA zu präparieren und wieder auftauchen zu lassen.

Schulte, der sich von Jonas gut gezieltem Schlag mit der Axt wieder erholt und inzwischen die Hotelleitung kommissarisch übernommen hatte, war übrigens außer sich wegen Hausers Tat und der Entführung. »Wenn ich das gewusst hätte, hätte ich ihn selbst abgeknallt, um den Jungen zu befreien«, hatte er zu Alberto gesagt. Offenbar völlig im Ernst. Er schien über einen ziemlich ausgeprägten Gerechtigkeitssinn zu verfügen.

Alberto hatte am nächsten Tag auch seinen Sohn vernommen, um seine Sicht auf die Tat zu erfahren. Dabei war rausgekommen, dass der Junge mit Lara Frey verabredet gewesen war und – als sie nicht erschien – sogar im Hotelzimmer nach ihr gesucht hatte. Hauser musste zu diesem Zeitpunkt noch in der Nähe gewesen sein, denn die Leiche war noch nicht auf dem Rücken gelegen, wie Marc sie gefunden hatte. Das ließ darauf schließen, dass

Hauser die amputierten Hände zunächst in der gegenüberliegenden Suite versteckt und sie erst danach in den Bunker gebracht hatte: ein weiteres Indiz, das die Polizei übersehen hatte. Hauser war wirklich mit allen Wassern gewaschen gewesen: Er hatte sogar daran gedacht, am zweiten Eingang des Bunkers einen Bewegungsmelder zu installieren! Nur deshalb hatte er so schnell auf Jonas' Entdeckungstrip reagieren können.

Laras Mutter und ihre Schwester saßen in der ersten Reihe und weinten bitterlich. Trotzdem waren sie bestimmt auch erleichtert, dass Lara Freys Mörder seinem gerechten Ende zugeführt worden war. Nach einer etwas knappen Begrüßung hatten sie sogar ganz freundlich mit Frank gesprochen. Trotz ihrer Trauer schienen sie in der Lage, einander zu trösten. Und das war schön. Mit einem schlechten Gewissen griff Andrea nach Marcs Hand und drückte sie. Er drehte den Kopf und lächelte ihr aufmunternd zu. Und plötzlich wusste sie selbst nicht, warum sie ihm seine innere Stärke und Ruhe seit der Tat irgendwie verübelte. Ein paradoxes Gefühl.

Verdammt! Sie hatte es tatsächlich getan ... und Marc immer noch nicht Bescheid gesagt. Jede Woche drückte sie sich aufs Neue vor dieser unangenehmen Unterhaltung. Wieder und wieder schob sie die letzten Rennen als Grund vor. Aber schon bald würden diese Ausrede nicht mehr ziehen ... dann würde sie es ihm gestehen müssen. Und davor graute ihr.

Ehrlich gesagt ist es eine unheimliche Beruhigung für mich, dass Reto Hauser tot ist. Es wäre schrecklich gewesen, die ganze Zeit im Bunker noch einmal in einem Gerichtssaal durchleben zu müssen! Außerdem ist die Welt ohne ihn ein schönerer und besserer Ort. Er hat Frau Frey getötet und auch mich, letztendlich aus sehr niedrigen Beweggründen, umbringen wollen. Es ist ihm ganz einfach um die Vertuschung seiner Habgier gegangen. Das geerbte Luxushotel hat er in den letzten fünf Jahren so runtergewirtschaftet, dass die Banken seine Kredite nicht mehr verlängern wollten. Da kam ihm die Finanzspritze von Wondersnow natürlich gerade recht. Mein Vater meint, dass Frau Frey ihn trotzdem nicht wegen einer Reportage hätte erpressen dürfen, sondern besser mit ihren Informationen zur Polizei gegangen wäre. Ich bin da unschlüssig. Außerdem war die Journalistin schon sehr gründlich vorgegangen und hatte zum Beispiel alle Haus- und Handynummern der zwölf Gemeinderäte in ihrem Handy gespeichert, inklusive der meines Vaters. Ich bewundere das. Vielleicht werde ich in der Zukunft auch Enthüllungsreporter von Umweltskandalen, wenn auch ein etwas vorsichtigerer.

Nachträglich kann ich der ganzen Sache aber auch viel Gutes abgewinnen: Erstens hat sie eine ganz allgemeine Diskussion über »Skifahren und Umweltschutz« angestoßen. Viele Menschen im Ort sind der Meinung, dass man vor allem das umweltfreundlichere Skiwandern auf Naturschnee fördern sollte. Sie wollen zudem eher auf Zurückhaltung setzen, als auch zukünftig jede alpine Piste mit einer Unmenge von Schneekanonen zu bestücken. Wenn zwei oder drei Pisten jeden Winter schneesicher gemacht werden, sollte das reichen. Mein Vater hat jedenfalls die »Agenda 2025« erneut zur Diskussion gestellt. Und jetzt, wo Reto Hauser keinen Druck mehr ausüben kann, wird das Votum darüber möglicherweise anders aussehen.

Die zweite Sache, die sich zum Besseren gewendet hat, ist meine Beliebtheit unter Gleichaltrigen. Es hat sich heraus-

gestellt, dass mir meine Entführung und das abgeschnittene Ohr sehr viel Publicity eingebracht haben. Erstaunlicherweise positive. Viele meiner Klassenkameraden haben mir bei meiner Rückkehr gegen die Schulter geboxt und »Cool, man!« gesagt. Keine Ahnung, was das bedeuten soll. Aber als mir meine Eltern eine chirurgische Wiederherstellung der Ohrmuschel spendieren wollten, habe ich dankend abgelehnt und mir – auf den Vorschlag einer Klassenkameradin hin – stattdessen in das noch vorhandene Läppchen einen Ohrring stechen lassen. Seitdem werde ich auf viele Geburtstagsfeiern und Feten eingeladen. Das ist schön, selbst wenn ich mich manchmal dort langweile. Aber generell gilt eben, und ich klaue hier bei Shakespeare: Ende gut, alles gut. Das Leben ist eine dunkle Komödie.

Nun war die letzte Schlacht geschlagen. Während der FIS-Präsident noch mit einem Sponsor diskutierte und die Fernseh-Crews ihre Kameras ausrichteten, wartete Marc mit seinen Kollegen Mahre und Haker neben dem bereits gestern aufgebauten Podest im schwedischen Åre. Gleich würden – wie immer nach dem letzten Rennen der Saison – die Medaillen und der kristallene Pokal des Gesamt-Weltcups vergeben werden. Doch Marc konnte nur an Andrea denken.

Es war der schlimmste Moment seines Lebens gewesen, als er sie mehr tot als lebendig in der Turmsuite erblickt hatte, Hausers Hände um ihren schmalen Hals. Er hatte instinktiv gehandelt. Nicht rational. Erst später war ihm aufgegangen, dass bei einem ungeübten Schützen wie ihm auch eine gewisse Gefahr für Andreas Leben bestanden hatte. Es war auch ein unendlich glücklicher Umstand, dass Passinis Dienstpistole allein durch das kräftige Durchziehen des Abzugs entsichert wurde. So hatte er, ohne nachzudenken, die Waffe in Anschlag gebracht, auf Hauser weißhaarigen Kopf gezielt und abgedrückt. Die Patrone war in seinen Hinterkopf eingetreten und bei der Stirn wieder rausgekommen und hatte den gesamten oberen Teil seines Kopfs einfach weggesprengt. Hausers Blut und Hirngewebe waren bis an die gegenüberliegende Wand gespritzt.

Doch das hatte Marc nicht gekümmert. Mit wenigen Schritten war er neben Andrea gestanden und hatte den toten Hauser von ihrer Brust gezogen. Für den Bruchteil einer Sekunde hatte er geglaubt, zu spät gekommen zu sein. Aber dann hatten ihre Augenlider zu flattern begonnen, und ihm war es möglich gewesen, sie mit einer Herzmassage und Mund-zu-Mund-Beatmung zu retten. Dazwischen hatte er immer wieder wie von Sinnen ihren Namen gebrüllt. Dann war sie endlich aufgewacht! Vor lauter Erleichterung hatte er geweint und sich seiner Tränen nicht geschämt.

Inzwischen war es so weit ... Haker und Mahre hatten ihre gläsernen FIS-Medaillen für den zweiten und dritten Platz bekommen. Ein Mitarbeiter der FIS winkte ihn zur Tribüne.

»Und ich freue mich ganz besonders, Marc Gassmann die Trophäe für seinen fünften Weltcup-Gesamtsieg überreichen zu dürfen!«, sagte der FIS-Präsident. »Herzlichen Glückwunsch.«

Marc nahm den schweren Kristall-Globus mit einem Lächeln entgegen und stemmte ihn in die Höhe. Ein Blitzlichtgewitter folgte. Jeder wollte ein Bild des Siegers. Von überall her kamen Anweisungen, wie er zu posieren hatte, und Anfragen für spontane Interviews. Hans und seine Teamkollegen ließen ihn hochleben. Es war das reinste Chaos.

Eigentlich sollte er glücklich sein: Trotz seiner Verhaftung und des ganzen Stresses hatte er es geschafft, im letzten Rennen der Saison das Steuer noch herumzureißen, die Konkurrenz in ihre Schranken zu verweisen und mit einem hauchdünnen Vorsprung die Weltspitze anzuführen.

Ja, er hatte sein erklärtes Ziel erreicht. Und doch verloren. Gestern Nacht, als er Andrea gesagt hatte, dass er ihr zuliebe seinen Rücktritt vom Profi-Sport erklären wolle, hatte sie ihm mitgeteilt, dass sie bereits vor Wochen einen Job bei der Stadtpolizei Zürich angenommen hatte. Und dass sie sich eine Pause von der Beziehung mit ihm nehmen würde. Sie brauche Zeit, um ihr Leben neu zu sortieren. Es sei ein Fehler gewesen, so schnell von ihrer Ehe in eine neue Liebe zu schlittern. Sie müsse zunächst ihre Unabhängigkeit sichern und herausfinden, was für Pläne sie für ihre Zukunft schmieden wolle. Erst dann könne sie wieder über eine gleichberechtigte Partnerschaft nachdenken.

Marc war wie vor den Kopf geschlagen gewesen, zu aufgewühlt, um mit ihr zu diskutieren. Stattdessen hatte er die weinende Andrea wortlos umarmt und sich den Kopf zermartert, wie es so weit hatte kommen können. Sicher, es war ihm aufgefallen, dass Andrea seit der Geschichte mit Hauser irgendwie verändert war. Doch er hatte das für eine Folge der traumatischen Erfahrungen gehalten und gehofft, dass sich mit der Zeit alles wieder zum Guten wenden würde. Niemals hatte er in ihren Unabhängigkeitsbestrebungen eine ernste Gefahr gesehen.

Aber er würde Andrea ganz sicher nicht kampflos aufgeben. Nein, er würde alles dafür tun, um sie zurückzuerobern. In den kommenden skifreien Monaten hatte er genug Zeit, um eine neue Perspektive für seine Zukunft zu entwerfen. Bestimmt brauchte auch Andrea Zeit, um sich in ihren neuen Job einzuarbeiten. Und um ihn zu vermissen. Ihre Liebe war stark genug. Und so leicht gab ein Marc Gassmann nicht auf.

Wichtiges

Wir, also alle beide Autoren, lieben das Skifahren! Auch wenn einer von uns ein wenig schneller fährt. ☺

Die Kritik, die in diesem Buch zum Thema »Skisport und Umweltschutz« durchdringt, soll nicht bedeuten, dass wir dagegen sind, dass auch weitere Generationen diesen fantastischen Sport ausüben. Ganz im Gegenteil! Skifahren ist das Schönste und Leiwandste, das es gibt auf der Welt, und wir hoffen, dass sich ganz viele Menschen auch zukünftig diesen Traum erfüllen können. Das Buch soll jedoch ein Denkanstoß sein, dass wir alle diesen Sport so gut wie möglich im Einklang mit der Natur ausüben sollten. Wir haben nur diese eine Erde, lässt sie uns schützen!

Wie immer haben wir sehr vielen Leuten zu danken. Ohne eure/Ihre Hilfe wäre dieses Buch nicht zustande gekommen. Unser Dank geht an:

- das wunderbare Team des Piper Verlags,
- Conny Heindl, unsere engagierte Agentin,
- Ricardo Spaldo von der Graubündener Kantonspolizei, der genau wie wir am Wochenende arbeitet,
- und last but certainly not least an die wunderbare Julia Feldbaum.

Wir haben alle Fakten nach bestem Wissen und mit viel Unterstützung recherchiert. Sollten trotzdem noch sachliche oder andere Fehler im Buch zu finden sein, sind diese ganz allein auf unserem Mist gewachsen, und wir bitten, sie zu entschuldigen.